피티 이야기

옮긴이 **홍한별**
연세대 영어영문학과와 같은 학교 대학원을 졸업하고 번역가로 활동하고 있다. 옮긴 책으로는 《권력과 테러》 《자라지 않는 아이》 《위대한 생존》 《오카방고의 숲속학교》 《나는 그림으로 생각한다》 《두 살에서 다섯 살까지》 《나무소녀》 《네모난 못》 들이 있다.

피티 이야기

1판 1쇄 발행 2008년 1월 25일 | **1판 8쇄 발행** 2016년 4월 27일

지은이 벤 마이켈슨 | **옮긴이** 홍한별
펴낸이 조재은 | **펴낸곳** (주)양철북출판사 | **등록** 제25100-2002-380호(2001년 11월 21일)
편집 임중혁 김연희 이정우 | **디자인** 육수정 | **마케팅** 조희정 | **관리** 정영주
주소 서울시 마포구 양화로8길 17-9 | **전화** 02)335-6407 | **팩스** 02)335-6408
ISBN 978-89-90220-75-2 03840 | **값** 9,000원

카페 cafe.daum.net/tindrum 블로그 blog.naver.com/tin_drum
페이스북 facebook.com/tindrum2001

※ 잘못된 책은 바꾸어 드립니다.

피터 이야기

벤 마이켈슨 지음 | 홍한별 옮김

양철북

나에게 '피티 할아버지'가 되어 준

클라이드 코던에게.

그분 덕분에 이 책을 쓸 수 있었다.

오직 주님을 소망으로 삼는 사람은 새 힘을 얻으리니,

독수리가 날개를 치며 솟아오르듯 올라갈 것이요,

뛰어도 지치지 않으며, 걸어도 피곤하지 않을 것이다.

(이사야서 40 : 31)

1부

I

아기 피티

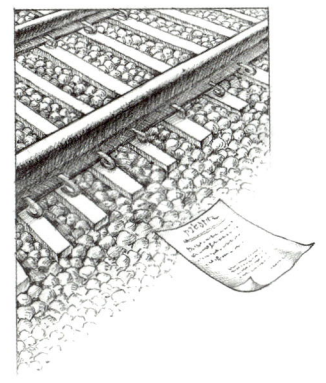

1 9 2 2 년 봄 , 몬 태 나 주 보 즈 먼

기차가 교차로 쪽으로 달려가며 급박하게 기적을 울려 댔다. 빛바랜 검정색 포드 모델 T도 털털거리는 흙받이에서 진흙을 튕기며 엄청난 속력으로 튀어 오르듯 그 교차로로 달려들었다. 모델 T는 끼익 소리를 내며 바큇자국이 난 길을 누비더니 기차가 교차로에 들어서기 몇 초 전에 아슬아슬하게 기찻길을 건넜다. 승객들은 창밖으로 몸을 내밀고 고함을 지르고 휘파람을 불었다.

기차는 계속해서 성난 듯 날카롭게 기적을 울렸다.

이등칸에서 고함과 손뼉 소리가 터져 나왔다.

"말 없는 마차가 또 이겼네!"

누군가가 소리쳤다.

모델 T의 운전석에는 로이 코빈이 앉아 있었다. 로이는 미친 듯이 난폭하게 차를 몰았다. 조수석에 앉은 로이의 아내 세라 코빈은 자동차가 방향을 틀어 덜컹거리며 기차역으로 들어설 때 마음을 다잡고 또 다잡았다. 우리는 놀러 온 게 아니야. 세라는 자기 무릎 위에 있는, 포대기에 싼 아이를 내려다보았다. 이 아이 때문에 하게 된 여행이다.

세라는 두 해 전 의사가 썰렁한 병실에 들어왔을 때를 또렷이 기억한다. 의사는 자상한 목소리로 말했지만 그래도 의사가 한 말은 잔인하기 그지없었다.

"코빈 부인, 안타깝게도 아기가 결함을 갖고 태어났습니다."

세라는 숨을 멈추었다. 그 말에 머리가 멍해졌다. 결함이라니, 무슨 뜻일까? 세라는 무슨 말인가 하고 머리를 굴렸다.

"정상이 아니라고요?"

세라가 절박하게 물었다. 의사는 머뭇거리더니 이렇게 말했다.

"진정하고 좀 쉬세요. 나중에 다시 이야기하죠."

"선생님, 결함이라니 무슨 말이에요?"

"자…… 아직 몸이 회복이 안 됐을 테니……."

"제 애기 보여 주세요. 제 애기예요!"

세라가 울부짖듯 소리쳤다.

"열 달 동안 제 배 속에 넣고 다녔다고요. 이제 다 회복돼서 안을 수 있어요. 애기 데려다 줘요……. 지금요!"

의사가 슬픈 듯 고개를 끄덕였다.

"기다리세요."

곧 빳빳하게 풀 먹인 블라우스를 입은 간호사가 포대기에 싼 아기를 들고 와 어색하게 세라의 팔 위에 놓았다. 내 아기, 우리 아기. 세라는 아기를 어르며 소리 없이 아기를 불렀다. 그러고는 힘없는 손을 뻗어 포대기 틈새를 벌렸다. 아랫입술이 덜덜 떨렸다.

"아, 세상에!"

세라는 숨을 헉 들이쉬었다.

조그만 아기 몸이 이상하게 뒤틀렸고 몸뚱이 위 표정 없는 얼굴은 마치 만화에 나오는 인물 같았다. 조그만 갈색 눈동자는 얼어붙은 듯 공허했다. 입술은 잔뜩 긴장한 듯 비뚜름하게 꽉 물려 있었다. 마비된 듯, 무엇에 사로잡힌 듯한 공허함이 방 안에 가득했다. 세라는 포대기를 꼭 끌어안았다. 순간 그 적막함과 아기의 뒤틀린 모습이 함께 한순간에 사라지기를 간절히 바라면서.

간호사는 차분하게 기다렸다.

"혼자 있게 해 주세요."

세라가 말했다. 목소리가 갈라지고, 가슴도 산산이 갈라졌다.

간호사의 발걸음 소리가 복도에서 멀어질 때 세라는 다시 아기를 보았다. 조그맣고 동그란 뺨은 왜 없지? 꽃잎 같은 입술은? 귀엽고 조그마한 코는? 아기들은 다 완벽하게 예쁘지 않던가? 세라는 이 상하게 생긴 모양새를 찬찬히 뜯어보면서 울렁거리는 속을 가라앉히려고 애썼다. 남편 로이가 여기 있어야 하는데. 그런데 아기가 너무 일찍 태어났다. 로이는 지금 마일즈 시에서 소 떼를 몰고 오는 길이다.

세라는 아기를 가슴에 꼭 안고 주위에 무겁게 내려앉은 공허함 속에서 소리 죽여 울었다. 세라는 배 속에 든 아기처럼 몸을 웅크리고 옆으로 누워, 다시 어린아이가 되어 엄마 품에 안기고 싶었다. 엄마가 안아 주고 눈물을 닦아 주고 입을 맞춰 상처를 달래 주기를 바랐다. 하지만 세라는 이제 자기가 벌써 서른여섯이라는 것, 자기가 엄마라는 것을 알았다. 그리고 누가 입 맞추어 주더라도 의사가 잔인하게 말한 것을 달래 줄 수는 없을 것이다.

아기를 낳기 전에 로이와 세라는 셋째가 남자 애면 피티라고 부르자고 했다. 세라는 그 이름을 부드럽게 불러 보았다.

"피티."

이름이 낯설게 느껴졌다.

"엄마 봐, 피티."

세라가 애원했지만, 아기는 움직이지 않았고 정적만 방 안에 가득 찼다.

흔들리는 차 안에서 또 다른 일이 떠올랐다. 의사는 희망을 품을 여지가 없는 진단을 내렸다.

"이런 아이들은 대개 치료해 보았자 소용이 없습니다."

그렇지만 세라는 희망을 버리지 않았다. 자기 아이에 관한 일이라면 신이 내린 말씀이라도 의심할 수밖에 없을 것이다. 더욱이 지금은 중세도 아니고 1922년이다. 현대 의학의 시대다. 날마다 의사들은 기적을 이룬다. 누군가 피티에게 기적을 일으켜 줄 수 있지 않겠는가?

많은 돈을 써 가며 뷰트에 가서 전문가를 만났으나 이미 받은 진단에 확고한 도장만 찍은 셈이었다. 먼지 한 점 없이 깔끔하게 차려입은 의사가 사치스러운 진료실에 서서 이렇게 말했다.

"코빈 씨, 부인. 아주 심한 정신박약입니다. 백치이므로 재활치료가 의미가 없습니다."

"무슨 말씀이세요, 백치라니요?"

세라는 말을 더듬었다.

"아주 기본이 되는 감각 지각 능력조차 없습니다. 힘드시겠지만, 아이를 돌봐 줄 수 있는 시설에 맡기는 게 최선이라고 생각합니다."

세라는 부르짖었다.

"안 돼요! 얘는 내 아기예요. 우리 피티예요. 무슨 기계가 고장나기라도 한 것처럼 그럴 순 없어요. 아무도 피티를 데려갈 수 없어요!"

결심을 다지려는 뜻으로 로이와 세라는 읍내에 있는 오래된 루터교 교회에 피티를 데리고 가 세례를 받게 했다. 높다란 스테인드글라스 창으로 빛이 쏟아져 들어오는 가운데, 목사는 이런 말로 예배를 마무리했다.

"오직 주님을 소망으로 삼는 사람은 새 힘을 얻으리니, 독수리가 날개를 치며 솟아오르듯 올라갈 것이요, 뛰어도 지치지 않으며, 걸어도 피곤하지 않을 것이다."

그 뒤로 발작이 시작되었다. 꼬박 두 해 동안 잠을 자지 못했다. 두 해 동안 피티를 먹이고 씻기고 안아 주었다. 마을 사람들, 이웃들은 쓸데없는 짓이라고 했다. 그렇지만 세라는 날마다 아기에게 몸과 마음을 다 바쳤다.

모델 T에 앉아 고개를 뒤로 젖히고 눈을 감자, 이웃 사람들의 목소리가 다시 들려왔다. "솔트레이크에 있는 전문가를 찾아가 보지 그래요?" "밤마다 기도하세요?" "지난해에 독감 걸렸을 때 무슨 약 먹었어요?" "임신했을 때 너무 무거운 물건을 들어서 그래요."

밤마다 세라나 로이가 자지 못하고 피티 곁을 지키며 또 발작이 일어나면 아기가 죽을지도 모른다며 덜덜 떨 때 이 사람들은 다 어디에 있었을까? 세라가 피티를 안고 읍내에 오면 사람들은 인사도 하지 않고 피했다.

약값, 병원비 청구서가 점점 쌓였다. 돈 되는 것은 전부 팔았다. 작은 목장마저. 이제 약을 살 돈도 의사를 찾아갈 돈도 없다. 아직 어린 여덟 살 빌리와 열 살 캐시가 자선단체에서 얻은 너무 큰 옷을 입고 학교에 가는 것을 보면 가슴이 아팠다. 이 아이들도 다른 아이들처럼 장난감을 가지고 놀고 아이스크림을 먹고 마을 잔치에 갈

날이 있을까?

"왜 엄마 아빠는 피티만 사랑해?"

어느 날 빌리가 이렇게 내뱉듯 말했다.

그날 결정을 내릴 수밖에 없었다. 그날 결정에 따라 오늘 피티를 맡기러 보즈먼으로 오게 되었다. 피티를 몬태나 주 웜스프링스에 있는 웜스프링스 정신병원에 보내려는 것이다.

차가 보즈먼 가장자리에 있는 조그만 벽돌 건물, 노던퍼시픽 기차역으로 들어서는데 도로에 움푹 꺼진 데가 있어 피티의 머리가 흔들렸다. 피티의 조그맣고 기이한 얼굴에 떠오른 공허한 표정이 더 까마득하게 멀어졌다.

군 보건 담당 간호사가 두 사람을 맞았다. 다정해 보이는 얼굴에 머리카락은 부드럽고 밝은 황갈색이었지만 파란 블라우스 위에 덧입은 빳빳하게 풀 먹인 흰 조끼가 마치 갑옷처럼 보였다. 세라는 좀 더 나이가 지긋한 사람이 마중 나올 거라고 생각했다.

"잘 돌봐 주세요."

세라는 망설이다가 피티를 내밀며 간곡하게 부탁했다. 오늘따라 아기가 너무나 무겁게 느껴졌다.

"그럴게요."

간호사는 아무런 반응도 없는 아기를 꼭 안으며 대답했다.

"잘 돌볼게요."

세라는 목사가 한 말을 떠올렸다. 죽은 사람을 묻는 게 중요한 것처럼, 피티처럼 가엾은 영혼을 삶에서 떠나보내고 잊는 것도 그만큼 중요하다고 했다. 세라는 손을 뻗어서 비틀어진 조그만 몸이 이룬 이상한 곡선을 따라 피티의 몸을 손가락으로 어루만졌다. 그때까지 침착하던 세라가 울음을 터뜨리자 얼른 로이가 세라를 차로 데려갔다.

기차에서 군 보건 간호사는 닳아 매끈해진 나무 의자에 앉아 불편한 듯 몸을 옴지락거렸다. 간호사는 아기의 비틀린 입과 코에서 콧물을 닦아 주었다. 부어올라 말린 혀는 한쪽 뺨 안에 몰려 있었다. 나라에서 위탁받아 보호하는 환자를 웜스프링스에 있는 정신병원에 전달하는 일은 본디 군 보안관이 해야 할 일이다. 그렇지만 보안관은 전달할 사람이 아기일 때는 늘 그 일을 간호사에게 맡겼다. 기형아를 안고 다니는 것은 보안관답지 않은 일이라고 생각했는지 모른다.

간호사는 가방 안에 든 커다란 갈색 봉투에서 위탁 신청서를 꺼냈다. 평가 항목을 보니 빤한 사실을 장황하고 복잡하게 적어 놓았다. 간호사는 다시 서류를 정리하다가 아이의 이름을 보았다. 피티 로이 코빈.

"여기 앉아도 돼요?"

사근사근한 목소리였다. 군 보건 간호사가 고개를 들어 보니 키가 크고 기품 있는 부인이 서 있었다. 고운 은발로 보아 예순 살이 넘은 것 같았다. 긴 치마와 어울리는 갈색 실크 블라우스를 입었다.

"그럼요, 앉으세요."

간호사가 대답했다. 부인은 나무 의자에 앉으면서 안도의 한숨을 내쉬었다.

"가방 올려 드릴게요."

간호사가 이렇게 말하며 팔을 뻗자 아기를 감싼 담요가 펼쳐지면서 피티의 일그러진 얼굴이 드러났다. 벌어진 입에서 침이 줄줄 흘렀다.

"어머나 세상에!"

노부인이 소리치며 벌떡 일어나 자기 가방을 잡았다.

"아무 해도 끼치지 않아요."

간호사가 이렇게 말했지만 노부인은 복도를 따라 달아났다.

덜컹거리는 기차 안에서 간호사는 고개를 절레절레 흔들었다. 비어 있는 옆 자리에 손을 대고 몸을 기댔다. 기관차는 역에서 떠나기 싫다는 듯 씩씩거리며 힘겹게 출발했다. 조금 뒤 기차는 규칙 있게 덜컹덜컹 소리를 울리며 달렸다. 누군가가 객차 사이에 있는 나무 문을 열 때마다 소리가 더 크게 들렸다.

바람이 거세어져서 기찻길 옆 들판에서 회오리바람이 빙빙 돌며 춤을 추었다. 산쑥 냄새와 기관차에서 석탄 타는 연기가 열린 창틈으로 새어 들었다. 가엾은 아기를 담요로 단단히 감싸면서 간호사는 긴 여행에 대비해 편한 자세를 했다.

"삶이 너한테 큰 짐을 지어 주었구나. 생각을 못하니 그나마 다행이지."

간호사가 속삭였다.

잘못된 진단

웜스프링스 정신병원, 몬태나 주 웜스프링스

"안녕하세요. 아이는 이쪽으로 데려오세요."

중년의 입실 수속 간호사가 되풀이되는 업무로 얼굴에 새겨져 버린 듯한 딱딱한 웃음을 지으며 이렇게 지시했다. 금발을 흐트러짐 없이 빗어 넘겨 단단하게 쪽을 지고 몸이 다부진 것이 말 안 듣는 환자들을 노련하게 다룰 것 같았다. 입실 수속 간호사가 군 보건 간호사를 짧은 복도 아래쪽으로 데려가더니 기이한 설비가 여기저기서 있는 빛 바랜 노란빛이 도는 진찰실로 안내했다. 벽에 의자가 죽 붙어 있었다. 한쪽 벽에는 진찰대가, 방구석에는 나지막한 책상이 하나 있었다. 높은 천장에 희미한 전등이 1미터쯤 되는 닳아 빠진 긴 전깃줄에 달려 두 줄로 나란히 붙어 있었다. 작은 창으로 바람이 들어와 전등을 천천히 흔들었다. 방에 들어서는 순간 독한 세척액 냄새가 코를 찔렀다.

"여기요."

군 보건 간호사는 위탁 신청서를 건네며 크게 숨을 들이마셨다.

다부진 입실 수속 간호사가 기록을 훑어보더니 피티를 안고 가차가운 금속으로 된 진찰대에 거칠게 올려놓고 물었다.

"서류에 있는 것 말고 다른 전달할 내용은 없죠?"

"없어요. 부모가 아기를 내주기 싫어했다는 것 정도?"

"그러는 사람들도 있죠. 그러다가 집이고 직장이고 다 잃고, 이혼하고, 심지어 자살하는 사람도 봤어요. 가장 안타까운 게 뭔지 알아요?"

"뭔데요?"

"그런데도 부모들이 더 노력했어야 한다고 생각하는 사람이 있다는 거죠."

군 보건 간호사는 고개를 끄덕이고, 손목시계를 흘긋 보았다.

"이제 가야겠네요. 노던퍼시픽행 네 시 기차를 타고 보즈먼으로 돌아가야 해요. 내일 고등학교 신체검사가 있는 날이라."

"그래요. 바깥세상에 내 안부 좀 전해 줘요."

입실 수속 간호사는 이렇게 말하며 아기의 굳은 몸에서 조그만 옷을 벗겨 냈다.

"이건 이제 필요 없어요."

이렇게 말하고 아기 몸을 닦으며 구석구석 상처나 발진이나 염증 따위가 없는지 살폈다.

"이번엔 또 뭔가?"

늙수그레한 의사가 방에 들어오며 물었다. 피부가 쭈글쭈글 늘어져 마른 뼈대에 너무 큰 옷을 걸친 것처럼 보였다.

"아기예요. 두 살배기."

간호사가 대답했다.

"이름은 피티 로이 코빈이고 보즈먼에서 왔어요. 부모 손에서 자랐어요. 지금 막 몸을 닦아 줬는데 잘 돌본 것 같네요."

"한번 봅시다."

의사는 어려운 문제를 풀 때처럼 입술을 오므렸다.

"침대 생활을 하겠군."

의사는 이렇게 덧붙이고 위탁 신청서를 훑어보더니 고개를 절레절레 흔들었다.

"전문가한테 보인다고 뷰트까지 갔다 왔네."

의사는 청진기를 피티의 가슴에 대고 들어보더니 놀란 듯 눈썹을 치켰다.

"심장 박동이 아주 우렁차군. 이런 아이한테는 드문 일인데."

의사는 피티의 머리카락을 뒤적이며 이 같은 기생충이 없는지 살폈다. 그러고는 뻣뻣한 나뭇가지 같은 팔 다리를 잡아당겨 보더니 이렇게 말했다.

"경직성이야."

간호사가 고개를 끄덕였다.

의사는 서류철을 집어 들어 백치라는 낱말을 끼적였다.

"내 의견도 뷰트에서 평가한 것과 같아요. 부모들이 대체 뭘 바라고 거기까지 갔는지 궁금하군. 치우(옛날에는 정신지체인을 지체 정도에 따라 백치-치우-우둔으로 나누었으나 요새는 정신지체라는 말을 쓴다.-옮긴이)라는 진단이라도?"

의사의 목소리에는 비웃음이 배어 있었다.

"백치건 치우건 지적 능력이 없으니 치료는 마찬가지죠."

간호사가 말했다.

"무슨 치료?"

의사가 중얼거렸다.

한참 뒤, 입원 수속 보조원이 피티를 유아 병실로 데려갔다. 넓고 천장이 높은 동굴 같은 방이었다. 아기 침대 여남은 개가 사방 벽에 죽 늘어서 있었다. 흰 페인트를 칠한 벽이 여기저기 벗겨져 야한 노란색 밑칠이 드러나 눈부시게 흰 제복, 침대와 강한 대조를 이루었다. 침대에는 우리처럼 높은 철제 울타리가 둘러 있었다. 방 한가운데 텅 빈 곳이 이른바 놀이 공간이지만 장난감은 거의 없었다.

보조원은 방 한쪽 면을 따라 걸으며 이상야릇하게 생긴 어린 아기들을 흘깃 보았다. 어떤 아이는 이마가 없고 무성한 눈썹 언저리부터 머리카락이 나서 마치 원시인처럼 보였다. 또 다른 아이는 머리가 농구공보다도 더 컸다. 보조원이 안고 있는 아기 같은 아이들도 많았다. 기력이 없고 수동적인 아이들. 하지만 몇몇은 포악하게 침대의 굵은 창살을 발로 걷어차고 잡아당겼다. 놀이 공간에 내려와 있을 수 있는 아이들 가운데 절반은 넋이 떠난 사람처럼 멍하니 앉아 있었다. 둘은 바닥에 구르며 침을 질질 흘리며 몸을 비틀었다. 끙끙거리는 소리, 훌쩍이는 소리, 외치는 소리, 울부짖는 소리가 뒤섞여 와자하게 시끄러웠다.

여기 들어오니 어쩐지 기분이 오싹했다. 몽골로이드(예전에 다운증후군 환자를 일컫던 말―옮긴이), 바보, 뇌수종 환자 따위 온갖 종류의 기형아들. 보조원은 얼른 피티를 병실 끝 쪽에 있는 빈 침대에 내려놓고 서둘러 나갔다.

유아 병실의 첫날, 해가 지면서 피티의 일그러진 조그만 얼굴에 긴 그림자를 드리웠다. 그 순간부터 단조로운 패턴이 피티의 삶을 지배했다. 이 패턴은 동이 트면서 시작하고 해가 지면서 끝났다. 똑딱거리는 메트로놈 같은 패턴이 피티의 삶이 되었다. 바깥세상에서는 살다 보면 늘 박자가 흐트러지고는 하지만 여기에는 삶이란 게 없었다. 박자가 쉴 새 없이 진동하며 환자들의 정신에 파고들었다. 해가 뜨고, 지고, 뜨고, 지고, 뜨고, 지고. 계절이 진동을 조금씩 조율하기는 하지만 패턴은 늘 한결같았다. 되풀이되고, 또 되풀이되

고, 또 되풀이되어 시간조차도 무감해질 지경이었다.

시간이 흐르며 피티의 몸에도 무심한 변화가 제멋대로 진행되었다. 한 해가 한 시간처럼 지나갔다면 그런 변화가 눈에 띄었을 것이다. 다리는 천천히 말라붙은 뿌리처럼 조그만 배 쪽으로 말려 올라갔다. 두 팔은 팔꿈치에서 홱 꺾인 채 굳었다. 손은 손목 안쪽으로 꺾여 손가락이 갈고리처럼 되었다. 다만 먹이를 쥐지 않았을 뿐이지 조그맣고 사나운 날짐승의 구부러진 발톱 같았다. 피티의 머리는 더 많이 왼쪽으로 기울었다. 혀는 뱀 혀처럼 뒤틀렸다.

천천히 피티의 눈에도 변화가 나타났다. 지금껏 초점을 맞추지 못하고 허공을 가만히 바라보던 조그만 눈동자가 눈에 띄지 않게 아주 조금씩 안으로 움직여, 세상을 점점 더 가깝게 끌어왔다. 하루는 눈동자가 흔들리더니 침대 위의 천장에 모아졌다. 부연 안개 속에서 흐릿한 전구가 나타나 처음으로 피티의 시야에 들어왔다.

유아 병실에 들어오고 3년이 지난 뒤 또 다른 사건이 있었지만 아무도 알아차리지 못했다. 주마다 목욕 시간이 되어 보조원이 목욕을 시켜 주다가 발이 미끄러졌다. 커다란 욕조에 피티를 눕히려던 참이었는데 그만 머리부터 물에 집어넣고 말았다. 보조원이 피티를 안아 올렸다.

"괜찮니? 불쌍한 아가?"

보조원은 법석을 떨며 수건으로 아이의 눈가에서 물을 닦아 냈다.

피티가 웃었다. 그러나 그 웃음은 수건에 가려 보이지 않았다.

피티를 돌보아 주는 간호사와 보조원도 계속 바뀌었다. 이 다섯 살배기 아이는 참 돌보기가 쉬웠다. 불평하는 일도 없이 하루 종일 침대에 누워 머리를 힘겹게 당겨 가며 방 여기저기를 바라보았다. 아무도 피티가 무슨 생각을 하는지, 피티 마음속에서 어떤 감정이 자라나는지 몰랐고, 피티가 얼마나 그 감정을 밖으로 드러내고 싶어 하는지도 몰랐다. 사람들이 볼 수 있는 거라고는 언뜻 나타났다 사라지는 희미한 웃음뿐이었다. 그것 말고 다른 반응은 볼 수 없었기 때문에 피티의 웃음도 백치가 아무 뜻 없이 하는 몸짓에 지나지 않는 것이라고들 생각했다.

3

에스테반 가르시아

1927년 초가을, 멕시코 인 젊은이가 웜스프링스 정신병원에 일자리를 구하러 왔다. 이주 노동자인 에스테반 가르시아는 노스다코타의 감자 농장에서 푼돈을 받고 노예처럼 일했다. 그러다가 열여섯 살이 되어 식구를 떠나 스스로 삶을 개척하기로 했다. 시카고, 미니애폴리스, 수폴스 같은 곳에서 뜨내기일을 하면서 서쪽으로 흘러왔다. 뷰트 광산에 가 보았으나 몸집이 너무 작아서 일자리를 얻지 못하고, 이제는 떠돌이처럼 돌아다니면서 일하지 않겠다고 마음먹고 마침내 웜스프링스까지 온 것이다.

에스테반은 면접을 기다리며 대기실에서 높은 천장과 황량한 벽을 불안한 듯 둘러보았다. 많은 이주 노동자들이 너무 익숙하게 잘 아는 경찰서 내부가 떠올랐다. 마침내 머리가 희끗희끗한 덩치 큰 남자가 에스테반을 자기 방으로 불렀다. 남자는 거대한 참나무 책상 뒤에 앉아 반쯤 피우다 만 시가에 불을 붙였다. 에스테반은 방 가운데 덩그마니 놓여 있는 나무 의자에 앉았다.

덩치 큰 면접관은 헛기침을 몇 번 하며 에스테반의 이력서를 훑어보았다.

"에스테반 마틴 가르시아. 열일곱 살."

면접관은 이력서를 읽더니 고개를 숙인 채 눈을 치켜뜨고 이중 초점 렌즈 안경 너머로 비리비리한 멕시코 인을 뜯어보았다.

"시(에스파냐 어로 '예'라는 뜻-옮긴이), 아니 그러니까, 예."

에스테반은 말을 더듬었다.

"왜 뷰트에서 일자리를 구하지 않았지?"

"몸집이 작아서 안 된다고 합니다."

"여기에서 무슨 일을 하고 싶은가?"

"무슨 일이든지요. 열심히 일할 겁니다. 맡겨 주시면 금방 제 말을 확인하실 수 있을 거예요."

면접관은 웃으며 자리에서 일어났다. 거대한 덩치 앞에서 멕시코 인 사내아이는 난쟁이가 된 것 같았다.

"젊은이. 여기 병원 일이 쉽고 돈도 많이 준다고 생각하는 사람이 많지. 전혀 그렇지가 않네. 자네 몸집이 광산에서 일하기에 너무 작다면 여기에서도 별 쓸모가 없을 거야."

에스테반은 간절한 눈빛으로 거대한 남자를 올려다보았다.

"선생님, 제가 뭘 하기에 너무 작은가요?"

"설명해 주지. 첫째, 우리 예산으로는 실제로 여기 있는 환자 2천 명 가운데 절반도 부양하기 힘드네. 따라서, 여기 직원들은 박봉에, 초과노동에 시달리면서도 수고한단 말도 거의 못 듣지."

"큰돈 바라지 않습니다. 사람들한테 도움이 되고 싶어요."

젊은이가 항변했다.

"에스테반, 여기는 재활 시설이 아냐. 그저 부양만 할 뿐이지. 먹이고 씻기는 것 말고는 아무것도 안 해. 병실에서는 난폭한 환자를 제압하거나 침대 생활 하는 환자를 들어올려 씻기는 것 같은 일을 늘 해야 해. 환자 중에는 90킬로그램이 넘는 사람도 있다고. 어떤가, 에스테반, 그래도 할 마음이 있나?"

에스테반은 바지 자락을 만지작거렸다.

"제가 지금까지 일한 곳 어디에서나 저는 작은 축에 끼었습니다. 하지만 몸집이 크더라도 마음이 좁은 사람들은 열심히 일하지 않아요."

에스테반은 덩치 큰 면접관의 비위를 거스르지 않았나 싶어 움찔했다. 그러나 자기 머리를 가리키며 말을 이었다.

"저는 생각도 크게 하고 열심히 일해요. 보시면 아실 거예요."

면접관이 허허 웃었다.

"심지 있는 친구로군. 그렇지?"

"예, 선생님. 일자리를 주실 건가요?"

"이렇게 하지. 자네 태도가 마음에 드니 한번 해 보자고. 견습이란 게 뭔지 아나?"

"견습이요."

에스테반은 면접관이 자기 능력을 시험해 보려고 질문을 던진 줄 알고 초조해하며 그 말을 따라 했다.

"그게…… 무슨 뜻이냐 하면요……."

면접관이 씩 웃었다.

"견습이란 건 수련 기간을 말하는 거야. 자네를 두 주 동안 써 보고, 계속 쓸지 안 쓸지 결정하겠네. 알았나?"

"예, 선생님! 예!"

에스테반은 신이 나서 고개를 끄덕였다. 그리고 일을 했다. 봄이 되자 에스테반은 유아 병실에서 일하는 모든 간호사들에게 총애를 받는 보조원이 되었다.

날마다 교대 시간이 되어 근무가 끝나고 나면 에스테반은 병실을 돌아보며 아이들 하나하나에게 작별 인사를 했다. 피티의 침대에는 특별히 더 오래 머물렀다. 닳아빠진 위쪽 난간 위로 몸을 숙이고 보통 아이에게 말을 걸 듯 피티에게 이야기를 했다. 그러다 보니 에스테반이 가까이 갈 때마다 피티의 얼굴에는 웃음이 떠올랐다.

유아 병실에서 지내기에 너무 커 버린 지 벌써 몇 해가 되었지만 피티는 계속 그곳에 머물렀다. 벌써 여덟 살이지만 피티를 돌보는 일이 유아 병실에 더 잘 맞는 업무였기 때문이다.

어느 날 에스테반은 허쉬 초콜릿바를 우물거리며 피티가 누워 있는 침대로 갔다. 피티의 눈이 초콜릿을 따라갔다.

"초콜릿 좋아해?"

에스테반이 물었다.

"자."

에스테반은 초콜릿을 조그맣게 잘라 벌어진 피티의 입에 넣었다. 곧바로 피티의 혀가 날래게 앞뒤로 움직이며 조그만 초콜릿 조각을 따라갔다. 갈색 초콜릿이 혀와 입천장에 닿아 녹았다. 피티의 눈길은 에스테반한테 고정되지 못하고 뒤쪽에 맺혔다. 입 안에서 살살 녹는 환상 같은 무엇인가에 정신이 팔려 버렸기 때문이다.

그날부터 에스테반은 날마다 교대하고 가기 전에 피티한테 조그만 초콜릿 조각을 주었다. 몇 달 지난 뒤에는 초콜릿을 주기 전에 먼저 피티에게 이렇게 물어보았다.

"피티, 이거 먹고 싶어?"

피티는 웃으며 비틀린 두 팔을 퍼덕이며 끅끅거렸다.

어느 날 에스테반은 수간호사에게 물었다.

"피티한테는 무슨 문제가 있어요?"

"백치야."

간호사가 무덤덤하게 말했다.

"그게 무슨 뜻이에요?"

"생각을 할 수 없다는 말이지."

에스테반은 고개를 가로저었지만 아무 말도 하지 않았다.

며칠 뒤 에스테반은 일을 끝내고 피티의 침대로 갔다. 초콜릿 조각을 내밀며 늘 하듯 물었다.

"피티, 이거 먹고 싶어?"

피티는 팔을 휘젓고 꾸르륵거리며 초콜릿을 기다렸다.

"피티, 말해 봐. 먹고 싶어?"

피티는 또 팔을 퍼덕거리며 얼굴을 찡그리며 끙끙거렸다.

"이렇게 해 봐."

에스테반은 고개를 끄덕거리는 동작을 따라 하게 시켰다. 피티는 안달이 난 듯 끅끅거리며 다시 손을 파닥거렸다.

"피티, 이렇게 한번 해 봐."

에스테반은 고개를 열심히 주억거리며 다시 채근했다. 피티는 얼굴을 비틀어 찌푸리고는 눈길을 다른 데로 돌렸다.

"알았다. 알았어. 자. 초콜릿 줄게."

에스테반은 초콜릿 조각을 피티의 입에 밀어 넣었다.

피티는 혀를 내밀어 초콜릿 조각을 침대보에 뱉었다. 에스테반은 초콜릿 조각을 주워 다시 입에 넣어 주었지만 피티가 다시 흰 침대보 위에 밀어냈다. 갈색 침이 길게 늘어졌다.

"초콜릿 먹기 싫으면 이제 안 줄 거야."

에스테반은 돌아서서 가 버렸다. 그러다 문가에서 멈춰 피티를 돌아보았다. 피티를 생각하면 어쩐지 짠하고 마음이 쓰였는데, 왜 그러는지 그 까닭을 몰랐다.

　　　　　＊　＊　＊

　그날 밤, 유아 병실 끝에 있는 유리 문 너머 간호사실에서 새어 나온 빛이 죽 늘어선 하얀 침대에 희미하게 비추었다. 이따금 훌쩍 거리는 소리, 기침 소리가 났지만 아이들은 곤히 잘 잤다. 다만 남쪽 벽을 따라 있는 침대 가운데에 자지 않고 깨어 있는 아이가 있었다. 어둠 속을 바라보며 피티는 자기 몸과 치열하게 싸우고 있었다. 위아래로 까닥거리는 피티의 얼굴이 컴컴한 어둠에 묻혔다.

　이튿날 에스테반은 교대하고 병실을 나서기 전에 인사를 하러 피티한테 들렀다. 이번에는 초콜릿을 가지고 가지 않았다. 에스테반이 입을 열기도 전에, 피티는 끅끅거리며 고개를 위아래로 까닥여 틀림없이 '그렇다'는 뜻을 나타냈다.

　에스테반은 멍하니 내려다보다가 이렇게 내뱉었다.

　"세상에 이럴 수가!"

　그러고는 간호사실로 달려가며 말했다.

　"피티, 기다려, 초콜릿 가져올게."

　에스테반은 판매대에서 초콜릿바를 하나 잡고 깡통에 2센트를 집어 넣고 피티한테 돌아왔다.

　"피티! 오늘은 한 개 통째로 다 줄게."

　피티가 함박 웃자 마치 얼굴이 반으로 갈라진 것 같았다. 끅끅거리고 두 팔을 날개처럼 파닥거리며 피티는 고개를 앞뒤로 끄덕거리고 또 끄덕거렸다. 승리감의 표현이었다.

몇 주 뒤에 에스테반은 수간호사를 피티한테 데려왔다.

"보여 드릴 것이 있어요."

간호사는 6번 침대에 있는 어린 백치가 끅끅거리며 초콜릿을 달라는 몸짓을 하는 것을 보았다.

"에스테반, 이걸 보라고 데려온 거니?"

간호사가 나무라듯 말했다.

"이건 조건반사에 지나지 않아. 백치라고 하더라도 먹을 것을 가지고 조건반사를 끌어낼 수 있어. 자, 이제 난 가 봐도 되겠지. 할 일이 많아서."

간호사는 돌아서서 가 버렸다. 간호사의 뒷모습을 네 개의 눈동자가 따라가며 지켜보았다.

에스테반은 고개를 흔들었다.

"피티, 넌 백치가 아니야!"

그날 오후 뷰트 시 고위 공무원들이 웜스프링스 병원 시설을 둘러보러 왔다. 시찰단이 오면 늘 병실을 돌아본다.

"여기가 유아 병실입니다."

관리인이 정해진 대사를 읊었다.

"질문 있으면 뭐든지 하십시오."

공무원들은 죽은 듯이 조용했다.

공무원들은 병실 끝 부분, 피티의 침대 가까이에서 돌아섰고 그 가운데 머리가 벗어진 사람이 일행에게 속삭이듯 말했다.

"기형아 집합소군요."

에스테반은 그 말을 엿듣고 화가 나 얼굴을 붉혔다.

"기형아라고 하지 마세요!"

에스테반이 큰 소리로 외쳤다.

"불쌍한 아이들이라고요!"

사람들은 한꺼번에 에스테반을 돌아보았고 그 말을 한 사람은 당황해 고개를 숙였다. 관리인이 에스테반에게 눈총을 주며 말했다.

"나중에 나 좀 보자."

사람들은 병실에서 빠져나가 계속 시설을 돌아보며 공무원으로서 의무를 다했다.

이튿날 에스테반은 병실에 나타나지 않았다. 수간호사가 피티의 침대 옆으로 지나갈 때마다 피티는 끅끅거리며 팔을 크게 휘저었다. 눈으로 호소하며 고개를 열심히 앞뒤로 끄덕였다. 그렇지만 에스테반이 없어지자, 피티의 말이 된 미묘한 몸짓 하나하나도, 세상과 교감하는 방식도, 모두 도로 백치의 아무 뜻 없는 움직임이 되어 버렸다.

4

네모난 세상

에스테반이 떠나고 3년이 지난 어느 나른한 봄 날, 피티의 멍하고 단조로운 삶의 리듬이 폭발하듯 흔들린 사건이 있었다.

"피티 코빈이 어디 있어요?"

고집스럽게 생긴 보조원이 간호사실 앞으로 지나가며 외쳤다. 보조원은 아무 조심성 없이 휠체어를 거칠게 밀며 방으로 들어섰다. 물들인 참나무로 틀을 짜고 등나무를 엮어 좌석을 만든 휠체어인데 여러 해 동안 험하게 쓴 탓에 갈라지고 긁힌 데가 많았다. 힘든 업

무릎 배겨 내도록 튼튼한 자전거 바퀴를 달았다.

"6번 침대요. 저쪽 끝 가운데 침대예요."

수간호사가 외쳤다. 오늘 남자 병동에서 피티를 데려가기로 한 것이다. 이제 열한 살이니 유아 병실에서 지내기에는 이미 너무 커 버렸다.

보조원은 바퀴 하나를 들고 휠체어를 휙 돌려서 카트를 밀고 장을 보듯 유유히 병실을 가로질러 갔다. 그러더니 콧잔등을 찌푸렸다. 독한 잿물로 빨래를 하지만 역겹고 달착지근한 똥오줌 냄새는 없앨 수가 없다.

"3번, 4번, 5번."

흰옷을 입은 남자는 큰 소리로 세며 목표한 침대에 다가갔다.

"6번. 여기 있군."

휠체어를 옆으로 돌려 세우고 피티 몸에 덮인 홑이불을 걷었다.

"아, 세상에! 이게 뭐야?"

보조원은 자기 눈 앞에 있는 뒤틀린 몸을 보며 비명을 내질렀다.

"이봐요, 이건 휠체어로 옮길 수 없겠는데요."

간호사실 쪽을 보며 외쳤다.

"어쩌라고?"

수간호사는 낮은 소리로 이렇게 중얼거리며 책상에서 일어섰다.

"안고 가지 그래요?"

수간호사가 피티 쪽으로 걸어오며 말했다.

"남자 병동까지 가는 길에 휠체어에서 떨어져 버릴 것 같은데."

"이렇게 하지요."

수간호사는 능숙하게 피티를 휠체어에 앉히고 침대에서 홑이불을 가져와 밧줄처럼 꼬았다. 꼰 홑이불을 빳빳한 팔 아래에 쑤셔 넣고 휠체어 등 쪽에서 묶었다.

"휠체어에 자주 태울 거면 등받이를 뒤쪽으로 눕히고 등 쪽에 베개를 대 주세요."

"이 짓을 또 하라고?"

보조원이 중얼거렸다.

피티의 머리가 앞으로 툭 꺾였는데 홑이불이 가슴을 뒤쪽으로 세게 잡아당겨 어깨가 치켜 올라가 귀에 닿았다. 목을 들 수가 없어 피티는 무릎을 내려다보며 이게 무슨 일인지 알아내려고 애썼다. 털털털 소리를 내며 바큇살이 점점 더 빨리 돌아갔다. 마루 널판 무늬가 흐릿해졌다.

계단이 나오자 보조원이 휠체어 손잡이를 꼭 쥐었다. 휠체어를 밀고 계단 두 층을 거칠게 내려가는 동안 한 계단 한 계단 지날 때마다 휠체어가 덜컹거렸다. 피티는 머리가 튕길 때마다 움찔했다. 피티는 정신을 못 차릴 만큼 흔들리며 내려와 아직 멍한 상태인데 보조원이 휠체어를 문밖으로 밀고 나갔다. 문턱에서 또 한 번 크게 덜컹 흔들렸다.

산들바람이 불어오고 갓 벤 풀, 라일락, 인동꽃 냄새가 날아왔다. 맛이 느껴질 정도로 달콤한 냄새였다. 피티는 숨을 들이쉬었다가 마지못해 내쉰 다음 다시 허겁지겁 향기를 들이마셨다. 전에도 바람을 맞아 본 적이 있기는 하지만, 주마다 목욕을 하러 가면서 열린 창문 앞을 지날 때였으니 아주 잠깐 동안이었다. 웜스프링스에 온 뒤로 아홉 해 동안 단 한 번도 건물 밖에는 나가 본 적이 없었다. 피티는 온몸을 부르르 떨었다. 공기가 온몸을 어루만지고, 다리를 덮은 흰 홑이불을 끌어당기고 간질였다. 병실에는 가는 빛 줄기만 한 가닥 쏘아 주고는 하던 해가 온 세상을 빛으로 가득 채우며 눈부시게 내리쬐었다. 고개를 푹 숙였는데도 피티는 햇살이 너무 눈부셔 눈을 가늘게 뜨고 깜박거려야 했다. 피티는 웃었고 눈에는 눈물이 고였다.

10분 정도 긴 보도를 따라 구불구불 내려갔다. 시간도 공간도 무한히 뻗어 있었다. 가고 또 가고 멈추지 않고 또 갔다. 어떻게 해서 아무리 가도 벽이 나오지 않을 수 있을까? 얼마나 멀리 이렇게 갈 수 있을까? 그때 갑자기 커다란 경적 소리가 울려 피티는 경련을 일으켰다. 커다랗고 검은 물체가 횡하니 지나가고 뒤쪽으로 연기와 먼지가 일어났다. 무릎에 고정되었던 눈을 양옆으로 돌려 피티는 그 물체에 사람이 탄 것을 볼 수 있었다. 피티는 눈을 돌려 눈길이 닿는 데까지 계속 따라가며 그 물체를 보았다. 피티는 놀라 눈을 깜박이고 웃으며 팔을 파닥거렸다. 정말 살아 있는 것 같았다.

"저거 봐라 꼬마. 패커드에서 새로 나온 차란다. 정말 예쁘지?"

보조원이 말했다. 피티는 무슨 말인지 알아듣지 못했다.

"네가 새로 들어갈 병동에는 진짜 광대들이 많단다."

보조원은 관광 안내라도 해 주는 듯 잔뜩 비꼬아 가며 말했다.

"대장장이도 있고, 보일러공도 있고, 도박사, 의사, 권투 선수, 심지어 목사도 있단다. 모두 한지붕 아래 말야. 그렇지, 이건 문화 사업이나 다름없어."

유아 병실에서 이곳까지 오는 길은 너무 짧았다. 엄청나게 큰 붉은 벽돌 건물이 피티의 시야 양쪽 옆으로 뻗어 있었다. 바깥나들이도 찬란한 순간도 너무 빨리 끝이 났다. 보조원은 휠체어를 끌고 정문으로 뒷걸음질해서 들어가더니 계단 두 층을 또 쿵쾅거리며 올라갔다. 덜컹거릴 때마다 바깥세상에 넋을 잃었던 피티의 환상이 하나씩 깨어지는 것 같았다.

귀퉁이에 있는 침대가 비어 있었다. 보조원은 안도의 한숨을 내쉬며 피티를 거칠게 침대에 올려놓았다.

"날마다 이 짓을 할 필요가 없다니 다행이지 꼬마야."

피티는 이상하다는 듯한 눈빛으로 보조원을 보았다. 피티한테는 황홀한 여행이었는데. 베개를 머리 밑에 받쳐 고개가 조금 들린 상태라 피티는 방 안에 있는 다른 사람들을 살펴보았다. 쉰 명은 되는 것 같았고, 모두 남자였다.

아랫도리를 입지 않고 관절이 옹이 진 키 큰 남자가 침대 위에 서서 소리쳤다.

"회개하라, 그러면 천국에 갈 것이니. 심판의 날이 다가왔다. 너희들은 모두 죄인이나 내가 너희를 구하러 왔다. 모두 나와 같이 기도하라."

남자는 방 안 사람들이 모두 자기 말을 따르기라도 하는 듯 눈을 감았다. 침대 위에서 몸을 흔들며, 눈을 감아 비틀거리면서도 비쩍 마른 남자는 되풀이해서 의미가 없어진 기도문을 읊었다. 남자는 이따금 눈을 살짝 뜨고 몸의 중심을 잡고 상상 속의 군중을 살폈다.

피티는 목사 너머에 있는 다른 사람들을 보았다. 창가에서는 어윈 남자가 벌써 절반은 뜯어 먹은 자기 셔츠를 씹고 있었다. 눈도, 갈비뼈 사이도 휑뎅그렁했다.

환자 여남은 명이 여기저기 흩어져 옷은 반쯤만 걸친 채 벽이나 침대에 기대어 있었다. 자기 무릎을 끌어안은 사람이 많았다. 어떤 사람은 허공을 멍하니 바라보거나 의자에 앉아 고개를 푹 숙이고는 딴 세상에 가 있었다. 정신병원 안에서 벌어지는 일이나 심지어 자기 목 위를 기어가는 파리에도 조금도 마음을 쓰지 않는 듯했다. 더러운 창문 밖을 내다보는 사람도 있었다. 그 사람들의 눈은 남자 병동 18호실에서 수백만 킬로미터도 더 떨어진 곳을 바라보고 있었다. 병실 끝에 있는 휴게실에서는 환자 대여섯이 커다란 나무 탁자 두 개에 둘러 앉아 카드를 하거나 담배를 말았다.

사방에서, 어딘지 알 수 없는 곳에서 소리가 울렸다. 헐렁한 바지를 허리띠로 단단히 동여맨 젊은 남자가 열심히 혼잣말을 하며 왔다 갔다 했다. 그러다가 어느 순간 신호라도 떨어진 듯 환자 몇이 돌아서서 피티 쪽으로 어슬렁어슬렁 다가왔다. 신참이 누군가 알아보려고 무리를 지어 아무것도 할 수 없는 27킬로그램짜리 아이를 둘러쌌다. 기관총처럼 질문이 쏟아졌다.

"이름이 뭐니?"

"담배 피워?"

"사고 당했니?"

"안녕, 난 조야. 나 대통령하고 잘 알아."

어떤 사람들은 손을 뻗어 새로 온 아이를 툭툭 건드리거나 꼬집었다. 피티는 공포에 질려 자기를 둘러싼 얼굴들을 쳐다보았다. 피티가 얼굴을 일그러뜨리며 팔을 휘저어 사람들을 치자 다들 놀란 닭처럼 흩어졌다. 사람들은 피티의 손이 닿지 않는 곳에 서서 조심스럽게 한 마디씩 던졌다.

"나를 때렸어, 바보!"

"밥한테 이를 거야."

"왜 그랬어?"

"너 그러면 혼난다."

"난 조야. 나 대통령하고 잘 알아."

피티는 사람들이 가 버릴 때까지 몸을 웅크리고 있었다. 왜 나를 이런 끔찍한 곳으로 보낸 것일까?

* * *

첫날 밤 피티는 훌쩍거리고 경련을 일으키며 잠을 잘 자지 못했다. 자기 침대를 둘러싼 얼굴들이 꿈에 나왔다. 새벽이 다 되어서야 깊은 잠이 들었고 바깥나들이 꿈을 꿀 수 있었다. 바람을 느꼈고 공기 냄새를 맡았다. 도무지 실제라고는 믿을 수 없을 만큼 아름다운 곳과 맑은 목소리와 누군가가 자기를 다정하게 안아 주는 손길을 꿈꾸었다. 아침이 되어 피티는 느릿느릿 잠에서 깼다. 현실이 꿈을 흐릿한 그림자처럼 퇴색시켰고 꿈의 잔상이 머릿속에서 사라졌다.

갑자기 불빛이 번쩍 들어왔다.

"모두 일어나요! 자, 조니, 샘, 조! 어서 일어나요! 여섯 시예요!"

보조원이 소리를 지르고 손뼉을 치면서 통로를 따라 내려오며 자리에서 일어나지 않는 사람들의 침대를 발로 걷어찼다. 보조원은 바로 피티한테 와서 배설물을 치웠다.

"날마다 이 짓을 해야 하다니 참 재미있겠군."

보조원은 투덜거리며 피티를 들어 나무 휠체어에 앉혔다.

"너 말고도 얼뜨기를 쉰 명이나 돌봐야 하는데, 수간호사께서 너를 날마다 침대에서 꺼내라고 한단다. 나 원."

피티는 베개 두 개 위에 불편하게 앉았다. 보조원은 웃옷만 입은 피티 몸에 홑이불 한 장만 덮어 주었다. 피티는 휠체어를 창가 가까이 옮겨 달라는 뜻으로 열심히 팔을 휘저었다.

"가만히 있어! 빌어먹을."

보조원이 야단을 쳤다.

"성질 건드리지 마라."

피티는 손짓을 멈추었지만 애절한 눈으로 계속 호소했다. 하지만 보조원은 그냥 가 버렸고 피티는 어쩔 수 없이 단조롭고 끝도 없는 리듬으로 돌아갈 수밖에 없었다.

유아 병실에 있을 때는 단조로운 리듬 때문에 피티의 정신이 멍해졌는데, 여기에서는 리듬이 격렬하게 진동하며 피티의 삶을 마비

시키고 망가뜨렸다. 환자들은 활발한 사람이나 조용히 있는 사람이나 할 것 없이 모두 무엇인가를 깨부수는 듯한 시끄러운 소리에 둘러싸여 살았다. 해가 뜨고, 지고, 뜨고, 지고, 시간이 흐르면서, 그 소리도 폭포 떨어지는 소리처럼 느낄 수 없는 멍한 상태가 되었다.

피티의 침대 위쪽 천장에는 커다랗고 네모난 난로가 달려 있었다. 추울 때면 난로가 우르릉 소리를 내며 타올라 잠을 이룰 수 없게 했다. 난로가 탈 때는 벽과 침대 옆에 있는 피티의 휠체어에 일렁이는 불꽃 그림자가 생겼다. 난로는 병실 전체를 따뜻하게 데워 주지 못했지만 통기구 바로 아래쪽은 열기가 뜨거울 정도였다. 피티는 숨 막힐 듯한 더위 때문에 몸부림치고 몸을 뒤틀며 담요를 밀어내려고 애썼으나, 그러고 나면 사람들이 난로를 꺼 버렸다. 공기는 금세 차가워지고 담요 없이 피티는 덜덜 떨어야 했다.

밥은 휴게실에서 보조원들이 먹여 주었다. 피티는 혼자 밥을 먹지 못하기 때문에 누가 먹여 주었고 그래서 피티가 다른 사람과 주로 만나는 것도 밥 먹을 때였다. 누운 채 먹어서 사레가 걸릴 때가 많았다. 사람들은 피티가 괴로워하는 것을 무시하고 그저 경련을 일으키는 것이라고 생각했다. 하루는 사레들지 않게 하려고 피티가 갖은 애를 써서 고개를 쳐들었다.

"야, 가만히 안 있으면 밥 안 줄 거야."

보조원이 이렇게 경고했다.

그러다 한 끼를 굶게 되고 나서 피티는 그냥 사레드는 것을 받아들이기로 했다. 그렇게 켁켁거리며 토하다 보니 빵이며 감자며 다진

고기가 휠체어에 온통 튀었다. 보조원들은 늘 바빠서 홑이불에 떨어진 빵 부스러기나 음식물 덩이를 털어 내지 않고 그대로 두고는 했다. 피티도 그 덩어리들을 보았다. 그때는 그 덩어리들이 엄청난 기쁨과 또 언젠가는 그것보다 더 큰 슬픔을 가져다 주리라는 것을 알 수 없었다.

5

캘빈과 생쥐 친구들

어느 추운 밤, 피티는 잠을 자지 않고 깨어 있었다. 난로가 우르릉거리는 동안 피티는 힘겹게 고개를 돌려 자기 휠체어에 불꽃이 어른거리는 것을 보았다. 무엇인가가 움직였다. 피티 눈에 무엇인가가 움직이는 게 들어왔다. 피티는 꿈지럭거리며 몸을 틀어 휠체어를 똑똑히 보려고 애썼다.

또 무엇인가가 움직였다. 흐릿한 불빛 속에서 그게 대체 무엇인가 보려고 하는데 난로가 꺼져 버렸고 방 안이 컴컴하고 고요해졌다. 그때 무슨 소리가 들렸다. 휠체어를 덮은 홑이불에서 희미하게 긁적거리는 듯한 소리가 났다. 피티는 두렵기도 하고 떨리기도 하는 마음으로 칠흑 같은 어둠 속을 뚫어져라 보았다. 그대로 5분쯤 기다렸다. 가슴이 두근두근 뛰었다.

그때 딸깍 하는 소리와 함께 요란하게 울리는 소리가 나면서 다시 난로가 켜졌고 휠체어에도 희미한 불빛이 가 닿았다. 피티는 자극 때문에 발작을 일으켜 심하게 경련했다. 복슬복슬하고 조그만 짐승 세 마리가 한순간 흩어졌지만 피티는 그 모습을 놓치지 않았다. 생쥐다!

유아 병실에서 생쥐를 본 적이 있고 간호사와 보조원들이 쥐 이야기하는 것을 들은 적이 있지만, 이렇게 가까이에서 본 것은 처음이었다. 아주 조그만데도 날렸다. 곧 생쥐들이 조심스레 다시 휠체어로 다가왔다. 머리 위 3미터 되는 곳에 있는 난로에는 조금도 신경 쓰지 않고 수염 난 조그만 코를 들이밀고 킁킁거리며 홑이불 주름 사이사이를 살펴 음식물 부스러기를 찾았다.

피티는 몇 시간 동안 생쥐 세 마리를 관찰했다. 코끼리처럼 귀가 크고 덩치도 큰 녀석한테는 윌리엄이라는 이름을 붙였다. 유아 병실에 있던 보조원 이름이다. 작은 생쥐 둘은 남매 같았다. 하나는 잿빛이고 하나는 까만색이라 구름이와 까망이라는 이름을 붙여 주었다.

그 뒤로 피티는 날마다 날이 추워지기를 빌었다. 그래야 난롯불이 켜지고 조그만 친구들을 볼 수 있기 때문이다. 또 밥 먹을 때는 홑이불에 떨어진 음식 조각을 간수하려고 애썼다. 팔을 휘저어 빵 부스러기나 음식물 덩이를 홑이불 주름 안에 보조원들이 보지 못하게 감추었다. 보조원이 홑이불을 털어 버려 부스러기를 남기지 못했을 때 피티는 신비스럽게도 심하게 기침을 해서 자기 몸을 덮은 홑이불에 온통 음식물을 흩뿌렸다. 그것은 아주 정교한 기술이 있어야 했다. 기침을 너무 요란하게 하면 보조원들이 홑이불을 새 것으로 갈아 버리기 때문이다.

11월 중순이 되자 날마다 난로가 돌아가서 피티는 밤마다 조그만 솜털공 친구들을 볼 수 있었다. 그 사이 두 마리가 더 늘었다. 뚱뚱한 회색 생쥐한테는 샐리라는 이름을 붙여 주었다. 수염이 특히 긴 또 다른 회색 생쥐는 첫눈에 피티의 마음을 사로잡았다. 먹이를 다먹고 나면 휠체어에서 침대로 건너와 피티의 따뜻한 몸 위에 웅크리고는 했다. 그러다가는 아예 밤새 피티 곁을 떠나지 않게 되었다. 피티는 그 쥐를 에스테반이라고 했다.

한 주가 더 지나자 까만 반점이 있는 회색 생쥐가 휠체어에 나타났다. 처음에는 조심스럽게 겁먹은 듯이 다가왔고 난로가 켜질 때마다 후닥닥 달아났다. 그 쥐한테는 점박이라는 이름을 붙였다. 며칠 지나자 점박이도 하루도 빠지지 않고 꼬박꼬박 나왔다.

피티는 샐리가 어쩐지 걱정스러웠다. 몸이 점점 뚱뚱해지고 둔해졌다. 그러던 어느 날은 샐리가 보이지 않았다. 피티는 밤이 깊어질 때까지 자지 않고 다른 생쥐들을 지켜보았다. 점박이는 음식 조각 사이에서 계속 왔다 갔다 하는 것이 배를 채우는 것보다 호기심을 채우는 게 먼저인 것 같았다. 에스테반은 늘 그러하듯이 침대로 건너와 피티의 몸 옆에 웅크리고 잠이 들었다. 그런데 샐리는 대체 어떻게 된 것일까?

　이튿날, 다른 생쥐들이 먹이를 찾으러 오고 한 시간쯤이나 지난 다음에 샐리가 천천히 바퀴를 타고 올라왔다. 피티는 활짝 웃었다. 샐리다! 무사했구나! 샐리는 몸의 부기가 빠진 것 같은데 그래도 기운이 없어 보였다. 잠깐 동안 부지런히 먹더니 금방 사라져 버렸다. 그러는 모습을 보고 피티는 고개를 갸우뚱했다.

　그 뒤로 몇 주 동안 샐리는 잠깐씩 나타났다 사라졌다. 어느 날 밤, 피티는 생쥐가 아주 작으면서도 법석거리는 소리를 들었다. 마침내 난로가 켜지고, 샐리가 눈에 들어왔다. 샐리 옆에는 아주 아주 조그만 새끼 생쥐 다섯 마리가 딸려 있었다.

　샐리는 능숙하게 바퀴를 타고 올라갔고 조그만 새끼 생쥐들은 어미를 따라가지 못해 울어 댔고 바퀴에서 미끄러져 서로 부딪쳤다. 한쪽 바퀴 타이어에는 울퉁불퉁한 표면이 남아 있었지만 다른 쪽은 닳아서 매끈했다. 피티는 새끼 생쥐들이 어미가 손쉽게 타고 올라간 미끈한 타이어 위로 올라가려고 애쓰는 것을 보았다. 네 발로 꼭 쥐고 한 뼘쯤 올라갔다가 떨어지고는 했다. 한 마리가 제법 올라간다 싶으면 다른 녀석이 따라가 꼬리를 잡아 둘 다 같이 나동그라져 버렸다. 새끼들이 그러거나 말거나 샐리는 신경도 쓰지 않고 먹이를 먹었다.

　다섯 마리 중에서 가장 작은 새끼는 바퀴 가까이에도 가 보지 못했다. 다른 형제들에게 밀려나 끝내는 혼자 헤매더니 표면이 울퉁불퉁한 바퀴가 있는 데까지 갔다. 그러고는 그 바퀴를 잡고 꼭대기까지 올라갈 수 있었다. 막내가 꼭대기에 다다랐을 때쯤 다른 새끼들도 그것을 알아차리고는 그 바퀴로 달려가 따라 올라갔다. 피티는 조그만 새끼들이 바지런히 돌아다니는 것을 보고 활짝 웃었다. 친구가 더 많아진 것이다!

겨울이 오고, 날카롭고 매서운 추위가 병실 깊숙이 파고들었다. 온종일 난로가 돌아갔지만 그래도 손끝이 곱았다. 피티는 보조원과 간호사들이 서로 크리스마스 인사를 하는 것을 듣고 한겨울이 왔다는 것을 알았다. 피티는 크리스마스가 오는 게 무서웠다. 그때는 아무도 일을 하려고 하지 않아 보조원이 와서 침대 시트를 갈아 줄 때까지 몇 시간이고 배설물 위에 꼼짝없이 누워 있어야 하기 때문이다.

1월이 되자 피티의 친구들이 이제 열 마리도 넘었다. 샐리의 아기들이 점점 자랐고 피티는 밥을 점점 더 지저분하게 먹었다.

1월 중순에 병실에 새 환자가 왔다. 보조원이 아홉 살짜리 어린 환자를 휠체어에 태워 데려왔다. 캘빈 앤더스라는 이 아이는 눈보라가 몰아치는 날 온몸에 멍이 들고 반쯤 벌거벗은 채 병원 사무실 앞 계단에 버려져 있었다. 캘빈은 커다란 대리석 기둥 옆에서 덜덜 떨면서 울고 있었다. 가벼운 정신지체가 있고, 심한 만곡족(발이 비뚤어지거나 위치가 바르지 않은 선천성 기형-옮긴이)이며, 사람을 무서워했다.

나이가 비슷하기 때문인지 둘 다 휠체어를 타고 있어서인지는 몰라도 피티와 캘빈은 서로한테 끌렸다. 캘빈은 아홉 살, 피티는 열두 살, 남자 병동에서 아이는 둘뿐이었다. 캘빈은 몇 시간이고 앉아서 피티와 피티가 탄 휠체어를 뚫어져라 보았다. 이 병실에 들어온 지 사흘째 되는 날 캘빈은 용기를 그러모아 휠체어를 밀고 피티가 있는 방구석으로 왔다. 캘빈이 움직이기 시작하자 휠체어 운전에 별로 능숙하지 못하다는 게 드러났다. 비틀거리다 다른 환자들한테 두 차례 부딪혔다. 환자들이 욕을 하자 캘빈은 돌이라도 날아오는 듯 눈을 질끈 감으며 고개를 숙였다. 피티는 자기한테 다가오는 캘빈에게서 눈을 떼지 않고 열심히 쳐다보았다.

"여기 오래 있었어?"

캘빈이 겁을 먹은 듯 소리를 죽여 물었다. 피티는 잠깐 멍하니 보더니 고개를 끄덕였다. 예전에 익힌 기술이 아직 녹슬지 않았다.

캘빈은 낑낑거리며 자기 휠체어를 피티 앞에 갖다 놓고는 피티를 위아래로 훑어보았다. 그러고는 피티가 덮고 있는 홑이불 아래 이상한 몸 모양을 뚫어져라 보았다.

"왜 그래?"

캘빈은 헝클어진 까만 머리를 긁적이며 작은 소리로 물었다. 피티는 기력 없이 쳐다보기만 했다.

"말 못해?"

피티가 고개를 끄덕였다.

"사고 당했구나? 그치?"

피티는 잠깐 고민했다. 자기가 이렇게 된 것은 자연히 일어난 사고라고 할 수 있을 것 같았다. 망설이다가 피티는 턱을 당겨 고개를 끄덕여 보았다. 그러고는 신이 나서 웃음 지었다. 몇 년 만에 처음으로, 누군가와 이야기를 나눈 것이다.

"친구하자."

캘빈은 불쑥 이렇게 말하고는 통통한 몸을 휠체어에서 위아래로 흔들었다. 피티는 또 고개를 당기며 웃었다. 캘빈은 이제 경계하던 마음은 다 버렸는지 심지어 이렇게까지 말했다.

"내 침대 네 옆으로 옮길게. 어때?"

피티는 활짝 웃으며 고개를 끄덕였다.

캘빈은 금방 피티의 이름을 알아냈다. 그러고는 아무리 안 된다고 해도 들은 척도 하지 않고 그 병실에서 일하는 보조원이며 간호사들을 내내 졸라 댔다. 결국 누군가가 피티 옆으로 침대를 옮길 수 있게 해 주었다. 첫날 밤은 마치 두 친구가 파자마파티(십대 여자 아이들이 친구 집에서 파자마 바람으로 놀며 하룻밤 같이 지내는 파티―옮긴이)라도 하는 것 같았다. 어둠 속에서 캘빈이 뭐라고 속닥거리면 피티는 웃으며 알아들었다는 뜻으로 끙끙거리는 소리를 냈다.

까망이와 점박이가 두 차례 휠체어 가까이 다가왔다가 말소리를 듣고는 놀라 달아났다. 피티는 캘빈한테 조그만 친구들을 보여 주고 싶어 안달이 났다. 그날 밤 늦게, 잠들기 바로 전에 피티는 샐리, 구름이, 에스테반이 휠체어 위로 기어오르는 것을 보았다. 자다가 한 번 깼는데 에스테반이 자기 뺨에 몸을 대고 자고 있었다. 조그만 수염이 뺨을 간질여 피티는 웃음 지었다. 살아 있다는 것은 얼마나 황홀한 일인지!

그 뒤로 몇 주 동안 새로운 일들이 잇달았다. 캘빈은 보조원들을 들볶어서 피티가 탄 휠체어를 창 옆으로 옮겨 주게 했다. 피티는 웃으며 손을 휘저어 좋다는 뜻을 표현했다.

캘빈과 같이 지내다 보니 피티도 꿈을 꾸게 되었다. 피티는 두 아이와 어울려 노는 꿈을 꾸었다. 한 아이는 남자 아이고 또 하나는 여자 아이였다. 너무나 생생한 꿈이었다. 피티와 캘빈이 서로 생각을 주고받는 데 쓰는 어휘도 점점 늘어났다. 단순히 고개만 끄덕이는 것에서, 눈을 찌푸리거나 싱글거리거나 눈을 실룩거리거나 이마에 주름을 잡는 따위로 섬세하고 묘한 뜻을 전달했다. 몸짓 하나하나가 서로 얽히고 짜여서 커다란 그림을 만들었다. 쉽게 이야기하기 위해 캘빈은 피티가 그렇다, 아니다로 대답할 수 있게끔 질문하는 법을 익혔다.

피티는 캘빈에게 생쥐 친구 이야기를 하려고 했지만 캘빈이 도무지 알아듣지 못했다. 피티는 며칠 동안 끼끼거린 끝에 마침내 포기했다.

일주일 뒤 어느 날 아침 캘빈이 아침을 먹고 나서 휠체어를 밀고 피티한테 왔다.

"피티!"

캘빈은 빽빽거리는 높은 목소리로 말했다.

"어젯밤에 네 휠체어 위에 쥐가 있었어! 밤에 깼는데 난롯불 빛에 쥐가 보이더라. 무지 많았어."

피티는 함박웃음을 터뜨리며 고개를 끄덕였다.

"어, 어."

피티가 끅끅거렸다. 난로를 쳐다보았다가 마룻바닥을 내려다보면서 기쁜 듯 팔을 휘저었다.

"지난주에 나한테 하려던 얘기가 그거였구나?"

캘빈이 물었다. 피티는 웃으며 또 소리를 냈다.

"어, 어."

"한 마리 잡아 볼까?"

캘빈의 말에 피티는 깜짝 놀랐다. 피티는 얼굴을 일그러뜨리며 고개를 가로저었다.

"아이, 아이."

피티가 꾸룩거렸다.

"문제없어."

캘빈이 장난기 가득한 얼굴로 말했다.

그날 밤 캘빈과 피티는 둘 다 자지 않고 생쥐들을 기다렸다. 피티는 그날 저녁 때 밥을 아주 지저분하게 먹는 데 성공했다. 불이 꺼지자마자 생쥐들이 나타났다. 샐리의 새끼 생쥐 다섯 마리가 가장 먼저 나타나고 샐리가 뒤따라왔다. 다음으로 피티가 해님이라고 하는, 얼마 전부터 오기 시작한 회색 쥐가 나왔다. 윌리엄과 구름이가 한꺼번에 의자 양쪽에서 나타났다. 그 다음에 에스테반, 까망이, 그리고 마지막으로 점박이가 왔다.

쥐들이 반시간쯤 음식물을 먹고 난 다음 에스테반이 침대로 건너와 피티한테 기대고 웅크렸다. 캘빈은 믿어지지가 않는다는 듯 눈을 끔벅거렸다. 피티는 캘빈이 혹시라도 생쥐 친구들을 잡으려 하거나 다치게 하려고 하면 손을 파닥이면서 큰 소리를 내려고 마음먹고 있었다.

다음 날 아침 캘빈은 거의 펄쩍펄쩍 뛰다시피 떠들어 댔다.

"너 걔네들하고 친구구나? 응?"

"어, 어."

피티가 외쳤다.

"웬 소란이야?"

보조원 스컬리가 다가오며 물었다. 두 아이는 똑같이 입을 꼭 다물고 찔리는 데가 있는 듯한 표정을 지었다. 보조원은 먼저 캘빈 옷을 입혀 주고 휠체어에 앉혔다. 아침 먹으라고 캘빈은 휴게실로 보낸 다음 피티 쪽으로 돌아섰다.

"자, 이제 네 차례다."

똥오줌 눈 것을 치워 주려고 손을 뻗다가 보조원은 피티 몸에 덮인 홑이불에 눈을 돌렸다. 그러더니 어깨 너머로 누군가를 불렀다.

"어이, 에드, 잠깐 이리 와 봐."

다른 보조원이 다가왔다.

"왜 그래?"

"이거 봐."

스컬리는 홑이불을 벗겨 쥐똥을 탁탁 털었다.

"쥐약을 놔야겠어."

6

첫 대화

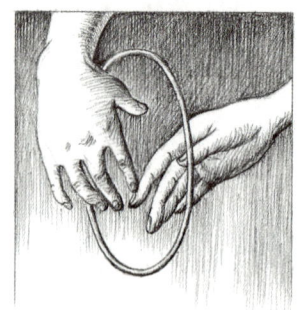

아침을 먹으러 휴게실로 가면서 피티는 가슴이 두 방망이질쳤다. 피티는 유아 병실에서 사람들이 하는 말을 들어 쥐약이라는 것이 무엇을 말하는 것인지는 알았지만, 어떻게 생겼는지는 전혀 몰랐다. 하지만 보조원이 홑이불을 거칠게 터는 모양을 보니 생쥐를 그냥 내버려 두지 않을 것임이 분명했다.

밥을 기다리면서 피티는 기지개를 켜다가 굳어 버린 양 머리를 왼쪽으로 최대한 기울인 채 앉아 있었다. 어떻게 해서든 홑이불에 음식이 떨어지지 않게 해야 한다. 입을 최대한 크게 벌리면서 피티는 한 입 한 입 집중해서 받아먹었다. 열심히 입술을 오므려 밥이 튀어나가지 않게 했다. 이렇게 애를 썼지만 그래도 음식이 목에 걸렸다. 켁켁거리다 배 속의 음식이 목으로 넘어오자 피티는 목을 옆으로 최대한 비틀어 입에 든 것을 마룻바닥에 게워 냈다. 일부는 보조원한테 튀었다.

"이게 무슨 짓이야! 밥 처음 먹어 봐?"

보조원이 성을 냈다. 피티는 얼른 입술을 오므리고 홑이불을 살폈다. 아직 배가 고팠지만 더 먹기가 겁이 났다. 숟가락이 입가로 오자 입을 꼭 다물고 고개를 가로저었다.

"안 먹어? 나도 좋아."

보조원은 이렇게 말하고 밥상을 밀고 일어섰다.

피티는 오전 내내 캘빈한테 이 문제를 이야기하려고 했지만 너무 복잡한 내용이었다. 어떤 몸짓을 해야 쥐약이나 쥐 똥을 표현할 수 있을까? 마침내 피티는 낙담하고 포기했고 캘빈이 계속 캐묻는데도 대답하지 않았다. 캘빈은 결국 다른 창 앞으로 가 버렸다.

저녁때가 되자 너무 배가 고파 밥을 먹지 않을 수가 없었다. 두 번 음식이 목에 걸렸지만 다른 곳으로 흩뿌렸다. 밥을 다 먹고 나서 홑이불을 살폈다. 커다란 음식물 덩이 몇 개가 허리께에 흩어져 있었다. 피티는 팔을 휘젓고 몸을 비틀었다. 덩어리가 떨어지긴 했지만 다리께에 다시 붙었다. 피티는 다리는 전혀 움직일 수가 없었다. 저녁 내내 피티는 음식물 덩어리를 뚫어져라 노려보았다. 조그만 친구들의 죽음을 불러올 음식물 덩어리를.

그래서 보조원이 피티를 안아 올려 침대에 눕혔을 때 피티는 완전히 기진맥진해 있었다. 낮 동안 너무 긴장한 탓에 녹초가 되어 자지 않고 깨어 있기가 힘들었다. 불이 꺼지자 피티는 어둠 속에서 소리가 들리는지 귀를 바짝 세웠다. 마룻바닥에서 희미하게 바스락거리는 소리가 들리자 피티는 몸을 뒤흔들었다. 그러자 소리가 사라졌다. 난롯불이 켜지자, 윌리엄이 의자 가장자리에 코를 들이밀고 냄새를 맡는 게 보였다. 피티는 팔을 파닥거렸고 자기 친구가 도망가는 것을 보았다.

그날 밤 세 번이나 피티는 어둠 속에서 소리가 날 때마다 끙끙거리고 몸을 뒤틀었다. 마침내 더는 눈을 뜨고 있을 수가 없어 까무룩 잠에 빠져들고 말았다. 난로가 우르릉 소리를 내며 다시 켜져 피티는 놀라서 흠칫 깼다. 홑이불을 위아래로 훑어보고 피티는 안심하고 한숨을 내쉬었다. 생쥐들은 보이지 않았다. 그런데 아래를 내려다보고는 가슴이 덜컹 내려앉았다. 자기 다리 옆에 조그맣고 복슬복슬한 무엇인가가 있었던 것이다. 에스테반이었다.

피티는 몇 분 동안 생쥐를 가만히 보고 있었다. 에스테반은 몸을 작게 옹크리고 조그만 코를 자기 발 사이에 묻었다. 피티는 두 번이나 자기 친구를 밀어내려고 했지만, 몸이 얼어붙은 듯 뜻대로 움직이지 않았다. 에스테반은 피티를 믿었는데 왜 피티가 자기를 배신하는지 이해하지 못할 거다. 감정이 북받쳐 차근히 생각할 수가 없었다. 그러나 이대로 계속 있다가는 에스테반이 죽고 말 것이다. 마침내 피티는 느닷없이 벌떡 몸을 일으켜 눈을 질끈 감고 에스테반이 자고 있는 다리께에 팔을 대고 휘둘렀다.

에스테반은 피티의 팔이 날아들자 편안한 잠자리에서 정신없이 후닥닥 달아나다 바닥에 굴러 떨어졌다. 피티는 고통스러운 듯한 비명을 지르며 굽은 팔을 미친 듯이 휘둘러 댔다. 눈은 질끈 감은 채였다.

옆 자리에서 캘빈은 잠에서 깨어 피티가 늘 자기 옆에서 자던 생쥐를 휘갈기는 것을 보았다. 생쥐가 바닥에 떨어져 달아난 뒤에도 피티는 계속 팔을 위아래로 흔들었고 눈을 감고 얼굴은 잔뜩 찡그리고 있었다.

이튿날 기상종이 울려 피티는 드디어 보초 업무에서 놓여났다. 가는 눈발이 더러운 유리창에 점점이 얼룩졌다. 피티는 일어나지 않아도 되니 다행이라고 생각했다. 다시 자려고 눈을 감기 전에 피티는 눈송이가 녹아 유리창 위에 흘러내리는 것을 보았다. 마치 멈추지 않는 눈물방울 같았다.

천장의 환한 불빛과 보조원들이 크게 꾸짖는 소리에 피티는 언뜻 언뜻 계속 깼다. 지쳐서 몸이 축 가라앉아 피티는 다시 정신을 잃고 잠에 빠졌다. 누군가의 손이 거칠게 피티를 흔들어 깨웠다.

"야, 일어나! 정신 차리라고!"

보조원이 담요를 벗기고 피티의 몸을 돌려 시트를 가는 동안 피티는 시무룩하게 허공만 보았다.

하루 종일 생쥐나 쥐약에 관한 이야기는 들리지 않았지만 피티는 보조원들이 잊어버렸기 때문이지 누가 일깨워 주기만 하면 바로 쥐약을 놓을 거라는 것을 알았다. 피티는 밥 먹을 때를 빼고는 내내 휠체어에서 깊은 잠을 잤다. 캘빈은 전날 밤 피티가 왜 그렇게 행동했는지 물어보려고 했지만 소용없었다. 피티는 너무 피곤해서 대답하지 못하고 눈을 감았다. 병실에서 울리는 시끄러운 소리에 몸을 묻고 피티는 곤히 잤다. 저녁때가 되어서야 피티는 눈을 뜨고 멍하니 방을 둘러보았다.

환자들이 늘 그러하듯이 혼란스럽고 뜻 모를 동작을 하며 왔다 갔다 했다. 캘빈은 방 저편에서 멍하니 허공을 보고 있었다. 피티는 자기 고민을 캘빈에게 이야기하고 싶어 캘빈을 쳐다보았다. 마침내 캘빈이 허공에 붙박았던 시선을 거두고 피티 쪽으로 눈을 돌렸다. 피티는 다정하게 웃어 보였다.

캘빈은 좀 머뭇거리더니 휠체어를 밀어 다가왔다.

"피티, 깼어?"

캘빈이 가까이 오면서 물었다.

"어, 어."

"왜 나한테 화났어?"

"아이, 아이."

"나한테 화 안 났다고?"

"어, 어."

"그러면 왜 아침에 내가 말 시키는데 대답 안 했어? 그리고 어젯밤에 생쥐는 왜 쫓아 버렸어? 또 왜 하루 종일 잠만 자?"

피티는 어찌할 바를 몰라 캘빈을 바라보기만 했다. 눈으로 자기가 대답할 수 있게 질문을 해 달라고 간절하게 부탁했다.

"아차. 대답할 수가 없지."

캘빈이 깨닫고 이렇게 말했다.

"내가 맞춰야 하는 거지?"

피티가 고개를 끄덕였다.

몇 분 동안 둘이 말없이 마주 보고 있다가 드디어 캘빈이 입을 열었다.

"알았어. 한 번 해 볼게."

캘빈은 이맛살을 찌푸리며 곰곰이 생각하는 눈치였다. 생각을 돕기라도 하려는 듯 조그맣고 구부러진 발이 안쪽으로 당겨졌다.

"생쥐가 너한테 무슨 짓을 해서 때린 거야?"

"아이."

"생쥐한테 화났어?"

"아이."

"그럼 왜 때렸는데?"

피티는 나무라는 듯한 표정으로 캘빈을 보았다.

"알았어, 알았어. 그럼 생쥐를 도와주려고 한 거야?"

피티가 웃음을 지었다.

"어, 어."

"말도 안 돼. 때리는 게 어떻게 도와주는 거야."

피티는 고집스럽게 고개를 끄덕였다.

"난 이해가 안 돼."

캘빈은 또 잠깐 고민하더니 입을 열었다.

"생쥐를 쫓으려고 한 거야?"

피티가 고개를 끄덕였다.

"쫓아서 도와주려고 한 거라고?"

"어, 어."

"말도 안 되잖아."

피티는 낙심했다.

"그럼……, 뭔가 생쥐를 다치게 할 다른 게 있었어?"

캘빈이 추측을 내놓았다. 피티는 열심히 고개를 주억거렸다.

"어, 어."

"뭐가 다치게 하는데?"

피티는 말없이 캘빈을 빤히 보았다.

"사람이?"

"어."

"누구?"

피티는 얼굴을 찌푸리더니 눈동자를 간호사실 쪽으로 보냈다.

"저 사람들이, 보조원들이 쥐를 다치게 해?"

"어."

"어떻게 다치게 하는데?"

피티는 캘빈이 또 입을 열기를 기다릴 수밖에 없었다.

"쥐덫을 놓는대?"

피티는 잠깐 생각했다. 캘빈은 거의 정답까지 왔다. 그런데 피티가 아니라고 하면 캘빈은 포기할 것이고 다시 여기까지 이끌어 내지 못할지도 모른다. 하지만 피티는 캘빈의 집요한 성격을 알았고 포기하지 않으리라고 믿었다. 피티는 이 한 마디에 모든 것을 다 걸고 대답했다.

"아이, 아이."

"보조원들이 쥐를 다치게 할 건데 쥐덫은 안 놓는단 말이야?"

"어."

"피티, 너 정말 웃긴다. 쥐덫을 놓는 것도 아닌데 어떻게 쥐를 다치게 한다는 거야."

피티는 갑자기 걱정이 되었다. 어쩌면 캘빈은 쥐약을 모를지도 모른다는 생각이 들었다. 피티는 캘빈이 여기에서 두 손을 들지 않기를 바라며 애원하는 듯한 눈빛으로 캘빈을 보았다.

"아니면 어떻게 쥐를 다치게 할 수 있어, 피티?"

피티는 조용히 기다렸다.

캘빈은 입술을 물어뜯으며 머리를 박박 긁었다. 그러더니 마침내 두 손을 들었다.

"모르겠다. 약을 먹이나."

피티는 팔을 번쩍 치켜들었다. 얼굴에 환한 웃음이 번졌고 끅끅거리며 대답했다.

"어! 어! 어!"

"약을 쓴다고? 그렇게 말했어?"

"어."

피티는 턱을 당겼다 놓았다 했다. 어찌나 신이 나는지 그동안 고민하던 것은 다 잊어버린 것 같았다. 오늘 피티는 자기 생각을 다른 사람한테 전달하는 데 성공했다. 피티의 생각을 가로막고 있던 철옹성 같던 장막을 넘어선 것이다.

7

"고아 고아, 아구 고아"

저녁을 먹고 나서도 캘빈은 계속 질문을 쏟아 부었다. 그러다 마침내 피티의 홑이불에 떨어진 음식 찌꺼기 때문에 생쥐들이 꼬였다는 것을 알게 되었다.

"잠자리에 들기 전에 홑이불에 묻은 거 털어 줄게. 그리고 잠 안 자고 생쥐 쫓는 것 도와줄게."

"고아, 고아."

피티가 끙끙거리듯 말했다.

"내가 널 깨울 수 있으니까, 먼저 보초를 설게."

피티는 고개를 끄덕였다.

그날 밤 피티는 불이 꺼지기도 전에 잠이 들었다. 몇 분밖에 안 지난 것 같은데 꿈속에서 캘빈 목소리가 들렸다.

"피티, 일어나."

피티는 어둠 속에서 눈을 깜박였다.

"일어나, 네 차례야. 더 못 버티겠어. 내가 쥐 세 마리 쫓았어. 피티, 깼어?"

"어, 어."

피티는 최대한 소리를 죽여 대답했다.

일주일 동안 이렇게 보초를 섰다. 생쥐들은 이제 오지 않았다. 이제는 캘빈이 홑이불에 떨어진 음식물을 털어 주기만 하고 밤새 지키지는 않았다. 피티는 조그만 친구들이 보고 싶었고 특히 자기가 가장 좋아하는 에스테반과 샐리가 걱정되었다. 식구나 다름없었는데. 그 친구들을 잃고 피티는 가슴 아프게 눈물을 흘렸다. 피티는 식구가 있으면 했다. 마치 사랑이 무엇인지, 애정이 무엇인지 아는 것 같았다. 그러나 그런 감정은 상상에 지나지 않았다. 피티는 자기 기억 속에서 소중하고 특별한 무엇인가를 떠올릴 수가 없었다.

피티의 공허함을 캘빈이 어느 만큼은 채워 주었다. 캘빈은 지능은 조금 떨어지지만 의지가 굳어 그런 결점을 보완해 주는 것 같았다. 캘빈은 피티의 신음 소리와 몸짓을 끈질기게 분석해서 피티가 표현하려고 하는 간단한 뜻을 알아차렸다. 이 간단한 내용을 실 꼬듯이 엮어 어떤 생각으로 잇고, 마침내는 전체 내용을 구성해 냈다. 그러고 나면 피티와 캘빈은 서로 마음을 이해한 것에 대해 덫으로 토끼를 잡고 뿌듯해하는 사람들처럼 으쓱해하며 기뻐했다.

끈질긴 성격 때문에 캘빈은 병실 사람들한테는 두려운 존재였다. 쉴 새 없이 질문을 던지고 고집을 부려서 다른 환자들도 넌더리를 냈다. 뿐만 아니라 캘빈은 시간이 나면 손에 들어오는 것은 무엇이든 분해했다. 그렇지만 다시 조립하는 법은 기억하지를 못했다. 결정타는 자기 휠체어를 분해해 타이어, 방석, 튜브, 머리받이로 나눠 놓은 것이었다.

"캘빈! 그만 좀 해!"

보조원이 야단을 쳤다.

"한 번만 더 물건 분해하면 휠체어 빼앗아 버릴 거야. 그럼 내내 침대에만 있어야 해. 내 말 알아들었어?"

캘빈은 마지못해 그러겠다고 했다. 그 다음부터는 피티 휠체어 손잡이를 잡고 밀며 놀았다. 피티를 휙 밀어젖히고 자기도 휠체어를 타고 따라와서는 다시 밀었다. 그래서 보조원들이 도와주지 않아도 피티와 같이 창가로 갈 수 있게 됐다. 오후 내내 피티를 병실 여기저기로 밀고 다니기도 했다.

하루는 피티가 탄 휠체어를 빙빙 돌렸다. 피티는 팔을 휘저으며 멈추라고 꺽꺽 소리를 냈지만, 캘빈은 점점 더 빨리 돌렸다. 마침내 손을 놓자 피티는 어질어질해져서 자기 몸 위에다가 온통 토했다.

"이런! 내가 널 돌릴 때 토했더라면 여기 있는 사람들한테 다 뿌렸겠다!"

캘빈이 소리쳤다.

피티는 얼굴에 잔뜩 힘을 주어 최대한 화난 듯 찌푸려 보였다.

어느 날 늦은 오후에 캘빈이 피티한테 다가왔다.

"피티, 내가 생각해 봤는데, 넌 낱말을 더 배워야 해. 응, 아니, 좋아를 할 수 있으니까 다른 말도 할 수 있을 거야."

피티는 고개를 가로저었지만, 혼자 창밖을 내다보면서 낱말을 입으로 말해 보려고 했다. 입술을 다물기가 너무 힘들어서 입술을 다물면서 소리를 낼 수가 없었다. 목구멍이 집게 같은 것으로 꽉 죄어 있는 것 같았다. 가장 큰 문제는 혀였다. 혀 옆 부분이 앞으로 나온 채 뒤틀렸고 뜻대로 움직일 수가 없었다. 말을 하려고 해도 혀가 입천장에 닿지 않아 공기가 그냥 밖으로 새어 나갔다. 아랫입술을 위쪽 잇몸에 갖다 대면 좀 비슷한 소리가 났다. 피티는 자기가 가장 비슷하게 낼 수 있는 소리는 '어', '으', '고아' 같은 말이라는 것을 깨달았다. 목구멍을 이용해서 소리를 내야 했다.

처음으로 성공한 말은 '아주 좋아'였다. 볼을 입 안으로 당기며 콧노래를 하듯이 소리를 뱉어냈다. '아구 고아' 이 말은 혀를 쓰지 않고 낼 수 있는 소리였다. 피티는 연습을 하고 또 했다.

이튿날 아침 캘빈이 휠체어를 타고 건너왔다.

"안녕, 피티. 좀 어때?"

"아구 고아."

캘빈이 멍하게 보았다.

"아구 고아."

캘빈은 고개를 갸우뚱하더니 물었다.

"나한테 뭐라고 한 거야, 지금?"

피티가 고개를 끄덕였다. 캘빈은 생각에 잠긴 듯 얼굴을 비스듬하게 기울이고 머리를 긁적였다.

"보자……, 내가 좀 어떠냐고 물으니 네가 '아구 고아'라고 했지. '아주 좋아'라는 말이야?"

"어, 어."

캘빈이 웃음을 터뜨렸다. 피티도 웃으며 볼을 오므렸다가 목구멍에서 기쁜 듯 소리를 내뱉었다.

"아구 고아! 아구 고아!"

이튿날 피티는 '가 봐'라는 말을 배웠다. '잘 자'라는 말을 하고 싶었지만 소리가 나지 않아 그것과 가장 가까운 말로 생각해 낸 것이다. 이번에도 엄청나게 힘이 들었지만 거칠게나마 '가 봐'라는 말을 해냈다. 얼마 지나지 않아 병실 사람들은 밤마다 구석에 있는 침대에서 두 사람이 밤 인사를 나누는 것을 듣게 되었다.

"잘 자, 피티."

"가 봐."

캘빈과 이야기를 나누는 법을 익히는 게 무척 즐거워서 생쥐들과 헤어진 슬픔을 웬만큼 달랠 수 있었다. 하지만 피티는 캘빈이 걱정스러웠다. 캘빈은 쉴 새 없이 웃고 떠들고 움직이거나 아니면 완전히 침묵 속에 잠겨 버리곤 했다. 어떤 날은 오전 내내 휴게실 탁자에 팔을 베고 누워 축 처져 있기도 했다.

날마다 피티는 말없이 창가에 앉아 있었다. 벽에 있는 동그란 유리도 자주 쳐다보았다. 지난해에 피티는 그 물체에 마음을 빼앗겨 몇 시간이나 넋을 잃은 듯 쳐다보고는 했다. 그 물체에는 조그만 막대 같은 것이 두 개 붙어 있었다. 하나는 길고 하나는 좀 더 짧은데, 긴 것은 계속 빙빙 돌았다. 하루에 여남은 번도 더 도는 것 같았다. 짧은 막대는 거의 움직이지 않고 어쩌다 한 번씩 움직였다. 피티는 막대를 보고 밥 먹을 시간이 얼마나 남았는지 짐작하는 법을 배웠다.

막대가 움직이는 것을 보는 게 창밖을 내다보는 것보다 차라리 나았다. 창밖을 보면 손을 뻗어 바람을 만지고 뺨으로 햇빛을 느끼고 싶은 간절함만 솟았다. 유아 병실에서 이곳으로 오는 길에 대한 기억은 오래되어 희미해졌고 막대가 자꾸 돌아가면서 기억이 점점 상상으로 바뀌어 갔다. 어쩌면 이 모든 게 상상인지도, 한번도 햇빛과 바람을 맞아 본 적이 없었는지도 모르겠다.

어느 날 험한 날씨가 찾아왔다. 비를 뿌릴 듯한 하늘에서 바람이 울부짖었다. 캘빈과 피티가 병실 구석에 같이 있는데 캘빈이 재주를 부리기 시작했다.

"나 도는 거 봐."

캘빈은 이렇게 말하고 휠체어 바퀴 두 개를 서로 반대 방향으로 돌렸다. 그러다 휠체어가 벽에 꽝 부딪혀 엎어졌다. 캘빈은 앞쪽으로 튀어나가 쿵 소리를 내며 방바닥에 머리를 부딪혔다. 끙끙거리며 일어나려고 하더니 풀썩 쓰러져 꿈쩍도 하지 않았다.

피티는 끙끙거리며 팔을 흔들었지만 아무도 돌아보지 않았다. 피티는 얼어붙은 듯한 침묵 속에 굳은 듯 있었다. 가장 소중한 친구가 도와주기를 바라고 있는데 피티는 기력 없이 휠체어에 앉아 바보처럼 끙끙거리는 것 말고는 아무것도 할 수가 없었다.

8

카우보이가 된 두 친구

캘빈은 죽은 듯 움직이지 않고 누워 있었다.

피티는 아무리 머리를 굴려 봐도 친구를 도울 방법을 생각해 낼 수가 없었다. 피티는 아무짝에도 쓸모없는 자기 몸뚱이를 저주했다. 자기 몸은 먹으려고 할 때 음식이 목에 걸리게나 하고, 먹고 몇 시간이 지나면 더러운 것을 배출해서 다른 사람이 치워 주어야 하게 만드는 것 말고는 아무것도 하지 못했다. 분노가 끓어올랐다. 피티는 살아 있고, 생각을 할 수 있다. 그런데 이렇게 가만히 있을 수는 없다. 어떻게든 캘빈을 도와야 한다. 빨리!

갑자기 피티는 가슴에 날카로운 통증이 느껴질 때까지 깊숙이 숨을 들이마셨다. 그리고 전에 한번도 해 보지 않은 행동을 했다. 들이마신 공기를 빳빳하게 굳고 죄인 목구멍으로 힘껏 내보냈다. 경적 소리 같은 비명이 울려 퍼졌다. 피티는 얼굴을 일그러뜨리며 팔을 휘둘러 벽과 창살을 힘껏 쳤다. 손목이 쩌릿하게 아프고 눈앞이 컴컴해졌다. 그래도 피티는 계속 팔을 휘둘렀다.

힘센 손 두 개가 피티의 팔을 잡았다. 피티가 눈을 뜨자 보조원이 보였다.

"자, 자, 자! 그만 해. 나 왔어. 간호사 불러올게!"

보조원은 병실 건너편에 있는 다른 보조원에게 외쳤다.

"가서 간호사 불러와!"

피티는 덩치 큰 남자가 캘빈의 몸 위에 몸을 숙이고 맥을 짚는 것을 보았다. 캘빈은 신음을 하더니 일어나려고 했다. 그러더니 얼굴을 일그러뜨리며 머리를 감싸 쥐었다.

"트럭에 치었어."

캘빈이 끙끙거리며 말했다.

몇 분 뒤 간호사가 뛰어왔다. 캘빈은 머리에 주먹만 한 혹이 나기는 했지만 크게 다치지는 않았다. 덩치 큰 보조원은 이상하다는 듯한 눈빛으로 피티를 보았다.

"아주 잘한 일이야."

보조원이 찢어지고 멍이 든 피티의 손을 살피며 말했다.

"상처에 뭐 발라야겠다."

보조원은 붕대를 들고 돌아와 피티의 어깨를 꽉 쥐었다.

"누가 뭐래도 넌 백치는 아니야."

피티는 웃으며 눈을 감아 다시 한 번 어둠 속에 몸과 마음을 편안히 내맡겼다.

한참 뒤 캘빈이 휠체어를 밀고 지치고 아파 누워 있는 피티한테 다가왔다.

"어, 피티……, 나 쓰러졌을 때 네가 어떻게 했는지 들었어. 고마워."

캘빈은 눈을 내리깔았다.

"피티, 넌 나랑 가장 친한 친구야."

피티는 또 웃으며 힘겹게 고개를 끄덕였다.

"네가 소리 지를 줄 아는지 몰랐어."

캘빈이 불쑥 덧붙였다.

캘빈을 도와주러 달려 왔던 덩치 큰 보조원 조는 이 병실에서 일하기 시작한 지 며칠밖에 되지 않았다. 머리카락은 어두운 갈색이고 턱은 각이 지고 걸을 때마다 아픈 듯 느릿느릿 걸었다. 캘빈은 며칠 지나지 않아 조한테 이름부터 살아온 이야기까지 전부 캐냈다.

조는 밀워키 철도 회사와 태평양 북부 철도 회사에서 철도 노동자로 일했다. 철로에 대못을 박아 넣는 일이었다. 그런데 근육병이 생겼고 망치를 휘두르지 못할 만큼 심해졌다. 그렇지만 조는 아직도 철도 노동자들이 부르는 노래를 흥얼흥얼 불렀다.

1937년 여름이 지나고 날이 시원해지면서 조는 점점 힘이 약해졌다. 첫눈이 내릴 무렵에는 간단한 일을 하는데도 엄청 힘들어했다. 피티는 조가 점점 약해지는 것을 눈치 챘지만 무엇 때문인지는 짐작할 수도 없었다.

"오늘 뭐 할 거야?"

어느 날 아침 조가 끙끙거리며 피티를 뒤집어 눕히고 배설물을 치워 주면서 물었다. 피티는 가슴이 눌려 있어서 대답을 할 수 없었다. 피티가 조용히 있자 조가 입을 열었다.

"오늘도 내 의자에 수프 올려놓을 거야?"

피티는 씩 웃었다. 지난달에 조가 피티한테 먹이려고 수프 한 대접을 휴게실로 가져온 적이 있었다. 상 위에 접시니 쟁반이 어지럽게 널려 있어 조는 대접을 의자에 올려놓고 숟가락을 가지러 급식 수레로 갔다. 돌아와서는 김이 모락모락 나는 닭고기 수프 대접 위에 철퍽 주저앉고 말았다. 피티는 헝헝 웃음을 터뜨렸고 조는 놀라서 벌떡 일어났다. 바지에서 뜨거운 국물이 줄줄 흘렀다.

"너 정말 많이 컸어, 친구."

조는 피티를 다시 바로 눕혀 주며 말했다.

"이제 십대지."

"어어."

피티가 대답했다. 조는 얼굴을 일그러뜨리며 피티를 들어올려 휠체어에 앉혔다.

"50킬로그램도 더 나갈 거다."

조가 숨을 헉헉 몰아쉬며 말했다.

피티는 다정한 눈으로 덩치 큰 친구를 보았다. 캘빈을 구해 준 뒤로 조는 아버지 같은 존재가 됐다. 병실에 있는 사람 누구라도 피티나 캘빈을 성가시게 하기라도 하면 조한테 한 소리 들어야 했다.

"얼마나 더 일할 수 있을지 모르겠다."

조가 슬픈 듯 말했다.

"오애애?"

피티가 매달리듯 물었다. 조는 대답 없이 고개만 가로저었다. 조는 다정하게 피티의 턱을 한 번 쥐어 주고 아침을 먹으러 휴게실로 데려갔다. 늘 그러하듯 캘빈은 상 한쪽에서 기다렸다. 캘빈의 휠체어는 벌써 밥을 먹고 있는 다른 환자들 때문에 구석으로 밀려나 있었다. 캘빈은 조와 피티가 들어오는 것을 보고 집게손가락을 총 모양으로 뻗고 목에서 총소리를 냈다.

"키, 키, 키."

피티는 웃으며 팔을 흔들어 맞총질을 했다.

"크크크, 크크크"

캘빈은 하하 웃으며 총구를 조에게 돌렸다. 피티도 캘빈 편에 가담해 상상 속의 총알을 덩치 큰 친구한테 마구 뿌렸다. 조는 한 손으로 가슴을 움켜쥐고 다른 손으로는 치명상을 입어 쓰러지기 직전인 몸을 겨우 지탱했다.

피티는 조가 고통스러운 듯 비틀거리는 것을 구경했다. 몇 달 전부터 죽 해 온 놀이다. 보조원들이 커다란 기계를 가져와 벽에다가 환한 빛을 쏘면서부터 시작되었다. 전등불을 다 끄면 마치 마술처럼 벽 위에서 사람들이 움직이고 이야기도 하는 게 보였다. 기계에서는 심지어 말이나 건물 같은 것도 나왔다. 조는 그것을 영화라고 했다.

주마다 피티와 캘빈은 금요일 밤을 목 빠져라 기다렸다. 조는 피티와 캘빈 사이에 앉아 마술처럼 나타난 사람들의 이름을 일러 주었다. 훗 깁슨, 톰 믹스, 게리 쿠퍼(셋 다 서부영화에 출연한 배우 이름-옮긴이) 같은 이름. 두 아이는 자기들이 가장 좋아하는 영화 제목도 외웠다. 〈서부〉, 〈버지니아 사람들〉, 〈죽음의 계곡〉, 〈대로〉, 〈빌리 더 키드〉.

피티는 이 기계가 바깥세상 어딘가에서 지금 실제로 일어나는 일을 보여 주는 거라고 생각했다. 그런데 어느 날 〈텍사스 사람들〉을 두 번째 보게 되었다. 이해가 안 간다는 눈빛으로 손짓을 해 댄 끝에 결국 조한테 설명을 얻어 냈다. 어떤 원리인지는 모르겠지만 테이프를 감아 넣은 통 안에 사람이 들어 있어 되풀이해서 보고 또 볼 수 있다는 것이다.

피티와 캘빈은 카우보이가 나오는 영화를 좋아했다. 두 아이가 좋아하는 카우보이는 아무리 총싸움을 해도 절대로 죽지 않았다. 영화를 보고 나면 두 아이는 총싸움을 하는 척했다. 휠체어는 멋들어진 말이 되고, 더럽고 사람이 바글바글한 병실은 햇빛이 찬란한 황야가 되고, 병실 가득한 침대는 산과 좁고 험한 골짜기가 되었다. 창밖을 멍하니 내다보는 순한 환자들은 자기도 모르는 사이에 민병대 대원이 되었다. 병실 가운데쯤에 있는, 침대 생활을 하는 전직 광부 제크 할아버지는 피티와 캘빈이 열일곱 개나 되는 은행을 털고, 그만큼 여러 번 감옥에서 탈출하고, 강도 여남은 명을 죽이는 것을 도와주었다. 내내 침대에 누워서 자기가 그런 엄청난 일에 참가했다는 것조차 모르는 채 말이다. 캘빈은 휠체어를 타고 움직일 수 있어서 몰래 도망가며 자기들을 쫓아오는 민병대를 따돌리다가 다른 환자들에게 부딪히기도 했다.

아직도 가슴을 움켜쥔 채 조는 오늘 아침에 일어난 총격전을 마무리했다.

"자, 이제 그만 하자. 아침도 안 먹고 죽으면 안 돼. 죽은 사람 밥 먹이기는 싫으니까."

조는 피티를 캘빈 옆에 앉히고 급식 수레에서 오트밀을 가져와 상 위에 놓았다.

피티는 오트밀을 좋아했다. 다른 사람들하고 똑같은 상태로 먹을 수 있는 몇 안 되는 음식 가운데 하나이기 때문이다. 보통 피티가 먹는 음식은 고기 가는 기계로 간 것이었다. 병원에서는 주마다 똑같은 식단이 되풀이되었다. 그래서 피티는 오늘 점심은 미트로프(간 고기를 빵 덩어리 모양으로 만들어 구워서 잘라 먹는 요리—옮긴이)와 옥수수라는 것을 알 수 있었다. 다만 피티 것은 갈아서 노란 점박이 있는 눌은 푸딩처럼 만들어 겉보기에는 오트밀하고 별로 다르지 않을 테지만.

피티는 하품을 했다. 총격전을 벌이고 난 뒤 이상하게도 피곤했다. 피티는 몸이 곤한 것에 신경 쓰지 않으려고 했지만 몇 입 먹지도 않았는데 속이 메슥거리고 더웠다. 피티는 조에게 배가 부르다고 손짓했다. 몇 시간이 지나자 온몸이 덜덜 떨리고 이마에 땀방울이 맺혔다. 캘빈은 피티를 세 번 쏴 죽였는데도 피티가 맞총질을 하지 않자 휠체어를 밀고 다가왔다.

"피티, 진짜로 쏜 거 아니잖아. 괜찮아? 아파 보여."

"아이, 아이."

피티는 얼굴을 찡그리며 고개를 가로저었다.

"조 데려올게. 조가 봐 줄 거야."

캘빈은 휙 돌아 바퀴를 맹렬히 돌리고 소리치면서 병실을 가로질러 갔다.

"조! 조! 조, 여기요!"

환자들이 사방으로 흩어졌다. 저마다 캘빈한테 부딪혀 정강이에 멍이 들거나 발을 찧은 기억이 있었던 것이다. 곧 캘빈이 조를 데리고 돌아왔다.

"왜 그래 피티? 몸이 안 좋아?"

조가 걱정스러운 낯빛으로 물었다.

"으으으으."

피티가 끙끙거렸다.

"담요 덮어 주고 의사 선생님 불러올게."

조는 다른 보조원에게 의사를 불러오라고 시켰고 캘빈은 정신없이 병실을 가로질러 갔다.

"내 담요 가져올게요."

캘빈이 외쳤다. 환자들이 다시 흩어져, 안전지대인 자기 침대로 올라가서는 욕설과 불평을 쏟아 놓았다. 조는 살짝 웃었다. 바로 옆에 담요가 있었지만 캘빈이 굳이 친구를 돕겠다고 하는 것을 막을 수는 없었다.

한참 지난 뒤에 깡마른 의사가 까만 가방을 들고 나타났다. 의사는 헐거워서 후줄근하게까지 보이는 회색 양복을 입었다. 의사는 피티를 보고 고개를 흔들었다.

"불쌍한 녀석. 병균이 들어갔구나? 뭐가 들어갔나 보자."

병실 사람들 모두 의사를 바라보고 있었다.

의사는 담요를 걷어 내고 피티의 셔츠를 풀어 가슴을 드러냈다. 체온계를 두 번 입 안에 넣었지만 감긴 혀가 밀어냈다. 결국 의사는 홑이불 아래로 손을 넣어 밀어내지 못할 곳에 체온계를 쑥 넣었고 피티는 어쩔 줄 몰라 했다. 의사는 청진기를 가슴에 대고 귀를 기울였다. 쉰 명이나 되는 환자들이 숨을 죽이고 의사의 청진을 도왔다.

체온계를 빼고 진찰을 마친 의사는 피티의 기록을 훑어보았다. 가방을 침대 가장자리에 올려놓고는 이렇게 말했다.

"병이 단단히 났네."

의사는 약병 몇 개를 꺼내 지독한 맛이 나는 물약을 양을 재서 알약 몇 알과 같이 피티에게 먹였다.

의사는 병실을 나서기 전에 피티의 손을 잡고 앉아 있는 조에게 말했다.

"독감에다 폐렴이 겹쳤어요. 강장제랑 팅크제를 좀 먹였어요. 백치라 낫기를 기대하기는 힘들어요. 이런 아이들은 보통 오래 못 사니까."

"얘는 백치가 아니에요."

조가 힘주어 말했다. 의사는 손가락을 들어올리며 엄하게 말했다.

"환자랑 친해져서 판단을 흐리게 하면 안 돼요. 이 애는 백치요. 그 사실은 달라지지 않아요."

조는 의사가 지시한 것을 받아 적고, 의사가 가는 것을 보고는 이렇게 중얼거렸다.

"넌 백치가 아니야, 피티. 그리고 저 의사가 무덤 속에 드러누운 뒤에도 너는 한참 더 살 거야."

9

메리 크리스마스

몇 주 동안 피티는 쇠약해진 몸으로 병과 싸웠다. 조는 모든 보조원들에게 피티를 특별히 잘 돌보라고 당부했다. 그리고 캘빈한테는 물을 먹이고 물수건으로 얼굴을 닦아 주는 일을 맡겼다. 얼마 지나지 않아 피티는 캘빈이 물을 들고 오는 것을 보면 겁부터 먹었다. 캘빈이 얼마나 부지런했던지 보조원이 한 시간마다 피티의 기저귀를 갈아 주어야 했다. 게다가 피티의 이마며 얼굴을 어찌나 열심히 닦아 주었는지 피부가 쓰라릴 지경이 되어 조가 캘빈을 말려야 했다.

피티는 의식을 잃었다 찾았다 했고 땀을 흘리다가는 곧 몸을 덜덜 떨었다. 캘빈이 끝없이 종알 대는 것도 거슬리기만 했다. 피티는 친구가 자기를 내버려 두기를 바랐고 깊은 잠에 끝없이 빠지고 싶었다.

피티가 오래 앓는 동안 조는 자기 근무시간이 끝난 뒤에 피티 곁에 앉아 이야기를 하기도 했다. 피티는 조가 하는 말을 들으려고, 의식을 잃지 않으려 애썼다. 어느 밤 조가 피곤한 듯 가려고 일어났을 때 피티는 찬찬히 말을 내뱉었다.

"가 바, 조."

조는 놀란 듯 피티를 내려다보았다.

"내 이름 부른 거야?"

피티는 희미하게 웃으며 고개를 끄덕였다. 조는 어리둥절한 표정으로 말없이 피티를 내려다보더니 입을 열었다.

"잘 자, 피티. 너랑 얘기해서 좋았어."

피티가 고개를 끄덕였다.

조의 걸음걸이는 불안정했고, 병실을 나설 때 조의 어깨는 축 처져 있었다.

피티는 계속 사경을 헤맸다. 밭은기침과 오한이 계속되고 때때로 의식을 잃고는 했다. 회복하기 시작한다는 첫 징후는 캄캄한 밤에 나타났다. 피티는 이제 오한으로 덜덜 떨지 않고 깊고 깊은 잠에 빠졌다. 아침이 되어 잠에서 깼다가 다시 잠에 빠져들고, 또 빠져들고는 했다. 마침내 피티는 배가 고파 일어났다. 한 달 남짓 만에 처음으로 배가 고팠다.

얼마 지나지 않아서 피티와 캘빈은 다시 종일 카우보이 놀이를 했다. 총싸움 흉내를 내며 서로 총을 겨누며 총소리를 냈다. 캘빈은 의리 있게 피티가 내는 소리보다 더 크게 소리를 내지 않으려고 했다. 하지만 어쩌다가 가끔씩은 전투에 빠져들어 소리를 치기도 했다. "탕 탕 탕!" 그러다가 병실에 있는 사람들이 모두 캘빈을 돌아보면, 고개를 숙이고는 얌전히 소리를 죽여 "키, 키, 키."로 돌아갔다.

겨울이 오고 매서운 바람이 병실에 파고들었다. 가혹한 추위에 맞서려는 듯 난로는 하루 종일 미친 듯 우르릉거렸다. 어느 눈 내리는 밤 조가 병실에 왔다. 환자들이 잠자리를 준비할 때인데 조가 손에 가방을 들고 피티와 캘빈 옆에 와서 섰다.

"얘들아, 오늘이 무슨 날인지 알아?"

피티와 캘빈은 호기심 가득한 눈으로 쳐다보았다.

"화요일이요?"

캘빈이 한 번 찔러 보았다.

"아니, 아니. 오늘이 특별한 날이라는 거 아냐고."

"오늘 잼 바른 빵 먹었어요."

조가 고개를 가로저었다.

"머? 머?"

피티가 물었다.

"크리스마스 이브야."

두 아이가 멍하니 보고만 있자 조가 설명했다.

"크리스마스는 평화롭고, 행복하고, 서로 축하해 주는 날이야. 사람들이 모두 형제자매라는 것을 기억하는 때지."

"우린 식구가 없어요."

캘빈이 뚱하니 말했다.

"내가 있잖아. 그래서 오늘 내가 여기 온 거야. 선물을 주려고."

조는 가방에서 예쁜 색 포장지로 싼 상자 두 개를 꺼냈다. 캘빈이 성마르게 손을 뻗자 조는 상자를 높이 쳐들며 덧붙였다.

"내일 아침까지 열어 보면 안 돼. 내가 일하러 올 때까지 기다려. 그러면 밤새 상상하면서 기다릴 수 있잖아. 상상하는 게 진짜 재미가 있는 거거든."

피티와 캘빈은 들뜨고 신나서 서로 얼굴을 마주 보았다.

"이거 뭔지 아니?"

조는 두꺼운 외투 주머니에서 커다란 양말 두 짝을 꺼내며 이렇게 물었다.

"예! 더럽고 커다란 양말이요!"

캘빈이 얼른 대답했다. 조가 허허 웃었다.

"더럽고 커다란 양말이긴 하지만 그게 다가 아냐. 이걸 간호사실에 걸어 놓자. 너희 둘이 올해 착하게 지냈으면 산타클로스가 안에 사탕을 넣어 줄 거야. 내일 아침에 같이 확인해 보자."

"산타클로스는 빨간 옷을 입은 뚱뚱한 할아버지예요."

캘빈이 아는 척했다.

"맞아. 착한 사람들한테 선물을 주지."

조가 말했다.

조가 크리스마스라는 이야기를 처음 꺼냈을 때 피티는 아무 느낌이 없었다. 그런데 지금은 양말과 선물에 대한 기대에 잔뜩 부풀어 입이 찢어질 듯 벌어졌다. 피티는 선물이라고 하면 보통 아이들이 떠올리는 장난감 같은 것을 본 적이 없어 아무것도 상상해 볼 수가 없었다. 그렇다 하더라도 신나고 가슴 떨리기는 마찬가지였다. 그날 밤이 깊을 때까지 피티는 흥분해서 끅끅거렸다. 캘빈은 되풀이해서 이렇게 말했다.

"나는 선물로 말을 받을 거야."

다른 환자들이 조용히 하라고 으름장을 놓아 마침내 피티와 캘빈도 잠이 들었다. 얕은 잠이었지만 행복한 잠이었다. 알록달록한 색깔을 칠한 상자, 더러운 양말 그리고 빨간 옷을 입은 덩치 큰 할아버지 꿈을 꾸었다.

기상종이 울리기 한참 전에 캘빈이 큰 소리로 외쳤다.

"피티! 크리스마스야! 우리 선물 받는 날이야!"

피티는 눈을 번쩍 뜨고 잠에서 확 깨었다. 오늘 있을 일에 벌써 가슴이 두근거렸다.

"너희 둘 조용히 해!"

환자 한 사람이 짜증을 냈다.

"안 그러면 선물 뜯어보기도 전에 사망이야!"

두 아이는 조용히 기다렸다. 마침내 조가 아침 6시 근무 교대에 맞추어 왔다. 조는 할아버지처럼 느릿느릿 걸었다.

캘빈은 조가 병실에 들어오는 것을 보고 큰 소리로 불렀다.

"조! 오늘이 크리스마스예요!"

조는 짐짓 놀란 척하며 말했다.

"그래? 좋아, 그럼 먼저 자리에서 일어나야지. 선물은 아침 다 먹고 나서 볼 거야."

피티와 캘빈은 병실 역사상 밥 빨리 먹기 최고 기록을 세우고 조가 자기 일을 마칠 때까지 초조하게 기다렸다. 시간이 영원히 더디 가는 것 같더니 마침내 조가 두 아이를 간호사실로 데려갔다. 조는 선물을 피티의 가슴에 올려놓았다. 피티는 어찌할 바를 몰라 기대에 가득 찬 눈으로 내려다보았다.

"난 안 뜯어 줄 거야."

조가 말했다.

"아이, 아이."

피티가 괴롭다는 듯 끙끙거렸다.

"도와줄게. 하지만 너도 같이 해야 해."

조는 힘없는 피티 손을 들어올려 뻣뻣한 손가락 하나를 쥐고 편지 뜯는 도구처럼 썼다. 피티는 자기 손가락이 종이를 뜯는 것을 구경했다. 캘빈은 강아지 코 앞에 고깃점을 갖다 댄 것처럼 속이 달아 가만히 있지를 못했다. 피티의 선물을 거의 다 뜯었을 때 조가 캘빈에게도 선물을 주었다. 캘빈은 곧바로 포장지를 북북 찢었다.

두 아이는 똑같이 가죽 권총집과 허리띠를 받았다. 권총집 안에는 은빛으로 반짝이는 새 장난감 권총이 들어 있었다.

"우와, 피티, 이거 봐!"

캘빈이 소리를 질렀다. 피티는 웃으며 손을 파닥였다.

"우아아아!"

조는 두 아이를 보며 웃음을 지었다. 캘빈이 허리띠를 두르자 조가 피티의 권총집을 휠체어 옆에 걸었다. 그러고는 권총을 피티의 손목에 고무줄로 묶어 주었다.

두 아이는 곧바로 같이 총을 쏘기 시작했다.

"크크크크, 크크크크, 크크크크."

"키, 키, 키."

진짜 총싸움이 아니라서 조준을 잘 해야 할 필요가 없으니 다행이었다. 피티의 총알은 모두 천장으로 날아가 버렸을 테니.

조는 두 친구가 노는 것을 보고 웃었다. 이 아이들이 장애인이 아니라면, 그래서 이 병원에 갇혀 지내지 않아도 된다면 벌써 차를 운전하고 데이트도 하고 운동도 하고 직장에도 다닐 나이다. 피티는 방 한가운데 움직이지 않고 앉아 있고 캘빈은 휠체어를 타고 빙빙 돌며 노는 것을 바라보자니 조의 마음에 기쁨이 가득 차 넘쳤다. 두 아이는 목구멍으로 맹렬히 총소리를 내며 팔을 흔들어 댔다.

캘빈이 갑자기 놀이를 멈추었다.

"조, 양말은 어떻게 됐어요?"

조가 어깨를 으쓱했다.

"몰라. 비어 있을지도 몰라. 산타클로스는 착한 사람들한테만 선물을 주거든."

"우리 착해요. 적어도 전 착해요. 피티는 어떤지 몰라도."

캘빈이 단호하게 말했다. 조가 피티를 돌아보았다.

"그래? 너도 착해?"

피티의 얼굴에 웃음이 번지고 팔이 들썩였다.

"아구 고아! 아구 고아!"

조는 사탕이 가득 든 양말 두 짝을 가지고 왔다. 피티의 양말 안에는 네모난 테두리를 두른 조그만 종이가 한 장 더 들어 있었다.

"머?"

피티가 테두리를 두른 종이를 보며 물었다.

"그건, 피티 너한테 주는 특별 선물이야."

"머? 머?"

"자, 내가 여기 쓰여 있는 글을 읽어 줄게."

조가 천천히 읽었다.

"오직 주님을 소망으로 삼는 사람은 새 힘을 얻으리니, 독수리가 날개를 치며 솟아오르듯 올라갈 것이요, 뛰어도 지치지 않으며, 걸어도 피곤하지 않을 것이다."

"독수리가 뭐예요?"

캘빈이 끼어들었다.

"음, 마당에 날아오는 비둘기하고 비슷한 건데 훨씬 큰 새야."

조가 설명했다.

"조, 난 비둘기가 더 좋아요."

캘빈이 말했다.

"안 그러니 피티? 무지 빠르잖아."

"어어, 어어."

조는 두 아이를 보고 큭큭 웃으며 고개를 저었다.

"알았어, 고치자."

조는 간호사실에서 펜을 가져와 한 낱말을 고쳐 썼다.

"됐다. 어떤가 들어 봐. '비둘기가 날개를 치며 솟아오르듯 올라 갈 것이요.'"

"예, 더 좋아요!"

캘빈이 외쳤다.

"네 생각은 어때, 피티?"

조가 물었다.

"어어. 아구 고아, 아구 고아."

그날 오후, 맹렬한 총격전이 잠깐 조용해졌을 때 피티가 캘빈에게 가까이 오라고 몸짓을 했다.

"왜 그래, 피티?"

피티는 찢어진 크리스마스 선물 포장지와 사탕이 가득 든 양말을 가리켰다. 그러고는 병실 끝에서 일하는 조 쪽으로 손짓을 했다.

"크으마, 크으마."

피티가 끈덕지게 되풀이했다.

캘빈은 피티가 무슨 말을 하는 것인지 잠깐 머리를 굴리다가 피티가 조에게 크리스마스 선물을 주고 싶어 한다는 것을 알아차렸다. 장난기 가득한 얼굴로 두 아이는 저마다 양말에서 사탕을 내어 놓았고 캘빈이 어설픈 솜씨로 그것을 찢어진 포장지 중에서 가장 큰 것으로 쌌다. 그러고는 선물을 등 뒤에 감추고 소리를 질렀다.

"조! 이리 와 봐요!"

조가 다가오자 캘빈은 등 뒤에 숨겼던 선물을 내밀었다.

"나랑 피티가 주는 거예요."

"세상에 이게 다 뭐래?"

조는 깜짝 놀란 척하며 선물을 풀어 보았다. 사탕이 나왔다.

"메리 크리스마스."

캘빈이 어색하게 말했다. 조는 팔을 벌려 두 아이를 차례로 안아 주었다.

"메리 크리스마스. 정말 정말 메리 크리스마스."

캐시가 좋아

조는 마지막 한 달을 피티와 캘빈에게 온전히 쏟아 부었다. 조처럼 덩치 좋고 당당한 사람이, 그리고 소중한 친구가 점점 쇠약해져서 자기 몸집의 절반밖에 안 되는 간호사를 불러 환자를 들어 달라고 부탁하는 것을 보고 피티와 캘빈은 가슴이 아팠다. 누가 보더라도 조는 떠날 수밖에 없었다. 게다가 조는 자기가 고개를 빳빳이 들고 걸을 수 있을 때 여기를 떠나겠다고 굳게 마음을 먹은 터였다.

늦봄 어느 날, 조는 마지막 근무를 마쳤다. 조는 피티와 캘빈 어깨를 살짝 두드려 주고 턱을 부드럽게 쥐며 작별 인사를 했다.

"잘 지내라."

그게 조의 마지막 말이었다. 그러고는 가 버렸다.

조가 떠나고 피티와 캘빈은 충격에 빠졌다. 아무리 울어도 조는 돌아오지 않았다. 두 아이 앞으로 포틀랜드와 시애틀에 있는 병원에서 편지가 몇 번 왔다. 간호사가 편지를 읽어 주었다. 편지마다 조는 바다와 배와 큰 도시 이야기를 했고, 자기 병 이야기는 한 마디도 하지 않았다. 편지가 끊긴 지 여섯 달이 지나자 두 아이는 그게 뜻하는 바를 말없이 받아들였다.

조가 떠나고 계절은 무자비하게 흘러갔다. 황량한 겨울이 지나면 봄바람이 로키 산맥을 타고 불어와 쓸쓸한 들판을 데우고 들판에 덮인 눈을 녹였다. 겨울마다 한 짝짜리 창문으로 추위가 파고들 듯 봄기운도 슬금슬금 병실로 기어들었다. 날은 길어졌지만 여전히 해가 뜨고 지는 것에 따라 환해지고 어두워지는 무심한 리듬은 계속 이어졌다. 시간은 터벅터벅 느릿느릿 지나갔다.

피티는 반쯤 넋을 놓고 더러운 창밖을 내다보면서 시간을 견디었다. 빛살이 방 안으로 새어 들어 낡고 빛 바랜 바닥에 쏟아졌다. 바닥에 칠한 노란 바니시가 갈라지고 벗겨져 여러 해 동안 마룻바닥에 떨어진 것이 스며들었다. 그래서 마룻바닥에서 오줌, 쏟아진 음식, 잿물, 땀, 토사물 냄새가 났다. 새로 온 사람들은 그 냄새에 욕지기를 하곤 했지만 환자들은 전혀 느끼지 못했다. 환자들 자신이 오랜 세월 오물처럼 살아온 것이다.

시간의 흐름은 피티의 몸에도 고통을 주었다. 태어날 때부터 자연이 피티에게 운명처럼 내려 준 잔인한 혼란이 계속되었다. 피티의 조그만 다리도 자라서 점점 더 가슴 쪽으로 바짝 오그라들었다. 오른다리가 천천히 왼다리와 교차되었고 두 무릎 모두 뾰족하게 위쪽으로 섰다. 피티의 머리는 옆으로 기울었고 팔과 손목은 닭 날개처럼 안쪽으로 말렸다. 흥분하면 깃털 없는 새가 날아오르려고 하는 듯이 오그라든 팔 다리를 파닥거렸다.

캘빈은 날마다 휴게실 한쪽 구석에 못 박힌 듯 앉아 있었다. 두 팔에 머리를 묻어 얼굴이 보이지 않았다. 두 해 전 조가 떠난 뒤로 캘빈은 괴로운 침묵 속에 빠졌다. 몸은 점점 불어 마치 다리가 안쪽으로 굽은 부처 같았다. 캘빈의 은빛 권총, 닳아서 손잡이가 반들반들해진 권총은 캘빈 침대 옆에 있는 푸른색 철제 탁자 위에서 먼지를 쓰고 있었다. 이따금 마지못한 듯 카우보이 놀이를 할 때는 반쯤 웃는 얼굴이 되기도 했지만 카우보이 놀이를 하면 다시 조가 생각났다. 그러고 나면 캘빈은 더욱 깊이 자기 속으로 잠겨 버렸다.

조가 떠나고 난 뒤 또 다른 변화가 있었다. 전과 다르게 여자들이 피티를 돌봐 주었다. 독일과 일본을 상대로 전쟁이 일어나 몸이 건장한 남자 보조원들은 모두 병원을 떠났고, 나이 든 남자나, 여자나, 웜스프링스 병원에서 정신과 교육을 받는 간호학교 학생들이 그 자리를 대신 메웠다.

18호실에서 일하는 여자들 가운데 캐시 그레이버라는 스물네 살짜리 예쁜 간호사가 있었다. 캐시의 남편은 진주만 공습 이후 징집

되어 캐시가 첫아이를 임신한 줄도 모르고 유럽으로 떠났다. 캐시의 삶은 기나긴 근무, 딸 리사를 돌보는 것, 남편 앨릭스에게 편지를 쓰는 일이 되풀이되는 지루하기 그지없는 것이었다. 단조로운 일상에서 잠깐 한숨 돌리는 때는 몸은 지독하게 뒤틀렸지만 성격이 밝은 스물두 살짜리 환자 피티 코빈을 마주할 때뿐이었다. 공식적으로 피티는 백치라는 진단을 받았다. 비공식적으로 캐시는 피티가 정말 멋진 사람이라는 것을 알게 되었다. 둘은 금세 친구가 되었다.

어느 날 피티가 말없이 창밖을 내다보는데 캐시가 뒤쪽에서 소리 없이 다가와 어깨에 부드럽게 손을 올렸다.

"무슨 생각을 그렇게 해?"

피티는 깜짝 놀라 경련을 일으켜 팔을 퍼덕였다. 보통 사람은 놀랐을 때 반사 행동이 일어나더라도 그것을 억제하는 능력이 있는데 피티는 그게 없었다. 놀란 몸짓은 사라지고 피티의 얼굴에 함박웃음이 번졌다.

"아여."

피티는 금발 간호사를 보고 웃으며 대꾸했다.

"지루한 것 같아 보여."

"아이이."

사실 피티는 멍해질 정도로 지루했다. 하지만 캐시의 손짓 하나로 한순간 세상이 활기차고 신나는 곳이 되었다.

"아가 어해?"

피티가 물었다.

"우리 아기?"

"어어."

"리사는 잘 있어. 내일쯤 또 데려와서 얼마나 컸는지 보여 줄게."

"아구 고아, 아구 고아."

피티는 걱정스러운 눈빛으로 풀이 죽어 앉아 있는 캘빈 쪽에 눈짓을 했다. 조가 떠나고 난 뒤 피티의 공허함은 캐시가 채워 주었다. 캐시는 햇살의 숨결처럼 병실에 찾아와 피티를 돌보고 농담을 던져 기분을 북돋아 주었다. 캘빈은 여전히 공허함 속에 살았다.

"캘빈 때문에 걱정돼?"

캐시가 물었다.

"어어."

"나도 그래. 어떻게 해 줘야 할지 모르겠어. 사람들은 친구를 잃고 나면 더 살아갈 이유를 잃어버리기도 하는가 봐. 캘빈이 앞으로 또 새로운 날이 있다는 것, 새 친구가 생길 거라는 것을 깨달아야 할 텐데."

"어어."

"무슨 말인지 이해했어?"

"어어."

"그래, 피티. 자, 이제 일해야겠다. 내일 리사 데려올게. 내일 나노는 날이야."

"이이사."

"맞아, 피티. 리사."

캐시는 돌아서면서 피티의 머리를 살짝 헝클었다.

"나중에 봐, 친구."

"가 봐."

피티는 캐시가 가는 것을 보려고 애써 몸을 돌렸다. 캐시는 커다 랗고 아름다운 고양이처럼 걸었고 부드럽게 굴곡진 몸은 야무지고 매혹적이었다. 캐시가 웃거나 이마를 쓸어 줄 때면 이상하게 흥분이 몰려와 피티는 숨을 잘 쉬지 못했다. 피티는 가끔 유아 병실에서 이 곳까지 이어진 길고 긴 길을 캐시와 손을 잡고 나란히 걷는 꿈을 꾸 기도 했다. 그러다가 남자 병동에 도착하면 잠에서 깨어 불구의 몸 으로 돌아왔고 침대 옆에는 여전히 휠체어가 있었다. 어느 날 밤에 는 그 길에서 벗어나는 꿈도 꾸었다. 캐시와 같이 병동 뒤쪽에 있는 너른 들판을 가로질러 가서 다시는 돌아오지 않았다.

오전 내내 피티는 허공을 바라보며 생각에 잠겼다. 이따금 자기 뜻과는 상관 없는 반사 운동이 일어나 귀나 코에 기어 들어간 파리 를 쫓았다. 점심 먹고 얼마 지나지 않아 피티는 똥을 누었다. 그런 상태로 몇 시간이고 있는 것에 워낙 익숙한 탓에 피티는 마음 쓰지 않으려고 애썼다. 마침내 오후 늦게 캐시가 부산스럽게 다가왔다. 풀 먹인 블라우스를 길고 하얀 치마 안에 넣어 입었다.

"피티, 오늘 아주 바빴어. 기저귀 갈아 줄까?"

피티는 마지못해 고개를 끄덕였다.

캐시가 휠체어를 밀고 침대로 가는 동안 피티는 다정한 얼굴을 올려다보았다. 캐시의 머리에서 긴 머리카락이 몇 가닥 빠져나와 어깨 언저리에 흘러내렸다. 캐시가 몸을 숙이면 그 머리카락이 피티의 얼굴에 닿기도 했다. 그러면 피티는 찬바람을 맞기라도 한 것처럼 부르르 떨었다. 캐시를 바라보며 아무리 감탄해도 질리지 않았다.

휠체어가 침대에 텅 부딪히면서 피티는 황홀경에서 깨어났다. 다른 간호사 도움을 받아 캐시는 피티를 침대에 눕혔다. 피티는 전에는 무기력하게 알몸을 드러내는 것이나 똥을 눈 것에 대해서 한 번도 부끄러워한 적이 없었다. 캐시가 오기 전에는. 갑자기 피티는 설명할 수도 벗어날 수도 없는 부끄러움에 빠졌다.

피티는 지금 자기 몸을 닦는 손은 캐시의 손이 아니라고, 자기를 돌보는 일을 하는 사람의 손길일 뿐이라고 스스로에게 되풀이해서 말했다. 캐시의 손길은 자기 뺨을 어루만지는 손, 이마를 쓸어 주며 숨 막힐 듯이 다정하게 짓는 웃음이라고 생각했다. 하지만 아무리 애를 써도 이런 생각은 떨쳐 버릴 수 없었다. 뒤틀리고 무기력한 내 몸을 닦아 주며 캐시는 어떤 생각을 할까? 피티는 그 질문에 대답하기가 두려웠다.

셔츠와 양말만 입은 채 피티는 다시 의자에 앉혀졌다. 캐시는 얼른 하얀 홑이불로 비틀린 다리를 덮고 홑이불이 흘러내리지 않게 가장자리를 몸 아래에 끼워 넣었다. 캐시가 옆에 있을 때는 아무리 빨리 홑이불을 덮고 깊이 밀어 넣어도 더디기만 하고 몸이 다 가려지지 않은 것 같았다. 몸이 다 덮이자 피티는 수줍은 듯 고개를 들었다.

"고마아."

"뭘, 별말씀을요."

캐시는 잘생긴 왕자님을 대하기라도 하는 것처럼 곱게 웃었다.

"피티, 내일 리사 데려오면 같이 밖에 나갈래?"

피티는 믿기지 않아 멍하니 쳐다보았다. 밖에? 날 놀리는 걸까?

"오애애, 오애애?"

"왜?"

"어어."

"응, 내일 몬태나 주립대 악단이 공연하러 온대. 연못 옆에서 공연할 거야. 내일은 내가 쉬는 날이니까 널 데리고 나갈 수 있어. 어때 좋아?"

"어어! 어어! 어어!"

피티는 숨을 헐떡거렸다.

"좋아. 내일 보자."

캐시가 돌아설 때 피티는 캘빈이 밥상 옆에 풀 죽은 듯 앉아 있는 것을 보았다.

"우우어! 우우어!"

캐시가 돌아보았다.

"뭐라고 한 거야? 워워?"

피티는 웃으며 고개를 끄덕이고는 캘빈 쪽을 보았다.

"캘빈도 같이 갈 수 있는지 알고 싶다고?"

"어어, 어어."

캐시는 감탄하는 눈빛을 하고 피티를 보더니 손을 뻗어 어깨를 꼭 쥐었다.

"넌 늘 다른 사람들 생각만 하는구나. 물론 캘빈도 같이 갈 수 있지. 캘빈한테도 좋을 거야."

"어어, 어어."

캐시가 병실을 나설 때까지 피티는 캐시의 움직임 하나하나를 지켜보고, 흰 치맛자락 끝이 문밖으로 사라질 때까지 놓치지 않고 눈으로 따라갔다.

그날 밤이 깊을 때까지 피티는 두 가지 생각에 빠졌다. 캐시 생각과 밖에 나간다는 것. 아주 아주 오래전에 유아 병실에서 여기로 오던 날 뒤부터 한 번도 밖에 나가지 못했다. 그 생각만으로도 피티는 들떠서 아찔할 지경이었다.

II

안녕, 캐시

피티는 동이 트기 전에 깼다. 기대에 부풀어 좀이 쑤셨다. 피티는 반들거리는 유리창이 점점 밝아져 어두운 잿빛에서 밝은 잿빛으로 바뀌는 것을 보았다. 유리창이 처음에는 조금씩 천천히 붉어지다가 곧 뚜렷하게 붉은빛으로 달아올랐다.

피티가 간직한 바깥세상의 기억은 오래되어 희미해져서 이제는 사실처럼 느껴지지 않았다. 아침이 천천히 찾아오는 게 괴로웠다. 캐시가 오려면 아직도 몇 시간은 더 있어야 할 것이다. 피티는 일 초 일 초 기다리며 시간을 견디었다.

마침내 캐시 목소리가 들렸다.

"안녕 호랑아. 준비됐어?"

캐시가 병실을 가로질러 오며 불렀다. 피티는 웃으며 고개를 끄덕인 다음 캘빈 쪽으로 눈짓했다.

"우리 먼저 나가고, 다시 들어와서 데리고 가자."

"고아, 고아."

보조원들이 길고 긴 콘크리트 계단 아래로 피티를 거칠게 밀고 가고 캐시는 아기를 안고 옆에서 걸었다. 오늘은 주름 잡힌 짧은 소매가 있는 파란 꽃무늬 원피스를 입어 걸을 때마다 한들한들 날아가는 것 같았다. 머리카락은 묶지 않고 풀어서 어깨 위에 치렁치렁 늘어졌다. 피티는 숨을 쉬어야 한다는 것조차 잊어버렸다.

밖에 나오자 눈부신 햇살이 둘을 맞았다. 다른 환자들이 마음이 급한 듯 옆으로 지나쳐 갔다. 피티는 눈을 가늘게 뜨고 여기저기를 부지런히 살폈다. 자동차가 빵빵거리며 흙 위에 덮인 시커멓고 매끈한 길 위로 지나갔다. 맑고 향기로운 공기가 피티를 감싸고 간질였다. 피티는 들떠서 팔을 들썩거렸다.

캐시는 연못 가까이 그늘을 드리운 나무로 갔다. 보조원들은 캘빈을 데리러 병실로 돌아가고 캐시는 피티에게 선글라스를 씌워 주고는 앉아서 말없이 피티를 보았다.

"머어?"

피티가 물었다.

"너 봐. 정말 잘생겼다."

피티는 엄한 표정을 지어 보였다.

"아이, 아이!"

피티가 불평했다. 캐시가 피티의 손을 잡았다.

"피티, 넌 내가 만난 환자들 가운데서 가장 특별해. 눈을 감으면 네가 또박또박 말하는 게 들려. 네가 목이며 다리며 모두 꼿꼿이 펴고 휠체어 없이 똑바로 선 모습을 정말로 볼 수가 있어. 눈을 뜨고 보더라도, 너는 키도 크고 잘생긴 남자야. 내가 본 어떤 사람보다도 잘생겼어."

피티는 캐시의 눈에서 비꼬거나 놀리는 기색을 찾으려 했지만 그런 기색은 찾을 수가 없었다.

캘빈을 기다리는 동안 캐시는 아기 리사를 피티의 가슴에 올려놓았다. 리사는 쿡쿡 꾸르르 옹알이를 하며 포동포동한 손가락으로 피티의 일그러진 얼굴을 만졌다. 피티도 끽끽 소리를 내며 리사한테 응대했다. 리사는 조그만 손가락을 뻗어 피티의 귀를 잡았다. 피티는 웃으며 리사의 섬세하고 조그맣고 완벽한 생김새를 신기한 듯 뜯어보았다.

보조원들이 캘빈을 피티 옆으로 밀고 왔을 무렵 악단이 경쾌한 행진곡을 연주하기 시작했다. 북소리, 나팔 소리가 공기 중에 웃음소리처럼 신나게 울려 퍼졌다.

"아구 고아! 아구 고아!"

피티가 외쳤다.

"정말 좋다."

캐시가 웃으며 리사를 다시 데려가 안았다.

피티와 캘빈은 화려한 제복을 입은 젊은 남녀가 연주하는 기분 좋은 음악을 들었다. 피티는 땅 위를 살피며 둘레에 있는 것 하나하나를 다 머리에 새겼다. 연못에서 오리가 신기하게도 물 위에 떠서 돌아다니고, 다람쥐는 나무 위에서 술래잡기를 하며 노랫가락이 울려 퍼지는 속에서도 재잘거렸다. 잔디밭 위에는 긴 나무 의자가 죽 늘어서 있고 수백 명도 넘는 환자들이 앉아 있었다. 다들 감상 태도가 좋았다.

어느 순간 커다란 굉음이 음악 소리를 삼켰다. 피티는 소리가 나는 쪽으로 고개를 돌려 거대한 기계가 하늘에 떠서 날아가는 것을 보았다. 세상은 마치 마법과도 같았다. 그리고 피티는 살아 있었다!

두 시간 동안 환상 같은 연주가 계속되었다. 캐시는 피티의 손 위에 한 손을 올려놓아 캘빈의 질투 어린 시선을 받아야 했다. 캐시의 손 때문에 피티는 연주에 집중할 수가 없었다. 다시 병실로 돌아왔을 때 캘빈은 웃었고 익살스런 표정을 지어 보였다.

캘빈이 기분이 좋아진 것을 다른 사람들도 알아차렸다. 이튿날 캐시가 피티한테 와서 이렇게 말했다.

"피티, 어제 캘빈이 처음으로 웃었어. 너도 봤어?"

피티도 웃으며 끅끅거렸다.

"생각을 해 봤는데, 캘빈한테 필요한 건 삶의 목표인 것 같아. 사람은 누구나 목표가 있어야 해. 캘빈한테 너를 돌보는 일을 맡기면 어떻겠니?"

캐시가 하는 말을 듣고 피티는 불안해졌다. 캐시도 그것을 눈치 채고 이렇게 덧붙였다.

"그러면 자기가 필요한 존재라고 느끼게 될 거야. 그게 네가 캘빈한테 해 줄 수 있는 가장 좋은 일이야."

피티는 마지못해 고개를 끄덕였다. 그날부터 피티를 병실 여기저기 데리고 다니고 피티가 똥을 누었을 때 보조원에게 알리는 것은 캘빈의 책임이 되었다. 피티한테 밥을 먹이는 것도 캘빈이 맡았다. 캘빈은 자기 휠체어에 앉은 채 몸을 굽혀 기대 누워 있는 친구에게 숟가락으로 밥을 떠먹였다.

캘빈은 자기가 숟가락질하는 속도를 피티가 따라올 수 있나 없나를 보는 게 무척 재미있다는 것을 알게 되었다. 천천히 먹이라고 캐시가 캘빈에게 여러 번 일렀지만, 캐시가 다른 밥상에 가 있느라 보지 못하는 동안 캘빈은 으깬 감자를 숟가락으로 가득 퍼서 피티의 벌린 입에 밀어 넣었다. 피티가 입으로 쉼 없이 들어오는 음식을 넘기지 못해 얼굴에 감자 더미가 쌓이기 시작했다. 캘빈은 웃으며 숟가락을 든 손을 뻗어 다른 환자 접시에서 음식을 훔쳐 계속 쌓았다. 얼굴에 쌓인 감자 더미를 치울 수가 없어 피티는 쩔쩔매며 푸푸거리기만 했다.

캐시가 웃음소리와 켁켁거리는 소리를 들었을 때는 이미 피티의 얼굴이 거의 감자로 덮여 있었다. 다른 환자들도 미친 듯이 웃어 댔다. 캐시가 달려와 놀란 기색이 뚜렷한 피티의 얼굴에서 감자를 치웠다. 캐시는 웃는 사람들을 노려보고 캘빈을 야단쳤다.

피티는 이 모든 게 캘빈에게 삶의 목표를 주기 위한 것이라고 생각하고 참았다. 하지만 캐시는 사람은 '누구나' 목표가 있어야 한다고 했다. 그렇다면 피티의 목표는 무엇일까? 피티 코빈이 사는 까닭은 무엇일까? 날마다 기계로 간 음식을 먹고 기저귀에 똥오줌을 누기 위해서인가? 그런 삶에 무슨 뜻이 있는 것일까! 피티는 이런 생각을 떨쳐 버릴 수가 없었다.

병실 너머에 있는 세상에 대한 기억이 생생해서 피티는 바깥세상을 즐겁게 꿈꿀 수 있었다. 그리고 캐시가 있었다. 아름답고 매력 넘치는 캐시. 캐시는 여름이 지나기 전에 두 번 더 피티와 캘빈을 데리고 밖에 나갔다. 마지막 나갔을 때는 너무 오래 있어 살갗이 빨갛게 탔고 거의 일주일 동안 덴 것처럼 쓰라렸다.

캐시는 스스로를 나무라며 법석대며 둘을 돌보았다. 힘 있고도 부드러운 손으로 얼굴과 팔에 연고를 발라 주었다. 피티는 밖에 나갈 수 있고 캐시가 팔과 얼굴을 문질러 주기만 한다면 햇볕에 타는 것쯤은 아무렇지도 않다고 생각했다.

저녁마다 캐시는 병실에 와서 남편이 보낸 편지를 읽어 주었다. 10월 어느 날 캐시는 긴 노란색 무명 원피스를 입고 들렀다. 정신병원 직원이라기보다는 천사같이 보였다.

"아여."

"안녕 피티. 좀 어때?"

"아구 고아."

피티는 무언가 심상치 않은 일이 있다는 것을 눈치 챘다.

"얘기하기 전에 먼저, 기저귀 안 갈아도 돼?"

캐시가 물었다.

"아이, 아이."

피티는 거짓말을 했다. 간호사나 보조원들이 갈아 주어도 된다. 지금 옆에 서서 뺨에 보조개를 만들며 웃는 친구 캐시가 아니라. 그때 다시 이상한 낌새를 느꼈다. 무엇인가 심상치 않은 일이 있다.

"오애애, 오애애?"

"왜 왔냐고?"

"어어, 어어."

"네가 너무 잘생겨서 보고 싶어서 왔지."

"가 바."

피티는 이 말을 '관둬'라는 뜻으로 썼다. 캐시가 웃는 것을 보자 몸에 따뜻한 기운이 솟아 얼어붙은 다리에까지 퍼졌다.

"아냐, 정말이야. 피티, 넌 정말 잘생겼어. 너 거울 본 적 있어?"

"아이."

"그럼 잠깐 얌전히 있어 보서. 금방 올게."

캐시는 간호사실에 들어갔다 금방 나왔다. 피티는 캐시에게서 눈을 떼지 않았다. 캐시는 조그맣고 네모난 거울을 가지고 와서 피티 얼굴 앞에 들었다.

"봐, 피티. 잘생겼는지 아닌지 네 눈으로 보라고."

피티는 거울을 보았다. 눈을 이쪽저쪽으로 굴리며 거울에 비친 상을 들여다보았다. 거울에 짙은 빛깔이 나는 짧은 머리카락, 큼직한 코, 각진 턱, 마르고 모난 얼굴을 한 사람이 있었다. 피티는 뺨을 찌푸려 보고 거울 속에 있는 사람도 똑같이 하는 것을 보았다. 이번에는 거울에서 눈을 떼지 않고 부풀어 오른 혀를 입 안에서 굴려 보았다. 또 고개를 이리저리 비틀어 보기도 하면서 피티는 자기 모습을 넋을 잃고 구경했다.

"봐, 내 말 틀려?"

캐시가 놀렸다.

"가 바."

피티는 캐시가 말을 돌린다는 것을 느끼고 다시 캐시의 눈을 마주 보았다.

"머어?"

캐시는 천천히 거울을 피티의 탁자 위에 놓고 아래를 내려다보며 한동안 말이 없었다.

"피티, 오늘 앨릭스한테서 편지가 왔어. 돌아온대."

"고아, 고아, 고아."

"응, 정말 잘됐지. 그렇지만 내가 여기를 떠나야 하게 됐어."

캐시의 말이 공기 중에 살벌하게 울려 퍼졌다. 그런 일은 있을 수 없다. 캐시가 떠난다고?

"오애애애?"

"앨릭스가 뉴욕으로 올 거라서 내일 앨릭스 맞으러 떠나야 해."

"와아아."

피티가 간절히 말했다.

캐시가 고개를 숙였다. 울고 있었다. 둥근 뺨이 떨리고, 조그만 보조개는 보이지 않았다.

"안 돼, 피티. 다시 올 수가 없어. 뉴욕은 여기에서 아주, 아주 먼데, 앨릭스가 거기 배치되었어. 거짓말은 하지 않을 거야. 너한테는 거짓말은 할 수 없어. 넌 너무 좋은 친구니까."

피티는 캐시 눈에서 눈물이 흘러넘치는 것을 보았다. 피티는 무서웠다. 캐시가 떠난다는 것이 무서웠고 그리고 자기가 어떤 끔찍한 일을 했기에 캐시가 저렇게 우는 것일까 하는 생각에 무서웠다. 자기는 정신병원에 사는 못생기고 이상야릇한 환자일 뿐인데. 삶의 목표도 없고 식구도 없는 사람인데. 그런 자기 때문에 운다는 것은 있을 수 없는 일이다. 캐시는 울면 안 된다.

"아이이, 야 아이 고아, 야 아이 고아."

피티가 흐느꼈다.

"아냐, 아냐. 넌 좋은 사람이야."

"아이, 아이."

"피티."

캐시가 손을 뻗어 피티의 손을 잡았다. 캐시의 커다란 아몬드 색 눈망울이 눈물에 젖어 반짝거렸다.

"네 잘못이라는 생각은 다시는 하지 마. 넌 정말 훌륭한 사람이야."

"아이, 아이."

피티는 힘겹게 말을 내뱉었다. 캐시가 터무니없이 한 말 때문에 괴로워한다는 것이 목소리에 묻어났다.

"진심이야."

캐시는 피티의 팔을 들어 자기 가슴에 꼭 갖다 댔다.

"아이, 아이."

피티는 자기 팔을 빼려고 버둥거렸지만 캐시는 뒤틀린 피티의 손에 뺨을 갖다 댔다. 피티는 따뜻한 눈물이 자기 손가락을 적시는 것을 느꼈다. 피티의 턱이 덜덜 떨렸다. 자기가 캐시를 울게 만든 것이다. 가슴이 쿵쾅쿵쾅 뛰어서 캐시한테도 그 소리가 들릴 것 같았다.

"피티, 내 말 잘 들어. 너는 내가 지금까지 만나 본 사람 가운데 가장 멋진 사람이야. 이기심에 제멋대로 굴거나 심술을 부린 적이 단 한 번도 없지. 단 한 번도. 늘 내 문제를 염려해 주고, 늘 캘빈이나 리사가 어떻게 지내는지 알고 싶어 하고."

"야 아이 고아!"

캐시는 축 늘어진, 움직일 줄 모르는 피티의 손을 꽉 움켜쥐었다.

"아휴, 넌 좋은 사람이라니까! 피티, 이 몸과 이 휠체어는 네가 아니야. 너는 번쩍이는 갑옷을 입은 기사야. 넌 용감하고 훌륭해. 그래서 널 사랑해."

캐시의 목소리가 떨렸다.

피티는 자기가 숭배하는 여자가 하는 말에 더 저항할 수가 없었다. 눈에 눈물이 가득 고였다. 캐시가 몸을 숙이고 우는 것을 보고 피티는 캐시의 무르고 약한 구석을 느꼈다. 피티는 캐시를 안아 주고 품 안에서 보호해 주고 달래 주고 싶었다. 피티는 자기 몸을 꽁꽁 가두어 지금 이 순간 자기의 손길을, 자기의 품을 바라는 캐시에게 손을 뻗을 수 없게 하는 그 힘을 저주했다.

"나 아아해! 나 아아해!"

피티는 눈물방울을 뚝뚝 흘리며 울부짖었다.

피티와 캐시는 눈물로 얼룩진 얼굴로 서로 마주 보았다. 캐시는 피티의 팔을 자기 허리에 둘렀다.

"나도 너 사랑해, 피티. 아주 아주 많이."

캐시는 속삭이며 몸을 굽혀 얼굴을 피티에게 가까이 가져갔다.

아릿한 두려움이 밀려들었다. 무엇인가 이해할 수 없는 것이, 하지만 저항할 수 없는 일이 벌어지려고 했다. 캐시는 피티가 두려워하는 것을 모르는 척하고 부드럽게 입술을 피티의 뺨에 갖다 댔다. 처음으로 피티는 캐시의 심정이 어떤지 진실로 이해할 수 있었다. 그것을 알고 나니 가슴이 찢어지는 것 같았다.

캐시가 몸을 떼자 피티는 당황해서 정신을 차릴 수 없었다. 이렇게 끝날 수는 없다. 피티도 똑같이 하지 않으면 안 될 것 같았다. 입술을 오므려 내밀며 끙끙거렸다. 캐시는 피티의 몸짓을 이해하고 다시 머리를 숙였다. 이번에는 부드러운 뺨을 일그러진 피티의 입술에 살짝 갖다 댔다. 한참 동안 캐시는, 피티가 자기 감정을 전달하고 나누는 몸짓을 마무리할 수 있게끔 그대로 있었다.

캐시는 몸을 일으키더니 길고 가는 목걸이를 피티의 목에 걸어 주었다. 목걸이에는 금으로 만든, 반으로 나눈 하트 반쪽이 달려 있었다. 나머지 반쪽은 캐시가 걸고 있었다.

"피티, 이 조그만 하트 앞에는 이렇게 써 있어. '우리가 서로 떠나 있을 때 하느님께서 우리를 살피시기를.' 뒤에는 '잊지 않으리.' 무슨 뜻인가 하면, 네가 외로울 때 나를 생각하라는 말이야. 나도 널 생각하고 있을 테니까. 그리고 나도 외로울 때면 너를 기억하고 네가 내 생각을 한다는 걸 알 거야. 하지만 슬퍼해서는 안 돼. 평생 사랑이 뭔지도 모르고 사는 사람도 많으니까. 너와 나는 정말 운이 좋은 거야."

피티는 끓어 넘치는 울음을 삼키고 또 삼켰다.

"어어, 어어."

"잘 있어, 피티."

"가 바, 캐애시이, 가 바."

멀어져 가는 캐시의 모습이 부옇게 흐려졌다. 캐시는 피티의 식구이고, 사랑이고, 피티의 삶에서 아른아른 사라지면서 천국도 함께 가지고 떠나 버린 천사였다. 거의 한 시간 동안 피티는 소리 없이 입 모양만으로 웅얼거렸다.

"아아해, 아아해, 아아해."

아무리 퍼내도 줄지 않는 샘에서 끝없이 눈물이 솟아 흘렀다.

12

오언

✂━━━● 캐시가 떠난 뒤에도 웜스프링스의 벽돌 벽 안에서 시간은 여전히 기세 좋게 쉬지 않고 흘렀다. 도시에 사는 사람들이 호젓함을 즐기러 산을 찾듯이 환자들의 마음도 현실을 탈출해 병실 너머에서 고독을 찾았다. 어떤 사람들은 다시는 돌아올 수 없는 곳 으로 떠나기도 했다.

피티의 마음은 언제나 병실 안에 머물러 있었다. 그래서 단조로운 리듬이 끌로 바위에 새겨지기라도 한 듯 머릿속에 깊이 새겨졌다. 하지만 캘빈의 머릿속에서는 리듬이 흐릿해졌고, 마음도 자꾸 떠나고 있었다.

1965년 봄, 녹슨 노란색 시보레 자동차가 고속도로에서 천천히 빠져나와 웜스프링스 병원 정문으로 들어설 때까지 확고부동한 리듬은 흐트러지지 않았다. 시보레 자동차 안에는 안경을 쓴 마른 남자가 앉아 있었다. 목장 일로 굳은살이 박히고 거칠어진 손이 양복 웃도리 소매에 파묻힌 것 같았다.

"휴양지처럼 보이진 않는군."

오언 마시가 웅얼거렸다. 퇴직하고 쉬는 대신 여기에 온 게 잘못된 선택은 아닐까 하는 생각이 들었다. 그저 다른 사람을 돕는 일을 하고 싶었다. 그런데 예순다섯 살이 넘은 사람을 고용하는 시설은 이곳 한 군데밖에 없었다.

오언은 가로수가 늘어선 포장도로와 당당한 벽돌 건물을 살폈다. 커다란 연못에서 오리들이 평화롭게 헤엄쳤다. 오언은 더러운 차를 원무부 건물 앞에 세웠다. 지금은 주립 병원이라고는 하지만 그래도 누가 봐도 정신병원이었다.

건물 안으로 들어선 오언은 키가 크고 마르고 머리는 희끗희끗해서 늙은 교수처럼 보였다. 동굴 같은 복도에 억눌린 비명과 고함 소리가 불길하게 메아리쳤다.

"주립 병원이라고?"

오언은 중얼거리며 불안한 듯 주위를 둘러보았다.

한 시간도 채 안 되어 서류 작성이 끝났고 오언은 남자 병동 18 호실에 배정받았다. 덩치 크고 둔해 보이는 보조원이 주차장에서 이런 말로 오언을 맞았다.

"이것 보게! 이제 아예 화석을 보내네. 은퇴할 때 안 됐어요?"

오언은 희미하게 웃음을 띠었다.

"그래도 아직도 골프 코스에서 파(골프에서 전문가가 한 코스를 끝내는 데 필요한 타수를 정해 놓은 것. 파를 친다는 건 전문가 못지않게 공을 멀리 날릴 수 있다는 뜻이다. ─옮긴이)를 치려고 애쓴다오."

콧구멍에서 콧털이 삐져나온 보조원이 어깨를 으쓱했다.

"하긴 뭐 사람마다 다 다르니까. 난 거스요."

보조원이 손을 내밀어 오언의 깡마른 손을 쥐었다.

"언제 일을 시작하죠?"

오언이 웃으며 송아지 수백 마리를 어미 배 속에서 나올 때 잡아뺀 억센 손으로 보조원의 손을 쥐었다. 보조원은 움찔하며 손을 빼더니 웃으며 신참을 찬찬히 살폈다.

"바로 시작할까요?"

보조원은 이렇게 말하고 앞장서 건물로 들어가 가파른 계단으로 올라갔다.

"18호실에 잘 오셨수다. 여기 동물원에서는 그다지 많은 것을 참아 주지 않아요. 너무 난폭해지거나 미친 짓을 하거나 하면 바로 가둬 버리죠."

보조원이 클클 웃었다.

"게다가 미친 사람들뿐만 아니라 바보들도 있어요. 몇 사람 소개해 드리죠."

얼굴 살이 늘어진 수다스러운 보조원이 앞서 계단을 올라가는데 더러운 운동화 끈이 풀어져 바닥에 질질 끌리는 게 보였다. 흰 셔츠와 바지는 얼룩이 지고 빛이 바랬다. 허리에 뱃살이 늘어져 튜브를 끼운 것처럼 출렁거렸고 셔츠는 꽉 끼어서 여민 데가 터질 것처럼 벌어졌다. 이층에 올라서자 거스는 숨을 헐떡거렸다.

병실로 걸어가는데 진한 담배 연기와 역한 냄새가 풍겨 오언은 움찔했다. 컨트리 음악이 비명과 고함 소리에 섞여 방에서 흘러나왔다. 병실 안에는 온갖 기이한 사람들이 여기저기 흩어져 있었다. 키가 크고 작고, 뚱뚱하고 마르고, 젊고 늙고, 많이 움직이는 사람, 누워만 있는 사람, 그리고 '천 리 밖'을 바라보는 사람들도 많았다. 어떤 사람은 바람에 몸이 기울어진 듯 앞으로 비스듬히 몸을 숙이고 술 취한 사람처럼 걸었다.

"안녕 거스."

방 저편에서 누가 소리를 질렀다.

"그 사람 보조원이야, 아니면 환자야?"

거스가 오언을 돌아보았다.

"어느 쪽이쇼?"

오언이 희미하게 웃어 보였다.

"먼저 보조원으로 시작하죠. 나중에는 여기 들어올 수도 있겠죠."

"그런 일도 심심치 않아요."

오언은 거스가 한 말이 농담인지 진담인지 알 수가 없었다.

"먼저 해럴드를 소개할게요."

거스가 가장 가까이 있는 환자한테 가며 말했다.

"해럴드는 비터루츠에서 벌목 일을 하다 통나무에 채였어요. 좀 어때 해럴드?"

거스가 등을 치며 물었다. 뚱뚱한 남자는 멍한 눈빛을 하고 돌아보았고 두 사람이 움직이자 눈길도 계속 따라갔다.

다음 환자는 의자에 꼿꼿이 앉아 얌전하게 웃음 지었다.

"이 친구는 쿠퍼 엘리엇이에요. 지방법원 판사였다는데 갑자기 머리 속에서 뭔가 툭 끊어졌대요. 자기가 다룬 사건은 하나하나 다 기억하는데 마누라도 자식들도 못 알아봐요. 심지어 자기 이름도 기억을 못 해요."

몇몇을 더 소개한 다음 휴게실로 건너갔다. 유리 벽 너머에 긴 나무 밥상 두 개와 긴 의자가 놓여 있었다. 벽에 텔레비전이 한 대 있어 부연 흑백 화면이 계속 위쪽으로 밀려 올라갔다. 모여 앉아 있는 환자들은 무심하게 코를 파거나 손으로 파리를 찰싹 때려 쫓았다. 밥상 끝에는 멀쩡하게 보이는 남자 다섯이 앉아서 농담도 하고 카드놀이도 하고 담배를 피웠다. 나가려고 돌아서는 거스에게 오언이 물었다.

"저 사람들요? 어디가 안 좋죠?"

거스는 오언에게 휴게실 밖으로 나오라고 손짓했다. 밖으로 나오자 거스가 작은 소리로 말했다.

"저 사람들은 범법자인데 정신 질환을 핑계 삼아 형을 피한 사람들이에요."

"그럼 정상이에요?"

"그래서 아주 위험해요. 가까이 가지 않는 게 좋아요."

오언은 지금이라도 돌아서서 도망가고 싶은 충동을 꾹 눌렀다. 그런데 병실 안에 들어서자 더 이상한 모습이 기다리고 있었다. 통통한 중년 남자가 휠체어 팔걸이에 축 늘어져 있었다. 남자의 머리와 헝클어진 머리카락이 침대에 누워 있는 환자 위쪽에 늘어졌다. 침대에 누운 환자는 심한 기형이었다. 둘 다 자는 것처럼 보였다.

"휠체어에 앉아 있는 게 캘빈 앤더스예요. 먹고 자고 싸는 것 말고는 아무것도 안 해요. 정신은 아마 중국 어딘가에서 헤매고 있을 거요."

"침대에 있는 환자는요?"

오언이 물었다.

"거긴 피티 코빈인데, 백치지만 성격은 좋아요. 늘 싱글벙글이죠. 어떨 때는 마치 진짜 생각을 하는 것 같다니까요. 하지만 그냥 반사행동일 뿐이에요. 전에는 날마다 침대에서 꺼내서 휠체어에 앉혔대요. 다행히도 지금은 그냥 그대로 둬도 돼요."

"친구들인가 봐요."

오언은 이렇게 말하며 시끌벅적한 정신병원에서 자고 있는 이상한 두 남자를 찬찬히 보았다. 사십 대 후반쯤으로 보였다. 이런 곳에서 40년을 지내다니, 상상도 하기 힘들었다.

"맞아요. 날마다 저러고 있어요. 캘빈이 뭐라고 말하면 피티가 뭐라 뭐라 지껄이죠. 저런 바보들한테도 익숙해져야 해요. 저런 사람이 한둘이 아니니. 질문 있어요?"

"아니, 없어요."

"좋아요. 이제 교육 끝. 일합시다."

그러고 일을 시작했다. 오언은 오후 내내 스무 명도 넘는 환자들을 씻기고 옷을 입히는 일을 거들었다. 화장실은 변좌도 뚜껑도 없는 녹슨 변기 세 개, 녹슬고 갈라진 도기 세면대 세 개만 달랑 있는 을씨년스런 곳이었다. 화장실 옆에 있는 작은 방에 낡은 욕조가 하나 있었다.

오언은 담배를 피우지 않아 담배 마는 법을 몰라서 몇몇 환자들한테 욕을 먹었다. 또 두 번이나 말싸움이 붙은 환자를 떼어 놓고 설득하기도 했다. 외교 수완만으로 모든 문제를 해결할 수는 없겠지 하는 생각이 들었다. 그날 바로 그 생각을 확인해 줄 일이 생겼다.

"오언! 나 좀 도와줘요!"

거스가 외쳤다. 오언이 돌아 보니 거스가 바닥에서 덩치 큰 환자 하나와 엎치락뒤치락하고 있었다. 두 사람은 한데 뒹굴다가 단단한 철제 침대에 부딪혔다.

"팔을 잡아!"

거스가 외쳤다.

오언이 두 사람한테 달려들었다. 맞붙어 싸우며 오언은 정신병 환자가 얼마나 힘이 센지를 실감했다. 마침내 가죽 끈으로 환자 팔 다리를 묶어 침대에 붙들어 놓고 오언은 거스에게 물었다.

"무슨 일 때문에 그런 거예요?"

"저 자식이 목욕을 안 하려고 해서요."

"말로 달래 봤어요?"

"그럼요. 2분 안으로 옷을 벗지 않으면 내가 벗기겠다고 했죠."

오언은 말없이 자기가 하던 일로 돌아갔다.

그날 오후 늦게 오언은 온몸이 뒤틀린 피티라는 환자를 씻기고 나서 로션이 보이지 않아 찾았다. 침대 옆 탁자 서랍을 열어 보니 사슬이 없는 하트 모양 펜던트가 보였다. 그 밑에는 성경 구절이 적힌 낡은 종이쪽이 있었다. 오언은 펜던트를 집었다. 앞에는 '우리가 서로 떠나 있을 때 하느님께서 우리를 살피시기를.' 이라고 새겨져 있고 뒤에는 '잊지 않으리.' 라고 적혀 있었다.

오언이 고개를 들어 보니 몸이 자유롭지 않은 환자가 자기를 찬찬히 보고 있었다. 도무지 이 환자를 기억할 사람이 있을 것 같지가 않았다. 이 사람한테 관심을 둔 사람도 없었겠지. 오언은 서랍에 펜던트를 다시 넣고 성경 구절이 적힌 종이를 집었다. 독수리가 날개를 치며 솟아오르듯 아무리 뛰어도 지치지 않을 것이다 어쩌구 하는 구절이 적혀 있었다. 오언은 글씨가 희미하게 바랜 종이에서 먼지를 후 불어 냈다. 누가 독수리라는 낱말을 지우고 비둘기라고 고쳐 놓았다.

종이를 다시 서랍에 넣으면서 오언은 피티가 아직도 자기를 뚫어 져라 쳐다보는 것을 느꼈다. 햇빛을 보지 못해 낯빛이 창백했다. 피티의 눈빛은 마치 무엇인가를 묻는 것처럼 보였다.

오언이 준 선물

주립 병원에서 일하면서 오언은 상상도 하지 못하던 세계를 만났다. 오언 마시는 여러 환자들의 딱하고도 난폭한 기질을 도무지 아무렇지도 않게 받아들일 수 없었다. 어떻게 사람 몸에 조그만 고장이 생겼다고 이렇게 삶이 엉망진창으로 망가질 수 있는 것일까?

날마다 기상 시간부터 취침 시간까지 요란한 컨트리 음악이 병실에 울려 퍼졌다. 소란스럽고 혼란스러운 가운데 가장 딱한 모습은 피티와 캘빈이라는 두 환자가 다른 사람들에게서 떨어져 둘이 기대고 있는 모습이었다. 캘빈한테는 아무리 말을 걸어도 대답을 하지 않았다. 캘빈은 피티 말고는 다른 어떤 벗도 필요하지 않은 작은 세상에 스스로를 가두었다. 피티는 생각에 잠긴 듯한 표정, 꿰뚫어 보는 듯한 눈빛, 이해하는 듯한 다정한 표정 따위를 지어 보여 마치 백치가 아닌 것처럼 보였다.

오언이 이곳에 온 뒤 여름이 지나고 또 가을이 지나갔다. 크리스마스 이브에 오언은 작은 아파트에 불도 켜지 않은 크리스마스 트리 하나를 형식상 놓아두고 혼자 앉아 있었다. 선물도 없었다. 다 자란 아이들과 몇 해 전에 갈라선 아내에 대한 기억뿐. 저녁이 오자 생각이 밀려왔다. 오언은 자기가 살면서 한 일이 대체 뭐가 있을까 생각했다. 이 세상에 오언 마시가 존재하기 때문에 조금이라도 더 행복한 사람이 과연 있을까?

오언은 충동에 휩싸여 부엌으로 가 사탕을 두 꾸러미 포장하고 추운 밤거리로 나섰다. 머리 위에 보름달이 어찌나 환한지 하늘에 등을 매달아 놓은 것 같았다. 별똥별이 하늘에 짧은 선을 그렸다. 환한 달 아래 맑은 공기를 맡으며 걸으니 한때 자기 것이던 목장이 떠올랐다. 이런 밤이면 집 뒤란에 앉아 쉬면서 내일 할 일을 되새겨 보고는 했다. 오언은 고개를 들어 차가운 밤하늘에 반짝이는 별을 보았다. 주립 병원은 목장과는 완전히 다른 세계지만, 그래도 같은 하늘 아래 있었다.

오언이 병실에 왔을 때는 이미 불이 꺼져 깜깜했다. 오언은 침대

사이로 조용히 걸었다. 알록달록한 포장지로 싼 선물 하나를 캘빈의 침대 옆 탁자에 올려놓았다. 나머지 하나는 피티 옆에 두었다. 오언은 평화롭고 어린아이처럼 천진한 피티의 얼굴을 보았다. 이 환자는 생각을 할 수 있을까? 이 밤중에 그 비밀을 밝힐 수는 없을 터라 오언은 결국 병실에서 나왔다.

이튿날, 크리스마스에 오언은 피티와 캘빈이 선물을 뜯어보는 것을 도우러 아침 일찍 병실에 갔다. 캘빈은 벌써 피티의 침대 옆에 와 있었고 둘은 신이 나서 뭐라고 서로 떠들어 댔다.

"피티, 내가 네 선물 뜯어도 돼?"

캘빈이 간청하듯 물었다.

"어어."

피티는 이렇게 말하고 눈짓을 했다. 캘빈이 조그만 선물을 뜯었다. 피티는 캘빈에게 자기 사탕 몇 개를 선물로 가지라고 손짓했다.

"아, 고마워, 피티."

캘빈이 말했다.

"넌 나한테 가장 소중한 친구야."

캘빈은 자기 사탕 봉지에서 몇 개를 꺼내 피티한테 주었다.

"자, 이건 내 선물이야."

반사 행동이라고, 말도 안 돼. 오언은 같이 늙어 가는 두 사람을 보며 생각했다. 두 사람은 천진난만하고 이 세상 안에서 무력한 어린아이처럼 보였다. 두 사람 안에는 무엇인가, 겉으로 보이는 것보다 더 많은 무엇인가가 있었다. 이들이 그저 사회에서 낙오된 불구

자일 뿐이라고 할 수 있는가?

조금 뒤 캘빈은 피티 쪽으로 몸을 숙이고 눈을 감았다. 두 사람의 웃음이 다시 사라졌다. 오언은 갑자기 슬픔을 느꼈고 결심이 굳어지는 것을 느꼈다. 오언이 일을 그만두지 않고 웜스프링스로 온 것은 무엇인가 뜻있는 일을 하기 위해서였다. 지금까지는, 환자들이 목숨을 이어 가도록 하는 것 말고는 아무것도 하지 않았다.

이튿날 오언은 오후 근무였다. 그래서 마음먹은 일을 하러 오전에 들뜬 마음으로 병실에 들렀다. 오언은 피티와 캘빈에게 다가가 옆에 앉았다. 캘빈한테는 말을 걸어 보았자 대답하지 않을 것이기 때문에 피티를 마주 보았다.

"피티, 내가 하는 말 알아들어?"

피티는 대답 없이 바라보기만 했다. 오언이 다시 물었다.

"피티, 내가 하는 말 알아들어? 그렇다면 그렇다고 대답해. 중요한 일이야."

천천히 망설이다가 피티는 고개를 끄덕였다.

"그렇다고 말할 수 있어?"

"어어."

피티는 꺽꺽거리는 듯한 소리로 대답했다.

"그게 무슨 뜻이야?"

"어어, 어어."

오언은 피티가 목구멍에서 내뱉는 소리에 귀를 기울이다가 고개를 저었다.

"무슨 뜻인지 모르겠어."

피티는 다시 그 소리를 냈다.

"어어, 어어."

비슷한 소리를 내보려고 피티는 입술을 열심히 움직였지만 잘 되지 않았다.

"미안하다, 피티. 네 말을 잘 못 알아듣겠다."

오언의 등 뒤에서 캘빈이 화가 난 듯 불쑥 외쳤다.

"'응.' 이라고 하잖아요! 바보 같으니!"

오언은 캘빈을 보려고 고개를 돌렸지만 캘빈은 벌써 자기 무릎을 내려다보는 자세로 돌아갔다.

"고마워, 캘빈."

오언은 웃으며 다시 피티 쪽으로 몸을 돌렸다.

"어어."

피티가 다시 소리를 냈다. 오언이 웃음을 지었다.

"피티, 내가 만약에 휠체어를 구할 수 있다면, 날마다 자리에서 일어나서 병실을 돌아다닌다면 어떻겠니? 창가에 앉거나 텔레비전을 보거나? 아니면 밖에 나갈 수도 있지. 내 말 알아들어?"

피티는 짧고 경련하는 듯이 고개를 끄덕였다.

"좋아, 한번 해 보자. 내가 능력이 있는 사람이라면 너희들한테 크리스마스 사탕보다 더 좋은 걸 줄 수도 있겠지."

피티는 조심스럽게 웃음을 지어 보였다. 캘빈은 여전히 무릎만 내려다보았다.

오언은 바로 원무실로 달려갔다. 간호부장 사무실로 가서 열린 문을 두드리고 고개를 들이밀었다.

"부장님, 잠깐 드릴 말씀이 있는데요."

오언은 숨을 몰아쉬었다. 나이 지긋한 여자는 책상 위에 놓여 있는 서류 더미를 뒤적이며 오언을 흘깃 보았다.

"지금 바쁜데요. 무슨 일인가요?"

오언은 사무실 안으로 들어섰다.

"부장님, 저는 웜스프링스에 와서 18호실에서 여섯 달 동안 일했습니다. 우리 병실에는 정신 상태에 문제가 있는 환자들이 대부분이지만……."

"18호실에 대해서는 잘 알아요."

간호부장이 쌀쌀맞게 말을 잘랐다.

오언은 간호부장이 사무적이고, 직선적이고, 일만 하는 사람이라는 것을 알았다. 확실히 이길 것 같은 경우가 아니라면 함부로 겨뤄볼 엄두가 나지 않는 사람이었다.

"우리 병실에 있는 환자 가운데 두 사람은 기록에 나와 있는 것보다 능력이 훨씬 더 뛰어납니다. 두 사람을 관찰해 봤는데 현실감각이 충분히 있다고 생각합니다. 피티 코빈이라는 환자는 심한 정신지체로 진단을 받아 침대 생활을 합니다. 또 한 사람 캘빈 앤더스도 정신지체라고 합니다. 그러나 그것보다 더 큰 문제는 만곡족과 심한 우울증이 아닌가 싶습니다. 두 사람 다 병실 구석에서 말 그대로 썩고 있어요."

전화벨이 울렸다.

"잠깐만요."

간호부장이 말했다. 5분이 지났다. 몇몇 사람이 문에 머리를 들이밀고 메시지를 전하거나 일정을 일깨워 주었다. 간호부장은 통화를 하면서 끝없이 눈과 손을 움직여 뭐라 메모를 하거나 서류에 서명을 했다. 마침내 통화가 끝났다.

"미안합니다. 환자 둘에 대해 이야기했죠. 만약에 그 둘이 현실감각이 있다면 왜 그 한 사람은 그렇게 세상에 등을 돌리고 우울해하는 거죠?"

"저라도 우울해질 거예요. 하루 스물네 시간을 사람들이 미친 듯이 어지럽게 날뛰고 시끄러운 소리로 가득한 정신병원에 갇혀 지내야 한다면요. 우울하다는 게 바로 정상이라는 증거일지 모릅니다."

"그 논리에는 동의할 수 없네요. 아무튼 그 말이 맞다고 하더라도, 달리 어떻게 하자는 거죠? 그 환자들은 갈 곳이 없어요."

"물론 그렇겠지만 제가 두 사람에게 세상을 조금 열어 주고 싶어요. 피티가 쓸 휠체어를 구해서 활동을 좀 시켜 주려고요."

"어떤 활동이죠?"

오언은 간호부장의 사무를 보는 듯한 말투가 도무지 마음에 들지 않았다. 그렇다고 침을 튀겨 가며 말다툼을 벌이고 싶지도 않았다.

"병실 안에서 움직여서 텔레비전도 보고,"

오언이 차분히 말을 시작했다.

"밖에 나가기도 하고. 무슨 일이든 희망과 목적을 심어 줄 수 있는 거요. 누구든 삶에서 희망과 목적이 있어야 하니까."

간호부장은 꾸지람을 하려는 듯 눈을 가늘게 모았다.

"그렇다면, 마시 씨가 여기에 온 목적은 뭔가요? 왜 그 두 사람 일에 그렇게 관심을 갖는 거죠?"

오언은 눈을 내리깔고 얼른 대답을 하지 못하고 머뭇거렸다. 다시 전화벨이 울렸다. 간호부장은 이번에는 수화기를 들더니 전화를 건 사람한테 기다리라고 말했다. 전화기에서 대기 버튼을 누르고 수화기를 손에 쥔 채로 오언을 쳐다보았다.

"말씀하시죠. 절 찾은 목적이 뭐죠?"

오언은 기가 죽어 전화기에서 반짝거리는 불빛을 흘긋 보았다.

"간호부장님, 몇 달 동안 제가 한 일은 두 환자가 목숨을 이어 가게 하는 것뿐이었습니다. 그러면서 저도 그냥 꾸역꾸역 살아가기만 한 거죠. 그것만으로 다 됐다고 생각하지 않습니다. 두 사람을 위해서 뿐만 아니라 저 자신을 위해서도요."

"그것 참 훌륭한 생각이네요. 하지만 이 병원은 정해진 예산에 따라 돌아갑니다. 어떤 환자가 심한 정신지체라고 진단을 받았다면, 마시 씨가 그것에 의문을 제기할 자리에 있는 건 아니라고 생각하는데요. 의사들이 환자들을 때마다 진단하고 어떤 환자의 상태를 개선할 수 있다고 생각하면 그것에 맞는 활동을 제공해요. 물리요법도 하고 직업요법도 하고요."

오언은 의자 팔걸이를 꽉 움켜쥐었다.

"그게 부족하기 때문에 하는 말입니다. 피티한테는 더 많은 도움을 줘야 해요."

"피티라는 환자가 어떤지 잘은 모르지만 심한 정신지체라면 그렇게 지내는 게 일반적입니다. 캘빈의 경우라면 다른 환자들과 똑같은 기회가 주어져 있지 않나요. 난폭하게 굴지만 않으면 텔레비전도 볼 수 있고 댄스를 추거나 영화도 볼 수 있어요. 이런 기회를 이용하느냐 안 하느냐는 개인이 선택할 일이죠. 미안하지만 그 환자들한테만 특권을 줄 수는 없어요."

"제가 따로 시간을 내서 두 사람을 돌보는 건 괜찮습니까?"

오언이 뚝뚝하게 물었다. 간호부장이 차가운 눈으로 오언을 노려보았다.

"자유 시간에 뭘 하시든 제가 간섭할 까닭은 없겠죠. 하지만 환자들과 너무 가까워지는 건 좋지 않아요. 이제 그만 가 보시겠어요. 너무 바빠서."

간호부장은 수화기를 귀에 갖다 댔다.

오언은 화가 나서 벌게진 얼굴로 간호부장을 노려보았다. 그러다가 일어서서 천천히 방에서 나왔다.

간호부장과 이야기를 하고 나온 뒤 속이 부글부글 끓었다. 간호부장의 논리는 틀렸다. 오언은 일부러 반발하듯 날마다 초콜릿을 몰래 갖고 들어가 피티와 캘빈과 시간을 보냈다.

피티는 입 안에 넣어 준 초콜릿 조각을 음미하듯 먹었다. 뒤틀린 혀가 초콜릿을 잇몸과 몇 개 안 남은 이빨에 문질렀다. 오언은 피티의 이가 몇 남지 않은 까닭이 이가 썩으면 그냥 뽑아 버렸기 때문이 아닐까 생각했다. 캘빈은 바로 초콜릿을 거절했다. 하지만 침대 옆에 오언이 놓아둔 초콜릿을 보더니, 오언이 나갈 때까지 기다렸다가 게걸스럽게 입에 집어 넣었다. 어떨 때는 초콜릿바를 통째로 입에 쑤셔 넣고 먹는 모습이 꼭 볼 안에 먹이를 가득 담은 다람쥐 같았다.

시간이 지나면서 오언은 피티가 하는 말과 몸짓을 알아듣게 되었고 점점 더 피티가 좋아졌다. 캘빈은 더 힘들었다. 우울증 때문에 기력이 쇠하고 감각이 무뎌진 상태였다. 오언은 어떻게 하면 캘빈이 닫힌 마음을 열 수 있을까 고민했다.

오언은 드러내 놓고 규정을 거스르면 해고될 수도 있다는 것을 알았지만 피티를 침대 밖으로 나오게 하려면 어쩔 수 없었다. 어느 날 환자를 옮기는 데 쓰는, 좌석이 나무로 된 낡은 휠체어가 병실에 남아 있는 것을 보고 오언은 바로 피티한테 밀고 갔다.

"어이, 친구. 침대에서 나올 준비 됐나?"

"어어, 어어."

피티는 함박 웃으며 끅끅거렸다.

"좋아, 어디 한번 해 보자."

오언을 이해해 주는 간호사가 도와주어 피티를 휠체어에 앉힐 수 있었다. 피티는 등받이가 수직으로 된 낡은 의자에 몸이 불편하게 걸쳐지자 얼굴을 일그러뜨렸다.

"좀 고쳐야겠구나."

오언이 말했다.

자기가 하는 일이 공공 재산 손괴에 해당하며 간호부장이 수리 비용을 결제해 주지 않으리라는 것을 알면서도 오언은 쉬는 날 휠체어를 애너콘다 읍내로 가져갔다. 용접공이 휠체어를 자르고 구부려 등받이를 기울어진 모양으로 고치고 좌석은 앞으로 늘려서 피티의 뒤틀린 다리를 받칠 수 있게 했다. 오언은 등받이와 좌석에 푹신한 패드를 넉넉히 댔다. 그날 오후 오언은 고친 휠체어를 밀고 병실에 들어섰다.

"어때, 피티?"

피티는 희한하게 생긴 휠체어를 뚫어져라 보았다. 기대감과 걱정이 뒤섞인 표정을 하고 있었다.

"한 바퀴 돌아 보자."

오언이 부추겼다. 그 말 한 마디에 피티는 바로 마음을 먹었다.

"어어, 어어."

오언은 의자에 방석 한 개와 베개 두 개를 놓았다. 간호사가 피티를 들어서 휠체어에 앉히는 것을 도와주었다.

"어때?"

오언이 물었다. 피티는 긴장한 듯 움찔거리더니 곧 긴장을 풀고 몸을 편히 기댔다.

"고아, 고아."

눈이 기쁨으로 반짝거렸다.

"좋아. 운전 조심해라."

피티가 씩 웃었다.

"어 가 바."

피티는 목을 이쪽 저쪽으로 돌리며 주위를 둘러보려고 애썼다.

"어디를 가장 먼저 가고 싶어?"

피티는 창문 쪽으로 눈짓을 했다. 오언이 창가로 데려가자 피티는 자기에게 주어진 조그만 네모 모양의 바깥세상을 눈을 가늘게 뜨고 엿보았다. 금방이라도 그 세상을 빼앗기기라도 할 듯 피티는 열심히 눈을 돌리며 이곳 저곳을 구경했다.

"어어, 어어."

피티가 감탄하며 소리를 질렀다.

오언은 몇 년 만에 처음으로 밖을 본다는 게 대체 어떤 기분일지 상상할 수가 없었다. 피티는 거의 반시간 동안 나무며 풀이며 햇빛을 감상했고, 굶주린 감각을 채우기라도 하는 듯 소박하기 그지없는 모습을 눈으로 빨아들였다. 저녁 시간이 되어 피티는 어쩔 수 없이 창가를 떠나야 했다.

"날마다 그렇게 할 수 있어."

오언이 약속했다. 피티의 눈에는 믿을 수 없다는 듯한 빛이 감돌았다.

오언은 간호부장을 대할 일을 두려워하고 있었는데 어느 날 뜻하지 않게 간호부장이 병실에 들렀다. 간호부장은 오언이 피티를 휠체어에 태우고 병실 안을 돌아다니는 것을 보았다.

"안녕하세요, 마시 씨."

간호부장은 피티와 수선한 휠체어를 보며 말했다.

"이 사람이 전에 말했던 환자인가요?"

오언은 숨을 크게 들이마셨다.

"네. 피티 코빈이에요. 피티, 이분은 간호부장이셔."

"아여, 아여."

"안녕이라고 하는 거예요."

오언이 불쑥 끼어들어 말했다.

간호부장은 피티를 보더니, 오언을 돌아보고, 다시 휠체어를 보았다. 오언은 간호부장 얼굴에 보일 듯 말 듯한 웃음이 스친 것을 본 것 같았다.

"안녕, 피티. 휠체어 타니까 좋아요?"

"고아, 고아."

"좋다고 하는 거예요."

"그러네요."

간호부장이 오언을 돌아보았다.

"마시 씨는 고집이 있는 사람인가 봐요?"

오언이 고개를 끄덕였다.

"흠, 이만 가 봐야겠네요. 나중에 다시 얘기해요. 피티도 나중에 또 봐요. 잘 있어요."

"가 바."

간호부장이 손을 들어 오언의 말을 막았다.

"나도 알아요……. 말하지 말아요. 가 봐, 라고 하네요."

피티가 활짝 웃었다.

"어어, 어어."

오언도 웃었다. 걱정했던 것과 달리 간호부장과 다시 마주하게 되더라도 질책을 듣지는 않을 듯했다.

14

보즈먼 요양소

간호부장이 병실에 왔다 간 뒤에 오언은 피티와 캘빈을 더 많이 데리고 다녔다. 금요일마다 영화 상영을 하는 방으로 데려갔다. 수요일 밤에는 자기 근무시간이 아닌데도 병실에 와서 둘을 댄스하는 데로 데려갔다.

워런 건물에서 댄스를 추는데 환자들로 꾸린 악단이 연주를 하는 신나는 시간이었다. 악단 단원들 중에는 웜스프링스에 오기 전에 전문 연주가이던 사람도 있어서 정신은 불안정해도 뛰어난 음악 재능을 발휘했다.

오언은 피티가 탄 휠체어를 댄스장으로 밀고 가서 왈츠와 폭스트롯 음률에 맞추어 휠체어를 앞뒤로 움직였다. 그러는 동안 피티는 고개를 뒤로 젖히고 눈을 감았다. 황홀한 듯한 웃음이 번져 피티의 기분을 드러냈다.

영화를 보거나 댄스를 추러 간다는 것은 밖에 나간다는 뜻이었다. 건물 밖에 나와도 캘빈은 아무런 반응도 보이지 않았지만 피티는 신나게 웃음을 터뜨리고 내내 감탄했다. 인도를 따라 내려가며 피티는 만족스러운 듯 쿵쿵 소리를 냈다.

오언은 날마다 두 친구가 즐겁게 지낼 수 있도록 애썼다. 다른 환자들이 항의하는 것을 무시하며 피티와 캘빈이 가장 좋아하는 텔레비전 프로그램을 볼 수 있게 해 주었다. 피티는 캘빈 이름을 소리낼 수가 없어서, 아이젠하워 대통령에 관한 다큐멘터리를 본 다음 '아이크'라는 이름으로 캘빈을 부르기로 했다(아이크는 아이젠하워 대통령의 별명이다.—옮긴이). 혀를 움직이지 않고 말할 수 있는 이름이었다. 곧 피티는 "아이이크! 아이이크!" 하고 캘빈을 불렀다.

피티가 좋아하는 프로그램은 〈마차 행렬〉과 〈총잡이 해결사〉였다. 〈세 바보〉는 캘빈이 마침내 자기 스스로 만든 감옥에서 나오게 해 주었다. 어느 날 〈세 바보〉를 보고 나서 캘빈은 빗자루를 집어들고 빙빙 돌렸다. 그러다가 피티의 얼굴을 후려쳐 이빨이 세 개나 나가 버렸다. 그 뒤로 한 달 동안 피티는 캘빈이 가까이 오려고 하면 끄르릉 소리를 냈다. 수십 번도 넘게 사과를 받고 나서야 피티는 캘빈이 가까이 올 수 있게 했다.

삶은 여전히 피티에게 팍팍했다. 피티는 경련성이라 발작적 반사행동이 일어나 그것 때문에 다치기도 했다. 어느 날은 면도를 하는데 어떤 소리가 들려 깜짝 놀랐다. 그것 때문에 경련을 일으켜 오른뺨을 거의 10센티미터나 베었다.

오언과 친구가 되고 2년이나 지난 뒤에 캘빈은 비로소 꼭꼭 닫았던 마음의 문을 조금씩 열었다.

"캘빈, 전에 날마다 피티 침대 옆에 누워 있을 때 무슨 생각을 했어?"

어느 날 오언이 물었다.

"꿈꿨어요. 여기 시끄럽고 정신없는 곳에서 사람들이 미치는 걸 봤어요. 나는 그렇게 되지 않으려고 꿈을 꿀 수밖에 없었어요. 대부분은 성과 지하 감옥이 나오는 꿈이었어요. 왜냐하면 지하 감옥에서도 사람들이 비명을 지르니까요."

"다른 꿈은 안 꿨어?"

캘빈 얼굴이 빨개졌다.

"응, 사실 예쁜 여자가 나오는 꿈도 꿨어요. 그러면 미치지 않으니까."

오언이 웃었다.

"난 예쁜 여자 생각을 하면 미치는데."

캘빈이 활짝 웃었다.

"우리 둘 다 미쳤나 봐요."

"그래. 그런가 보다."

오언이 고개를 끄덕였다.

1973년이 되자 오언은 자기가 웜스프링스를 떠날 때가 되었다는 것을 알았다. 관리가 점점 빡빡해졌다. 관리부가 바뀌고 나서 규칙이 엄해지고 지시 사항도 많아져 빨리 결단을 내릴 수밖에 없었다. 어느 날에는 연못에 있는 오리들에게 빵이나 과자 주는 것을 금지하는 공고가 나붙었다. 환자들이 음식을 남겨 두었다가 오리 친구들에게 먹이고는 했던 것이다. 오언은 역겨움이 몰려와 고개를 흔들었다. 이미 너무나 많은 것을 누리지 못하고 사는 사람들한테서 그런 작은 즐거움마저도 앗아 버린다는 것은 너무 잔인했다.

오언은 종이로 오리를 만들었다. 병원을 그만두고 나가는 날 종이 오리를 연못에 띄우고 오리 목에는 이런 글을 써서 걸었다. '우리에게 일용할 양식을 주세요.' 오언은 웃으며 연못가를 떠났지만 친구들에게 작별 인사를 하러 병동에 들어섰을 때 즐거운 기분이 싹 사라졌다. 오언은 직원들과 환자들과 가벼운 이야기를 나누며 한 사람씩 악수를 했다. 거의 한 시간 동안 그러고 다녔더니 담당 간호사가 나무라듯 말했다.

"오언 씨, 가려면 가고 아니면 다시 일을 하시죠."

오언은 슬픈 듯 웃음 지었다.

"피티랑 얘기를 해야 해요."

이 고통스러운 일을 미루던 참이었다. 피티를 잘 돌봐 줄 사람이 없을까 봐 걱정하는 것은 아니었다. 피티는 이제 병실에서 가장 사랑받는 환자가 되었다. 어떤 사람은 피티를 위해 사진첩까지 만들었다. 간호사들 가운데에도 피티와 캘빈이 어린아이라도 되는 양 신경쓰고 돌보는 사람들이 있었다. 오언이 두려워하는 것은 자기 자신의 상실감이었다. 오언한테는 피티가 마치 한식구 같은 존재가 되었던 것이다.

피티는 오언이 만나 본 그 누구보다도 삶을 사랑했다. 피티는 순간순간을 깊이 음미하고 느꼈다. 소박한 기쁨이나 작은 재밋거리도 더할 나위 없이 멋진 일인 것처럼 생각했다. 다른 사람을 생각하는 마음과 사려 깊음이 한이 없었다.

피티는 열린 창 앞에 생각에 잠긴 듯 앉아 있었다.

"날씨 좋지?"

오언이 물었다. 피티는 놀라 움찔해서 팔을 반사적으로 휘둘렀다.

"어어. 머?"

피티는 오늘 오언이 비번이라는 것을 알았다.

"피티, 나쁜 소식이 있어."

"머, 머?"

피티는 이렇게 물으며 긴장해서 팔을 다시 홱 움직였다. 눈에는 걱정스러운 기색이 감돌았다.

"나 오늘 웜스프링스를 떠난다."

피티는 충격을 받은 얼굴을 했다.

"오애애."

"이제 늙은이가 되어 버렸으니까. 벌써 일흔셋이란다. 이제 고려장해야 할 나이지."

피티의 눈빛이 믿을 수 없다는 기색으로 흐릿해졌다.

"가아이 마아!"

"가야 해, 친구. 몬태나 주에서 계속 살 거니까 놀러 올게."

오언은 고통이 가득한 피티의 눈에서 고개를 돌렸다. 땅바닥을 내려다보며 애써 말을 이었다.

"한 가지 기억해 주길 바래. 그럴 수 있겠지?"

"머어?"

피티는 슬픔에 잠긴 목소리로 말을 뱉었다.

"언젠가, 어디엔가, 이곳보다 더 나은 세상이 있을 거야. 우리가 그곳에 가면, 네가 그 가장 앞에 서게 될 거야. 알겠니, 가장 앞에 있을 거라고."

오언은 몸을 굽혀 피티를 힘껏 부둥켜안았다.

피티는 마음만으로 오언을 되안아 주었다.

오언이 떠난 뒤 피티는 완전히 풀이 죽었다. 오언은 딱 한 번 찾아왔다. 오언이 다녀간 뒤 피티도 캘빈도 잃어버린 친구 생각에 더욱 깊은 상실감에 빠져 버렸다. 피티는 체념하고 공허함을 받아들였다. 웜스프링스에 친구가 많았지만 오언 같은 사람은 없었다. 피티는 자기가 늙었다고 생각했다. 나이가 몇인지 정확히는 몰랐지만 쉰은 훨씬 넘었다는 것은 알았다.

피티는 자기 존재를 지배하고 정신을 마비시킬 듯 되풀이되는 시간의 리듬을 따라 마침내 영원한 세계로 나아가게 되리라는 생각을 했다. 피티는 삶과 단조로운 리듬을, 뒤틀린 팔 다리를 받아들였듯 그렇게 받아들였다. 식구가 없는 것도 받아들였고, 다시는 공허한 약속에 대한 희망 같은 것은 품지 않겠다고 다짐했다. 그렇게 결심하고 나니 좀 더 강한 사람이 된 것 같았다.

그렇지만 그런 감정도 계속 이어 갈 수가 없었다. 1975년 가을, 피티는 환자들이 병실에서 옮겨져 가는 것을 보았다. 1977년 크리스마스 날, 한 마디 예고도 없이 캘빈도 병실에서 떠났다. 피티가 들은 설명이라고는 캘빈이 다른 곳으로 옮겨 갔다는 것뿐이었다. 한 달 뒤 어떤 간호사가 말했다.

"피티, 내일 보즈먼으로 옮겨 갈 거예요."

"오애애?"

"국가 근대화 계획의 하나로, 다른 곳에서 더 나은 간호를 받을 수 있는 사람은 거처를 옮기고 있어요. 피티는 요양소에서 지내는 게 훨씬 나을 거예요."

피티는 가슴이 쿵쾅거렸다. 피티는 웜스프링스 말고 다른 곳은 한 번도 가 본 적도 없었다. 요양소라는 건 도대체 어떤 데일까?

간호사는 피티의 생각을 눈치 챘다.

"겁낼 필요 없어요. 보즈먼 요양소라는 곳으로 가게 됐는데, 아주 좋은 곳이에요. 이곳처럼 시끄럽지도 않고 정신병자들도 없어요. 한 사람마다 텔레비전이 한 대씩 있고 나들이도 갈 수 있어요. 달마다 사고 싶은 물건이 있으면 살 수도 있고요. 좋은 친구들을 많이 사귈 거예요."

피티는 힘껏 머리를 가로저었다. 피티가 아는 것, 이해할 수 있는 것은 모두 이곳에 있었다. 알지 못하는 세계가 너무나 두려웠다. 왜 웜스프링스에서 캘빈과 같이 살 수 없는 것일까?

"아이이크 아이 와아?"

피티는 한 낱말 한 낱말을 힘주어 내뱉으며 물었다.

"아이이크 아이 와아?"

간호사는 고개를 흔들더니 미안한 듯한 표정을 지으며 돌아섰다.

"미안해요. 뭐라고 하는지 모르겠어요."

간호사는 벌써 가 버렸지만 피티의 머릿속에는 그 질문이 떠나지를 않았다. 아이크는 안 오는 것일까? 그날 저녁 을씨년스러운 바람이 병원 마당을 쓸고 가며 피티를 절망감으로 단단하게 감싸 안았다. 피티의 마음속은 밤바람처럼 스산했다. 캘빈은 어디에 있을까? 잘 지내고 있을까? 서로 작별 인사조차 하지 못했다.

그날 밤이 깊도록 바람이 청승맞게 울부짖어 피티는 잠을 이루지 못했다. 피티가 아는 것, 원하는 것, 상상할 수 있는 것은 오직 웜스프링스밖에 없었다. 피티의 세계 전체가 이곳에 있었다. 보즈먼이라는 데는 도대체 어디고, 어떻게 그곳에 가게 될까? 피티는 휠체어 신세다. 휠체어를 탄 사람은 어떻게 이동하던가?

이튿날 아침, 간호사가 짐을 챙기는 동안 피티는 깊은 침묵 저편으로 숨었다.

"피티, 오늘이 바로 그날이에요. 오늘 기차 탈 거예요! 보즈먼에 도착하면 그곳 사람들이 역까지 마중 나온대요. 신나지 않아요?"

피티는 눈을 질끈 감았지만 어둠 속에서도 두려운 마음은 사라지지 않았다.

얼마 지나지 않아 덜컹덜컹하는 기차 소리가 규칙적으로 피티의 몸을 두들겼다. 그 소리를 들으니 어쩐지 어렴풋하게 무엇인가 떠오르는 것 같았다. 겁에 질린 토끼처럼 완전히 공포에 사로잡힌 피티는 달아나고만 싶었다.

보즈먼에서 기차가 끼익 소리를 내며 멈추었을 때는 하늘에서 동전 크기만 한 눈발이 날려 벽돌로 된 역사를 덮고 있었다. 하얀 밴 한 대가 앞마당에 커다란 곡선을 그리며 멈추어 서더니 플랫폼 쪽으로 후진해서 들어왔다. 그 어느 누구도, 물론 피티도, 반세기 전에 바로 이곳에서 기차에 탄 조그만 남자 아이의 환영을 보지 못했다.

밴에 탄 피티는 눈을 감고 온몸을 벌벌 떨었다. 보즈먼 요양소 안에 들어서기 전까지 피티는 눈을 뜨지 않았다. 사람들의 웃음도, 기운을 북돋아 주려는 말도 단호하게 무시하며 피티는 기력 없이 누워 있었다. 가장 두려워하던 일이 현실이 된 것이다.

조금씩 호기심이 두려움을 몰아내기 시작할 무렵 사람들이 피티를 아주 좁고 답답한 방으로 밀고 갔다. 창살문이 저절로 닫혔다. 그걸 보고 피티는 깜짝 놀라 자기도 모르게 팔이 들려 벽을 세게

쳤다. 피티는 얼이 빠진 듯 창살문을 바라보았다.

간호사가 그걸 보고 경쾌한 목소리로 말했다.

"피티, 엘리베이터 처음 타 보는 거죠? 그렇죠?"

피티는 입을 굳게 다물고 대답하지 않았다. 사람들이 건물 구석에 있는 작은 방으로 휠체어를 밀고 갔다. 침대, 의자, 휠체어 하나가 들어가니 꽉 차는 작은 방이었다. 그런데 창문이 있었다. 벽 두 면에 난 멋진 창문이 활짝 열려 있었다.

한 시간 뒤, 웜스프링스에서 온 간호사가 떠날 차비를 할 때 피티는 마침내 입을 열었다.

"가 바, 가 바."

피티는 이제 막 사라지려는, 자기 세계의 마지막 한 조각에 대고 절박하게 작별을 고했다. 이제 피티는 완전히 혼자였다. 간호사와 보조원들이 하나씩 피티에게 인사를 하러 방에 들어왔다. 피티를 보고는 하나같이 놀라움을 감추지를 못했다. 비틀린 피티의 몸을 보고 안됐다는 듯한 표정을 지어 보고는 서둘러 방에서 나갔다.

보즈먼 요양소와 웜스프링스는 똑같은 리듬에 따라 움직였다. 느리고, 규칙적이고, 단조로운 리듬. 첫 주는 지옥이나 다름없었다. 간호사나 보조원들이나 잘해 보려고 애쓰기는 했지만 피티를 이상하게 안아 올려서 등과 다리에 찌르는 듯한 아픔을 주었다. 피티가 커피를 먹고 싶다고 말해도 보조원들은 피티의 몸짓이나 끙끙거리는 말을 무시했다. 목에 음식이 걸렸을 때 피티가 켁켁거려 토해 내도록 하는 대신 몸을 앞으로 숙이고 등을 쳐 주어 사태를 더 심각하게 만들었다. 며칠 밤 동안은 등을 대고 눕게끔 눕혔다. 피티가 몸을 돌리려고 애썼지만 사람들은 멍하니 보고만 있었다. 자세를 바꿀 수가 없어 피티는 밤새 괴로워해야 했다.

피티는 짜증을 부리거나 화내는 것을 싫어해서 그저 살아남기 위해 꾹 참고 버텼다. 억눌린 듯한 비명이나 차가운 눈빛으로 불편하다는 것을 조용히 전달했다.

피티는 외로웠다. 캘빈 생각이 나서 괴로웠다. 캘빈을 어디로 데려간 걸까? 캘빈은 이제 그저 지난 시절, 다른 곳에 대한 기억일 뿐이었다. 현실 속에 존재하는 인물이 아니었다.

요양소의 일과가 이제 피티의 삶이 되었다. 아침밥, 점심밥, 저녁밥. 목요일에는 빙고를 했다. 자원 봉사자가 피티의 말을 대신 놓아 주었다. 금요일 아침에는 노래를 하고 일요일에는 예배를 보았다. 봄이 오면 날마다 보조원들이 햇빛을 보라고 피티를 앞마당에 앉혔다. 피티는 가까운 곳에 있는 학교에서 아이들을 집으로 데려가는 학교 버스가 지나가는 것을 보는 것을 좋아했다.

그렇지만 그 어떤 것도 피티의 마음속에 들어찬 쓰라림을 물리쳐 주지는 못했다. 그동안 캘빈이 어떤 기분이었는지 피티는 이제야 이해했다. 외롭고 두려웠던 것이다. 피티는 좋은 것만 생각하면 행복을 느낄 수 있다는 것을 알았다. 하지만 왜 언제나 피티가 무엇인가를 사랑하게 되면 그게 사라지는 것일까? 처음에는 에스테반 그리고 생쥐들. 그 뒤에 조가 있었고, 캐시……. 피티는 캐시를 영원히

잊지 않을 것이다. 그리고 오언도 떠나 버렸다. 결국에는 캘빈하고
도 헤어졌다.

그 사람들이 피티의 식구였다. 피티의 단 하나뿐인 식구. 피티는
아직도 그들을 사랑했고, 아무도 그들을 대신할 수는 없었다. 그 누
구도! 어느 날 잔디밭 위에 앉아서 피티는 맹세했다. 앞으로 다시
행복하게 지낼 수는 있겠지만, 다시는, 무슨 일이 있어도, 다른 사
람을 사랑하지 않으리라. 이제는 더 상처받지 않을 것이다.

2부

15

트레버와의 첫 만남

트레버 래드는 터벅터벅 걸으며 축축하게 녹은 봄 눈을 발로 걷어찼다. 학교에서 집으로 돌아가는 길이었다. 아이들 몇이 떠들고 웃으며 곤죽이 된 눈덩이를 던지는 게 눈에 들어왔다. 어울리지 않게 떠들썩한 잔치판 분위기가 났다. 이상하고 낯선 소리가 들렸다. 처음에는 분명하지 않았는데 조금 지나니 더 크게 울리며 왁자한 다른 소리에 뒤섞였다. 끅끅거리는 듯한 이상한 비명소리였다.

트레버는 무슨 일인가 보려고 길을 건넜다. 요양소를 끼고 길모퉁이를 돌자 트레버와 같은 반인 8학년 아이 셋이 커다란 소나무 뒤에 숨은 게 보였다. 학교에서 다른 아이들을 못살게 구는 아이들이었다. 몸집은 작지만 다부진 케니, 늘 빙글빙글 비웃음을 짓는 버드, 꼬챙이라고 일컬어지는 키가 크고 호리호리한 아이가 있었다. 셋이 눈덩이를 높이 나무 위로 던져 요양소 잔디밭 위로 날리고 있었다.

목표물은 등받이가 뒤로 젖혀진 휠체어에 앉은 환자였다. 다리 위에 하얀 홑이불이 덮여 있었다. 축축한 눈뭉치 때문에 홑이불이 흠뻑 젖었다. 턱 소리를 내며 눈덩이가 몸에 부딪힐 때마다 노인은 발톱처럼 오그라든 팔을 퍼덕이며 새된 소리를 냈다. 눈은 고통스러운 듯 질끈 감고 있었다.

"야, 그만 해!"

트레버가 달려가며 외쳤다. 몇 초 만에 트레버는 몸이 뒤틀린 환자 옆에 보초병이나 되는 것처럼 섰다.

"야! 이제 표적이 두 개가 됐다!"

케니가 웃으며 눈덩이를 힘껏 던져 트레버의 목을 맞추었다.

"그만 하라니까!"

트레버가 외쳤다.

"네 머리를 날려 줄 테다!"

꼬챙이가 낄낄 웃으며 눈뭉치를 날렸다. 눈뭉치는 휠체어에 부딪혀 퍽 터졌다.

"넌 이제 죽었다!"

트레버는 인간 방패가 되어 온몸으로 눈을 막았다. 눈덩이가 연거푸 날아와 아프게 몸을 때렸다. 세 방향에서 눈덩이가 동시에 날아드는 바람에 트레버는 자기 얼굴로 날아오는 단단한 눈뭉치를 미처 보지 못했다. 눈두덩을 세게 얻어맞고 트레버는 몸을 숙였다.

"도와줘요!"

트레버는 최대한 큰 소리로 외쳤다.

"여기 좀 도와주세요!"

다시 눈덩이가 마구 날아들었다. 트레버는 노인의 몸 위에 누워 계속 소리를 질렀다. 갑자기 눈 공격이 멈췄다. 트레버가 고개를 들어 보니 싸움꾼들이 웃으면서 저 멀리 달아나고 있었다.

"도대체 뭐 하는 짓이야?"

여자 목소리가 들렸다.

오른눈을 얻어맞아 잘 보이지 않았지만 키가 큰 간호사가 잔디밭을 가로질러 달려오는 게 얼핏 보였다.

"피티한테서 떨어져!"

간호사는 이렇게 말하며 트레버를 휠체어에서 밀어냈다. 그러고는 환자의 몸에서 축축한 눈덩이를 떨어냈다.

"아이, 아이!"

환자가 끙끙거렸다. 트레버는 눈물이 맺힌 오른눈을 얼른 가렸다.

"누가 이 할아버지한테 눈을 던졌어요."

"누가?"

간호사는 노인을 살피면서 매서운 목소리로 물었다. 트레버는 길 쪽을 가리켰다.

"저쪽으로 갔어요."

"네 눈은 왜 그래?"

간호사가 물었다.

"맞았어요."

트레버가 눈을 가늘게 뜨며 대답했다.

간호사는 트레버의 엄마 나이 또래로 보였다. 간호사는 노인한테 물었다.

"누가 눈덩이를 던졌어요?"

"어어, 어어."

환자가 끅끅거리며 대답했다.

"얘가 던진 거예요?"

"아이, 아이!"

환자는 덜덜 떨면서 말했다. 아직도 눈빛이 겁에 질려 있었다.

"안으로 들어가요."

간호사가 이렇게 말하며 트레버 쪽으로 손짓을 했다.

"너도 들어가자. 너 이름이 뭐니?"

"어, 트레버 래드요."

"여기서 뭐 하고 있었어?"

"학교에서 집으로 가는 길이었는데요. 비명 같은 게 들려서 보니까 남자 애 셋이 이 할아버지한테 눈을 던지고 있었어요."

"그 애들 누군지 알아?"

간호사는 나지막한 잿빛 건물로 휠체어를 밀고 가며 물었다.

"아뇨."

트레버는 거짓말을 했다. 고자질을 했다가는 그 아이들이 트레버
를 살려 두지 않을 거다.

"여기 보즈먼 학교에 다니는데 그 아이들을 모른다고?"

"이사 온 지 얼마 안 됐어요."

트레버는 반쯤은 사실이고 반쯤은 거짓말로 대답했다. 트레버네
는 크리스마스 전에 이사했던 것이다.

간호사는 의심스러운 눈빛으로 트레버를 보더니 주머니에서 수첩
과 펜을 꺼냈다.

"네 이름하고 전화번호 좀 알려 줄래?"

트레버는 전화번호를 알려 주고, 장애인 환자를 돌아보았다.

"제 말을 못 믿으시겠으면 이 할아버지한테 물어보세요."

잠깐 말을 멈춘 뒤 트레버는 덧붙였다.

"물어보실 수 있으시다면요."

"물론 물어볼 수 있지. 안 그래도 물어볼 거야. 그럼 이만, 마른
옷으로 갈아입혀야 하거든. 노인들은 이런 장난으로 죽을 수도 있
어."

간호사는 나무라듯 말했다.

트레버는 요양소에서 나가면서 주위를 둘러보았다. 희미하게 고

약한 냄새가 풍겼다. 환자들은 여기저기 의자에 늘어지듯 앉아 있었다. 어떤 사람은 천장만 멍하니 보고, 다른 사람들은 주체할 수가 없는 듯 손과 팔을 휘둘렀다. 어떤 사람은 침을 흘렸다. 이곳은 미친 노인들이 가득한 정신병원이었다. 트레버는 얼른 그곳을 벗어나려고 서둘러 나왔다.

트레버가 집에 돌아왔을 때 엄마와 아빠는 아직 집에 돌아오지 않았다. 엄마 아빠는 하루 종일 일하는 것 같았다. 엄마 아빠보다 집배원을 더 자주 볼 지경이었다. 하지만 오늘은 집에 아무도 없는 게 다행이었다. 오늘 있었던 일을 설명하자면 더 큰 골칫거리가 생길 게 뻔했다. 부모님이 요양소에 전화를 하거나 아니면 세 싸움꾼들의 집에 전화를 할지 모른다.

하지만 그날 저녁 늦게 부모님이 돌아왔을 때 부어오른 눈을 들키고 말았다.

"도대체 왜 그런 거야?"

저녁 밥상에서 엄마가 물었다.

"눈덩이에 맞았어."

트레버가 기어 들어가는 소리로 대답했다.

"눈싸움하다 실명할 수도 있어."

아빠가 엄한 목소리로 말했다.

"알았어요."

트레버는 웅얼거리며 그날 오후에 본 미친 사람들이 가득한 요양소를 떠올렸다. 요양소 앞을 지나간 것이 수십 번도 넘지만 그 안의 모습은 한번도 상상해 보지 않았다. 거기는 정신병원하고 다를 게 없었다.

이튿날 학교에서 트레버는 세 싸움꾼들을 피하려고 했지만 케니가 복도에서 트레버를 몰아세우더니 사물함에 거칠게 밀어붙였다.

"너 죽을 줄 알아."

케니는 으름장을 놓으며 손가락으로 트레버를 쿡쿡 찔렀다.

학교 공부가 끝난 뒤 트레버는 싸움꾼들을 피하려고 요양소에서 먼 길로 돌아갔다. 트레버는 본디 노인들을 별로 좋아하지 않았다. 대부분 이상했다. 어제 본 노인만큼 이상하지는 않을지 몰라도. 트레버는 집에 돌아와 밥상에 웃옷을 던져 놓고 냉장고를 열어 간식거리를 찾았다. 트레버는 샌드위치를 먹으면서 자동 응답기에 녹음된 메시지를 들었다.

전부 부모님한테 온 전화였지만 딱 하나 보즈먼 요양소에서 온 것이 있었다. 그 간호사, 시시 마이클이 전화해서 트레버와 이야기하고 싶다는 메시지를 남겼다. 트레버는 그 메시지를 지운 다음 망설이다가 요양소에 전화를 걸었다. 그 간호사는 아직도 노인을 괴롭힌 사람이 트레버라고 생각하는 모양이었다.

"보즈먼 요양소입니다."

여자가 전화를 받았다.

"안녕하세요. 시시 마이클 간호사 계세요? 저는 트레버 래드라고 하는데요."

"그래, 내가 시시야. 전화해 줘서 고맙다. 먼저 어제 널 의심한 거 사과할게. 피티랑 얘기해 보니 네가 피티를 보호해 주려고 한 모양이더라."

"그건 별거 아니에요."

트레버는 이렇게 대답하며 이것으로 모든 일이 마무리되기를 바랐다.

"별것 아니긴. 그래서 전화한 거야. 어제는 피티가 너무 춥고 겁에 질린 터라 너한테 고맙다는 말도 못 했어. 네가 한 번 들러 줄수 있는지 묻더라."

"어, 괜찮아요. 별 탈 없으셔서 다행이라고 전해 주세요."

시시의 목소리가 한층 진지해졌다.

"전에 요양소에 가 본 적이 없다면 이곳이 좀 무섭다는 생각이 들만도 할 거야. 하지만 고맙다고 말하는 게 피티한테는 정말 중요한 문제란다. 들를 수 있겠니?"

"어……, 알았어요."

트레버가 핑곗거리를 생각해 내기 전에 시시는 전화를 끊었다. 트레버는 갑자기 겁이 나서 손바닥으로 자기 이마를 쳤다. 왜 그 미치광이 소굴에 다시 가겠다고 한 거지?

저녁때 엄마가 트레버에게 말했다.

"아까 낮에 집에 전화해서 응답기에 녹음된 메시지 들었어. 왜 요양소에서 너를 찾니?"

트레버는 숨을 잠깐 멈추었다가 어깨를 으쓱했다.

"누가 어떤 할아버지한테 눈덩이를 던졌어요. 그런데 요양소 사람들이 내가 그랬다고 생각했어요."

트레버의 아빠가 무서운 눈초리로 쏘아보았다.

"네가 그랬어?"

"그래요, 그랬어요!"

트레버가 밥상에서 벌떡 일어나며 말했다.

"아빠는 내가 할아버지한테 눈덩이나 던지는 그런 애라고 생각하세요?"

트레버는 현관문으로 성큼성큼 걸어갔다. 나선 김에 아예 요양소에 가서 골치 아픈 일을 속 시원히 끝마쳐 버리는 게 낫겠다는 생각이 들었다.

"어디 가?"

엄마가 불렀다.

"할아버지한테 눈덩이 던지러요!"

트레버는 화가 나서 소리를 질렀다. 일이 단단히 꼬였다. 눈덩이를 던졌다고 의심받는 것도 그렇지만 몸이 뒤틀린 이상한 노인을 만나러 정신병원에 간다는 것은 더욱 끔찍했다.

벽돌 건물 가까이 가자 꽃밭에 쭈그리고 앉아 있던 노인이 고개를 들고 손을 흔들었다. 긴 흰 머리가 반짝거렸고 헐렁한 멜빵바지를 입었다.

"이거 심는 것 좀 도와줄래?"

노인이 트레버를 불렀다.

"어……, 갈 데가 있어서요."

트레버는 예의 바르게 대답하고 새로 만든 꽃밭에 노인이 심어 놓은 것을 흘깃 보았다.

"뭘 심으세요?"

"담배꽁초."

사실이었다. 노인은 구멍을 여남은 개 파고 구멍마다 담배꽁초를 한 개씩 가지런히 집어 넣었다.

"어때 멋지지?"

노인이 뿌듯한 듯 물었다.

트레버는 그 말에 대답하지 않고 얼른 건물 안으로 들어갔다. 저 사람도 미쳤어. 여기는 온통 미친 사람들뿐이야. 트레버는 최대한 빨리 시시 마이클을 찾아갔다.

"안녕 트레버."

시시는 밝은 목소리로 말했다.

"잠깐만 기다려."

다정한 표정이었다.

"바쁘시면 나중에 다시 와도 되는데요."

트레버는 어떻게 하면 여기에서 빠져나갈 수 있을까 머리를 굴리며 말했다.

"아, 아니야. 금방 다시 올게."

얼마 지나지 않아 시시가 다시 나타났다.

"이리 와."

시시는 앞장서서 긴 복도를 따라가 계단 두 층을 내려갔다. 걸어가면서 시시는 설명했다.

"요양소에 있는 사람들은 환자가 아니라 재소자라고 해. 환자는 병원에 있는 사람들이지. 여기 사는 사람들 중에는 정말 화려한 이력을 가진 사람이 많단다. 어떤 아주머니는 20세기 초에 아기였을 때 누가 포장마차에서 집어던져 버렸어. 정신지체라는 까닭으로."

"정말이에요?"

"그래. 어제 네가 도와준 피티 코빈은 뇌성마비로 태어났는데 아기 때 진단을 잘못 받았어. 그래서 지금까지 내내 백치로 취급당했단다."

"뇌성마비가 뭔데요?"

"신경계에 이상이 있는 거야. 피티는 지력은 정상이지만, 정신이 자유롭지 못한 몸에 갇혀 있는 상태야. 아주 특별한 사람이란다."

"뭐가 그렇게 특별한데요?"

시시가 웃었다.

"삶이 피티한테는 무척 가혹했는데도 피티는 믿기지 않을 정도로 삶을 사랑한단다."

지나가면서 시시는 자꾸만 걸음을 멈추고 다른 재소자들한테 들렀다. 시시는 그 사람들을 정신병자처럼 대하지 않았다. 이렇게 대꾸하는 것이었다.

"허먼, 너무 걱정 말아요. 여기에는 러시아 사람들이 폭탄을 안 떨어뜨려요."

"예, 메이블. 오늘이 수요일이에요. 내일은 빙고하겠네요."

헐렁한 노란색 원피스를 입은, 말라빠지고 쪼글쪼글한 할머니가 비틀비틀 걸으며 도와 달라고 손을 뻗었다.

"저기요, 엘리자베스. 할머니 방은 저쪽이에요. 자, 우리가 도와 줄게요. 트레버, 넘어지시지 않게 한쪽 팔을 잡아 드릴래?"

트레버는 머뭇거렸다. 옹이 지고 가냘픈 할머니의 팔은 건드리기만 해도 부러질 것 같았다. 할머니는 말라붙은 풀처럼 보였다. 트레버는 깨지기 쉬운 유리를 다루듯 불안해하며 뼈밖에 없는 팔을 잡고 누가 자기를 보고 있지는 않은지 둘러보았다. 만약에 할머니가 넘어지면 어떡하지? 다행히도 그런 일은 없었다.

엘리자베스 할머니를 무사히 방에 모셔다 드리고 나서 시시는 트레버를 복도 끝에 있는 방 문가로 데려갔다. 그러고는 소리를 낮춰 이렇게 말했다.

"트레버, 피티에 대해 알아 둬야 할 것이 있어. 피티는 정신지체가 아니야. 몸만 자유롭다면 바로 서서 아무렇지도 않게 이야기를 할 수 있을 사람이야."

"제가 여기 오는 게 왜 그렇게 중요한 건데요?"

"13년 전에 피티는 웜스프링스 주립 병원에서 이곳으로 옮겨 왔어. 웜스프링스는 정신병원이었단다."

"그럼 그 할아버지는 정신병원에서 자란 거예요?"

시시가 고개를 끄덕였다.

"그래, 맞아. 하지만 피티한테는 행복을 느낄 수 있는 능력이 있어. 아무도 완전하게는 이해할 수 없는 일이지. 그렇지만 이곳에 온 뒤부터 피티는 도무지 친구를 사귀려 하지 않았어. 오늘 아침에 너를 보고 싶다고 한 게 피티가 누군가에게 손을 내민 첫 번째 사건이란다. 어제 네가 한 행동이 피티한테는 아주 큰 의미가 있다는 뜻이야."

트레버는 고개를 끄덕이며 땀이 고인 손바닥을 바지에 대고 문질렀다. 왜 이렇게 겁이 나는 것일까? 그저 어떤 할아버지를 만나는 것뿐인데. 트레버는 피티 코빈의 작은 방 안에 들어서며 숨을 멈추었다.

피티는 몸을 뒤로 쭉 뻗고 앉아 있어 바로 수술실에 들어갈 채비라도 한 듯이 보였다. 홑이불 아래 보이는 뒤틀린 모습을 보고 트레버는 움찔했다. 다리를 어떻게 하고 있기에 저런 모양새가 나오는 것일까? 피티의 가는 팔은 팔꿈치께가 기이하게 꺾여 있고 손은 축 처진 새 발톱 같았다. 벌어진 입 안에 혀가 말려 있고 머리는 옆으로 기울었다. 짧은 회색 턱수염과 콧수염도 있었다. 오른뺨에는 길게 흉터가 나 있었다. 누가 이 사람을 공격하기라도 한 것일까?

"피티, 트레버 래드가 왔어요. 어제 만났죠."

시시가 정답게 말했다.

트레버는 움직일 수 없는 피티의 손을 잡고 악수를 해야 할지 말아야 할지 몰라 망설였다. 마침내 어색하게 손을 흔들고 더듬거리며 말했다.

"안녕하세요. 반가워요."

피티는 호기심이 가득한 눈으로 올려다보았다.

"아여."

트레버가 도움을 청하듯 시시를 보았다.

"안녕이라고 하는 거야."

"안녕하세요. 간호사 선생님이 할아버지 이야기를 해 줬어요."

피티는 시시를 흘긋 보았다.

"머? 머?"

시시가 웃으며 말했다.

"내가 뭐라고 했는지 말씀드려."

트레버는 꿰뚫어 보는 듯한 두 눈이 자기한테 꽂혀 먹이를 쥐듯 붙드는 것을 느꼈다. 피티의 몸은 아무 힘이 없을지 몰라도 눈은 전혀 그렇지 않았다. 트레버는 옴짝달싹도 하지 못하고 서서는 이 할아버지 앞에서는 절대로 거짓말을 할 수 없을 거라고 생각했다.

"어, 그러니까……. 정신병원에서 자라셨다고 했어요."

트레버는 말을 더듬다가, 곧 쏟아 붓듯이 말을 이었다.

"제가 하는 말을 다 이해하신다는 것도요."

피티가 고개를 끄덕였다. 피티는 트레버의 부풀어 오른 눈을 보더니 걱정스러운 듯 턱을 내밀었다.

"개애아안?"

피티가 물었다.

"괜찮냐고 물으시네."

"아, 네. 괜찮아요."

"고마아."

피티가 말을 내뱉었다.

"고맙다는 말이야."

트레버는 긴장한 상태로 웃음을 지었다.

"별일 아닌데요."

피티와 트레버는 잠깐 동안 어색하게 마주 보았다. 트레버는 셔츠 단추를 만지작거리다가 불쑥 이렇게 말했다.

"이만 가 봐야겠어요."

피티는 다시 눈빛으로 트레버를 단단히 붙들 듯 쏘아보며 물었다.

"터 와아?"

트레버는 다시 시시를 보았다.

"또 올 건지 물으신다."

트레버는 우물쭈물하다가 다시는 오지 않을 것이면서도 이렇게 대답했다.

"봐서요."

트레버는 나가고 싶은 생각뿐이었다. 피티의 휠체어 앞에서 벗어 나고 싶었다. 요양소와 이 미친 사람들한테서 벗어나고 싶었다. 이 곳은 어쩐지 소름이 끼쳤다.

"이제 가 볼게요. 만나 봬서 반가웠어요."

트레버는 우물우물 말했다.

피티의 눈에는 실망한 기색이 역력했다. 트레버가 거짓말했다는 것을 아는 게 분명했다. 피티는 턱으로 인사를 했다.

"가 바."

작별 인사가 명령처럼 들렸다.

다시 위층으로 올라가면서 트레버가 작은 목소리로 시시에게 말했다.

"저한테 화나신 것 같아요."

"트레버, 피티는 식구가 없어. 새 친구를 사귀기를 두려워하고."

"그런데요?"

트레버는 이렇게 물었지만 실은 그게 어떤 것인지 너무나 잘 알았다. 트레버네가 이사할 때마다 트레버는 외톨이가 된 것 같았다. 이번에 이사하면서 친구들을 잃은 뒤에 트레버는 다시는 굳이 힘들여 친구를 사귀려고 애쓰지 않겠다고 다짐했다.

시시는 찬찬히 말을 이었다.

"오늘 피티는 커다란 도박을 한 거야. 누군가에게 손을 뻗은 거지. 그런데 실패했어."

트레버는 할 말을 잃고 더듬거렸다.

"그런 게 아니에요……. 난 그냥……. 에이 씨. 난 그냥 눈덩이를 던지지 못하게 한 것뿐이라고요. 아무것도 아닌 일인데."

시시는 살짝 웃음을 지었다.

"힘없는 사람들한테는 큰일이야."

'힘이 없다고, 말도 안 돼. 눈빛으로 백 미터 멀리 있는 까마귀도 쏘아 죽일 수 있을 것 같던데.'

"또 놀러 올래?"

시시가 트레버를 현관까지 바래다 주며 물었다.

"피티는 산책을 좋아해. 하지만 여기 일손이 딸려서 자주 나가지 못해. 그리고 또 네가 피티한테 뭔가를 배울 수 있을지도 몰라."

"봐서요."

트레버는 싫다고 솔직하게 말하면 너무 야박하게 들릴 것 같아 이렇게 대답했다.

"진심이 아니면 그렇게 대답하지 마."

시시가 단호하게 말했다.

트레버는 벌컥 성을 냈다.

"알았어요. 다시는 안 올 거예요. 이제 됐어요?"

16

할아버지를 내버려 둬!

"네 늙다리 친구 잡으러 갈 거야, 이 찌질아!"

케니가 손가락질을 하며 놀렸다.

"친구 아냐!"

트레버가 소리쳤다. 케니의 웃음소리가 기관총이 불을 뿜는 소리처럼 학교 복도에 울려 퍼졌다.

"왜 아냐, 넌 그 병신 할방구를 사랑하잖아!"

케니가 야유했다.

"아니야."

트레버는 웅얼거리며 수학 수업을 받으러 교실로 갔다. 그 할아버지를 보지 않았더라면, 눈덩이를 맞든 말든 내버려 두었더라면 좋았을걸.

학교 공부가 끝나고 트레버는 학교 현관 앞에 서 있었다. 지난주 내내 일부러 요양소 가까이에 가지 않으려고 피했다. 그런데 케니가 으름장을 놓은 것이 마음에 걸렸다. 하는 수 없이 트레버는 요양소 쪽으로 걸었다.

커다란 잿빛 건물 가까이 가자 피티가 햇빛 아래 잔디밭에 앉아 있는 게 보였다. 싸움꾼 녀석들이 할아버지를 괴롭히려고 든다면 아마 학교가 끝나자마자 바로 여기로 올 것이다. 트레버는 반 블록 떨어진 생울타리 너머에 앉아 감시했다.

멀리 휠체어에 앉아 있는 할아버지를 보며 트레버는 고개를 흔들었다. 자기 몸 안에 갇혀 있는 사람이 어떻게 행복할 수 있을까? 시시는 피티한테는 식구가 없다고 말했다.

"식구가 없는 거나 마찬가지인 사람도 있어."

트레버는 웅얼거리며 풀을 발로 걷어찼다.

이런저런 일이 다 화가 났다. 케니 같은 녀석들이 아무런 힘도 없는 사람을 괴롭히는 것은 옳지 않은 일이다. 자기 몸 안에 갇힌 채 태어난다는 것도 마찬가지다. 세상에는 옳지 않은 일이 너무 많다. 부모님이 좋은 직장으로 옮긴다고 해서 해마다 이사를 다니는 것도 옳지 않다. 그거야 말로 정말 너무한 일이다.

* * *

케니는 날마다 피티를 때려 줄 거라고 으름장을 놓았고 그래서 트레버는 날마다 학교가 끝나면 요양소 가까운 데서 얼쩡거리며 보초를 설 수밖에 없었다. 그 할아버지는 어떻게 혼자서 몇 시간이고 그렇게 가만히 앉아 있을 수 있는지 도무지 이해가 가지 않았다. 몸 안에 갇힌다는 것은, 가려운 데가 있어도 긁을 수도 없다는 것은 어떤 기분일까? 트레버는 피티라는 할아버지가 행복하다는 것은 말도 안 되는 이야기라고 결론을 내렸다.

금요일, 평소처럼 수풀 옆에 앉아 있다 집으로 돌아가려다가 트레버는 잠깐 망설였다. 부모님은 어차피 늦게 오실 테니까, 피티한테 인사 정도는 하고 가도 괜찮겠지. 감옥 안에 들어가기라도 하는 듯 머뭇거리며 트레버는 피티 가까이 다가갔다.

"안녕하세요. 저 기억하세요?"

피티는 깜짝 놀라 경련을 일으켰다. 구부러진 팔이 퍼덕거리다 트레버의 배를 정면으로 때렸다. 트레버는 놀라 숨을 헉 들이마셨다.

"어어! 저예요! 생각 안 나세요?"

피티 얼굴에 천천히 엷은 웃음이 번지고 이빨 없는 잇몸이 드러났다.

"인사하러 들렀어요."

"어어!"

피티가 끽끽 소리를 냈다. 피티는 고개를 흔들더니 눈으로 길 쪽을 가리켰다.

"예, 학교 갔다 오는 길이에요."

"아이이."

피티는 트레버가 앉아 있던 수풀 쪽을 보며 말했다.

"제가 저기 앉아 있는 거 봤어요?"

트레버가 물었다.

"어어, 어어!"

피티는 웃으며 소리를 질렀다.

"여어, 무슨 일인가요?"

시시 마이클의 목소리가 들렸다. 시시가 갑자기 나타나 트레버도 피티도 놀랐다. 피티는 또 경련을 일으키며 팔을 흔들었다. 트레버는 이번에는 얼른 물러서 주먹을 피했다.

"아이, 놀랐잖아요."

트레버가 시시에게 말했다.

"왜 피티 할아버지는 놀라면 팔을 흔들어요?"

"사람들은 누구나 반사 행동을 하지. 내가 컴컴한 거리에서 네 뒤로 몰래 다가가 '까꿍!' 하면 너도 마찬가지로 반사 행동을 할 테지만 곧 몸이 그런 행동을 자제하고 멈춘단다. 피티는 그걸 멈출 수가 없어. 그래서 사방을 걷어차고 몸을 뒤틀고 흔드는 거야."

시시가 트레버의 눈을 들여다보며 물었다.

"피티 만나러 온 거야?"

트레버는 어깨를 으쓱했다.

"그냥 지나가다가 인사하러 들른 거예요."

피티는 끙끙거리며 길 쪽으로 고개를 돌려 수풀 있는 데를 바라보았다. 그러고는 턱을 힘껏 내밀었다. 트레버는 또 거짓말을 들켰다는 것을 깨달았다.

"그러니까, 잠깐 저기 수풀 옆에 앉아 있었어요."

"아, 피티가 그동안 나한테 하려던 얘기가 그거였구나. 이번 주 내내 저녁 먹을 때가 되어서 데리고 들어가려고 할 때마다 수풀 쪽을 가리키며 뭐라고 하더라고."

시시가 말했다. 트레버는 피티의 표정을 살폈다.

"날마다 거기 있는 걸 봤단 말이에요?"

피티가 고개를 끄덕였다.

"어어."

곧이어 궁금한 듯한 표정이 떠올랐다.

"오애애? 오애애?"

트레버는 통역을 해 달라고 시시를 쳐다보았다.

"왜 그랬는지 궁금하시대."

트레버는 꿰뚫어 보는 듯한 피티의 눈을 마주 보았다.

"참, 단 한 가지도 그냥 넘어가려고 하시질 않네요?"

"어어어. 오애애?"

"할아버지한테 눈을 던진 애들이 다시 공격하러 간다고 해서 그냥 망보러 온 거예요."

"그러니까 그 애들을 안다는 말이구나."

시시는 나무라는 듯한 눈빛을 했다.

"고자질하면 날 죽일 거예요."

트레버가 고개를 푹 숙이고 말했다.

피티는 다시 수풀을 보며 또 물었다.

"오애애?"

"왜 와서 이야기하지 않고 거기 앉아 있었는지 궁금하신가 보다."

트레버는 뭐라고 대답해야 할지 몰랐다. 자기가 한 일은 뭐든 잘못한 일인 것 같았다. 이 할아버지 가까이 있을 때는 무엇이든 뒤죽박죽 뜻대로 되지 않는다. 처음에는 할아버지를 보호해 주려다가 할아버지를 다치게 했다는 의심을 받았다. 이번에는 그냥 망을 본 것뿐인데 반 블록 떨어진 수풀 뒤에 숨어 있었던 게 무슨 큰 잘못이나 되는 것 같았다. 트레버는 입을 열었다가 자기 무덤을 더 깊이 파는 것은 아닌가 싶어 머뭇거렸다.

"오애애?"

피티가 다시 물었다. 시시도 묻는 듯한 눈으로 보았다.

트레버는 침을 꿀꺽 삼키고 피티의 눈길을 피했다.

"그 애들이 무서워서요……. 또 할아버지도요."

트레버는 늙고 몸이 뒤틀린 할아버지를 힐긋 보았다. 꿰뚫어 보는 듯한 눈빛은 사라지고 따스한 표정으로 이해한다는 듯 고개를 끄덕이고 있었다.

"고아."

피티가 입에 웃음을 띠며 말했다.

"할아버지를 무서워하는 게 좋아요?"

트레버가 물었다.

"아니. 네가 솔직하게 말한 게 좋다는 말씀이지."

시시가 말했다.

트레버는 한참 동안 피티를 빤히 내려다보았다.

"그래서 어떻게 지내셨어요?"

트레버가 물었다.

"고아, 고아."

피티가 끅끅 소리를 냈다.

"트레버, 지금 바쁘니?"

시시가 물었다.

"어, 뭐 별로요. 부모님은 저녁 늦게 오세요."

"피티 할아버지랑 산책하는 거 어때?"

트레버는 주춤했다.

"어어……. 그런 일은 한번도 해 본 적이 없어서요."

피티는 활짝 웃었다.

"힘들 것 없어."

시시는 손을 뻗어 고무 타이어를 잠근 브레이크 레버를 풀었다.

"길 턱을 내려갈 때나 과속 방지 턱을 지날 때만 조심하면 돼. 휠
체어가 무척 낡았거든."

시시가 손짓했다.

"자, 이제 한번 밀어 봐."

트레버는 조심스럽게 휠체어를 밀었다.

"할아버지가 뭐라고 하시는지 못 알아들으면 어떡하죠?"

트레버는 이 상황을 벗어나고 싶은 생각에 이렇게 물었다. 시시는 그냥 웃기만 했다.

"할아버지가 가르쳐 줄 거야."

저 아줌마는 아무 도움이 안 되는군, 트레버는 이렇게 생각하며 도로로 나갔다. 트레버는 걸으면서 사방을 둘러보았다. 우리 학교 애들을 만나면 안 되는데. 하지만 피티 뒤에 설 수 있어서 다행이었다. 꿰뚫어 보는 눈빛을 피할 수 있으니.

트레버는 몇 번인가 피티에게 말을 걸었지만 피티가 대답한 것을 알아들을 수가 없었다. 피티는 자기만의 세계에 빠진 것 같았다. 휠체어가 움직이는 동안 눈을 지긋이 감고 초봄의 기운을 흡수하려는 듯 부드럽게 음음하는 소리를 냈다.

차를 타고 지나가는 사람들이 고개를 돌려 쳐다보았다. 트레버는 쥐구멍이라도 있으면 들어가고 싶었다. 들것처럼 뒤로 젖혀진 휠체어에 몸이 뒤틀린 노인을 태우고 대로변을 쏘다니다니 대체 지금 내가 무엇을 하는 걸까?

피티는 아주 작은 소리도, 조그만 움직임도 놓치지 않았다. 커다란 트럭이 붕 지나가며 빵 경적을 울렸다. 피티는 팔을 양옆으로 흔들며 웃음을 터뜨리고 비명을 질렀다.

"아이구우! 아이구우!"

피티의 감정 표현이 어찌나 절절한지 트레버도 따라 웃었다.

"소리가 아주 크네요. 그렇죠?"

트레버는 시시가 한 말이 사실이라는 것을 깨달았다. 피티는 정말 쉽게 행복을 느꼈다. 트레버는 피티와 이야기를 나누려면 새로운 말을 배워야 한다는 것도 깨달았다. 그리고 그에 더해, 피티의 휠체어는 폐품이나 다름없다는 것도 알게 됐다. 네 번이나 휠체어를 세우고 고무 타이어를 다시 끼워야 했다. 뼈대가 이미 부서져 길 턱을 넘을 때마다 풀썩 주저앉을 것만 같았다.

길모퉁이를 도는 순간 커다란 웃음소리가 들렸다. 고개를 들어 보니 케니, 버드, 꼬챙이가 30미터쯤 떨어진 곳에서 인도를 가로막고 서 있었다.

"햐, 저것 좀 보게. 늙다리와 찌질이가 같이 있네."

버드가 소리쳤다.

"네 친구, 늙다리 이리 데려와."

꼬챙이도 외쳤다.

"그래, 빨리 데려와. 저번에는 인사도 제대로 못 했잖아. 하하하."

케니가 킬킬 웃었다.

트레버는 어떻게 해야 할지 머리를 굴렸다. 싸움꾼 녀석들이 길을 가로막고 있었다. 도망가려면 피티를 두고 가는 수밖에 없다. 금방이라도 부서질 듯 낡은 휠체어를 몰고 빨리 달아난다는 것은 있을 수 없는 일이다.

"골치 아프게 됐는데요, 할아버지."

트레버가 속삭였다.

17

내 친구 피티 할아버지

싸움꾼들이 어슬렁어슬렁 다가오는 동안 트레버는 빠르게 머리를 굴렸다.

"할아버지."

트레버가 작은 소리로 불렀다. 피티가 고개를 들었다. 눈에 두려움이 가득했다.

"필요하면 소리를 지르면서 팔을 막 흔들 수 있어요?"

피티가 고개를 끄덕였다.

"좋아요. 제가 고개를 끄덕이면 그렇게 하세요. 알았죠?"

피티는 알겠다며 끅끅거렸고 그때 아이들이 가까이 다가왔다. 꼬챙이가 트레버를 슥 밀었다.

"네 친구는 근데 왜 이런 꼴이냐? 쓰레기차에 치었냐?"

"내버려 둬."

트레버는 평정을 되찾고 이렇게 말했다.

"늙다리 할아버지는 좀 세게 밀어 줘야 돼. 너처럼 비실비실 밀면 무슨 재미가 있겠냐."

케니는 휠체어를 잡고 빙빙 돌렸다. 피티는 완전히 겁에 질린 얼굴로 도와 달라는 듯 트레버를 보았다.

"그만 해!"

트레버는 휠체어 옆을 잡고 돌리지 못하게 막았다.

"다치시겠어!"

"좀 돌린다고 설마 다치기야 하겠어. 네가 가만히 있기만 하면 아무 일 없을 거야."

케니가 말했다. 차돌처럼 단단해 보이는 케니가 다시 휠체어를 돌리려고 할 때, 트레버는 차분하게 또박또박 말했다.

"피티 할아버지는 놀라면 발작을 일으켜."

"아, 그렇겠지. 나는 코를 파면 암에 걸려."

케니가 비웃었다.

"이 찌질아, 저리 비켜!"

버드가 으르렁거리며 트레버를 밀어젖혀 트레버는 길 위에 철퍼덕 주저앉았다. 트레버는 잠깐 피티를 마주 보다가 고개를 끄덕여 신호를 보냈다.

케니는 휠체어를 잡고 빙빙 돌리기 시작했다. 갑자기 피티가 끙끙 거리고 끽끽 비명을 질렀다. 팔을 사방으로 휘두르며 온몸에 경련을 일으켰다.

"발작을 일으키잖아! 할아버지 돌아가시겠어!"

주저앉아 있던 트레버가 비명을 질렀다.

꼬챙이가 움찔했다.

"케니, 그만 해. 정말 발작하나 봐."

"뭐? 입 닥쳐, 겁쟁아!"

케니는 피티를 더 세게 돌렸다.

"난 갈래."

갑자기 버드가 이렇게 말하더니 돌아서서 달려갔다. 꼬챙이도 동조하는 기색이었다.

"그만 해 케니. 저 할아버지 이상해. 그냥 장난만 치려던 건데……."

비리비리한 꼬챙이도 몸을 돌려 버드 뒤를 따라 달려갔다.

혼자 남자 케니는 불안한 듯 주위를 둘러보다 휠체어를 손에서 놓았다. 피티는 계속 사이렌 소리 같은 비명을 질러 댔고, 꺾인 팔을 마구 휘둘렀다. 케니는 뒤로 한 발 물러섰다.

"난 아무 짓도 안 했어. 근데 왜 저렇게 팔을 흔들고 소리를 지르는 거야?"

트레버는 짐짓 심각한 표정을 지었다.

"어떡해, 돌아가실 것 같아!"

케니 얼굴에 두려움이 스쳤다.

"난 아무 짓도 안 했어!"

케니는 말을 더듬거렸고 빙빙 돌던 휠체어가 마침내 멈추었다. 트레버는 손가락으로 케니를 가리키며 말했다.

"할아버지가 죽으면 넌 살인죄로 체포될 거야. 돌아가시지 않더라도 너 때문에 심하게 앓으실 거야."

케니는 움찔움찔 뒤로 물러섰다. 피티는 지쳐서 이제 조용해졌다.

"봐, 괜찮잖아."

케니가 소리쳤다. 트레버는 심장 소리를 들어보려는 듯 피티의 가슴 위에 몸을 기울였다.

"할아버지 죽은 척 해요."

트레버가 속삭였다. 갑자기 피티는 축 늘어졌고 팔은 휠체어 옆으로 힘없이 떨어졌다.

"안 돼! 할아버지 죽지 말아요!"

트레버가 소리쳤다. 트레버는 케니 눈을 똑바로 보며 말했다.

"네가 할아버질 죽였어."

케니는 휠체어를 멍하니 보며 붕어처럼 입을 뻐끔거렸다. 케니는 고개를 설레설레 흔들었다.

"아냐! 일부러 그런 거 아냐! 난……."

그러더니 케니는 갑자기 돌아서 달아났다.

트레버는 피티를 돌아보았다. 이마에 땀방울이 송송 맺혀 있었다.

"괜찮으세요?"

트레버가 물었다.

피티는 눈을 뜨고 고개를 끄덕였다. 그러더니 갑자기 웃기 시작했다. 큰 소리로, 배가 들썩들썩할 정도로 웃어 댔다. 할아버지가 어찌나 즐거워하는지 트레버도 같이 배꼽이 빠지도록 웃었다.

"발작 연기 진짜 대단했어요. 나도 정말인 줄 알았다니깐요."

트레버가 깔깔거렸다. 피티가 웃으며 말했다.

"어어! 어어!"

그러더니 턱을 죽 내밀었다.

"어어."

"저요? 저도 해 보라고요?"

피티가 웃었다.

"어어."

트레버가 웃으며 대답했다.

"알았어요."

트레버는 잔디밭에 쓰러져 팔을 퍼덕이며 목에서 꺽꺽 소리를 내고 숨을 헐떡였다. 두 사람은 뺨에 눈물이 흐를 때까지 웃었다.

마침내 웃음이 잦아들어 이야기를 할 수 있게 되었을 때 피티가 고개를 들고 말했다.

"고마아, 트와아."

"고맙다고 하신 거예요?"

"어어. 고마아, 트와아."

피티가 턱을 내밀었다.

"트와아는 트레버를 말하는 거예요?"

"어어, 어어, 어어."

피티는 이빨이 하나도 없는 입을 활짝 벌리고 웃었다.

"고마아, 트와아."

"별말씀을."

트레버는 피티의 어깨를 잡았다. 피티는 움찔거리며 함박 웃었다.

트레버는 천천히 휠체어를 밀고 요양소로 돌아갔다. 두 주일 전에만 해도 이 늙고 비틀어진 할아버지가 있다는 사실도 몰랐는데. 그런데 이제는 마치 친구가 된 것 같았다.

그 다음 주에 함께 산책 나갔다가 돌아오면서 트레버가 불쑥 이렇게 말했다.

"피티 할아버지는 재미있어요."

피티는 단박에 심각한 표정이 되었다.

"오애애? 오애애?"

"왜냐고요? 할아버지는 너무 웃기니까요."

트레버는 피티가 자기가 대답한 데 만족하지 못했다는 것을 알 수 있었다.

며칠 뒤 트레버가 놀러왔을 때 피티는 또 꿰뚫어 보는 듯한 눈빛으로 트레버의 눈을 들여다보았다.

"오애애? 오애애?"

"뭐가 왜예요?"

피티는 말없이 기다렸다.

트레버는 골똘히 생각했다. 왜라니? 설마 지난주에 산책 갔을 때 한 얘기를 아직도 생각하고 있는 걸까?

"왜 할아버지한테 놀러 오는 걸 좋아하느냐고 묻는 거예요?"

"어어, 어어."

엄청 진지한 얼굴이었다.

"어, 제가 한 말 그대로예요. 할아버지는 늘 기분이 좋으시니까요. 할아버지 말고 내가 밀고 다니면서 짓궂게 놀려도 얻어맞지 않을 사람이 또 어디 있겠어요?"

"으으, 가 바."

피티가 웃으면서 "가 바"라고 하는 것은 '관둬'라는 뜻이다.

트레버는 피티가 더 묻지 않아 다행이라고 생각했다. 뭐라고 대답해야 할지 잘 몰랐기 때문이다.

일주일이 지난 뒤 트레버가 인사만 하고 가려고 요양소에 들렀다. 피티는 늘 그러하듯이 웃어 보이는 대신 다시 또 끈질긴 눈빛으로 트레버를 보았다.

"오애애, 트와아? 오애애?"

트레버는 멍하니 피티를 보았다.

"왜 놀러 오냐고 또 물으시는 거예요?"

"어어."

"그 대답을 꼭 들으셔야겠나 봐요. 그렇죠?"

"어어."

피티의 낯빛이 몹시 진지해졌다. 트레버는 침을 꿀꺽 삼켰다.

"알았어요. 그럼 산책하면서 얘기할까요?"

피티가 고개를 끄덕였다.

8학년 남자 아이와 일흔 살 노인은 그날 오후 많은 이야기를 나누었다. 트레버가 주로 이야기하고 피티는 동감하는지 반대하는지 반응을 보이거나 질문을 했다. 삶에 대해, 학교에서 자기를 괴롭히는 아이들에 대해, 상처에 대해 그리고 친구에 대해 이야기했다. 트레버가 서투르게 엄벙덤벙 이야기를 이끌어 가는 동안 피티는 참을성 있게 기다렸다.

"할아버지, 정말 도움이 필요한 사람은 할아버지가 아닌지도 몰라요."

"우구?"

피티의 얼굴 표정은 차분하고 너그러웠다. 트레버가 이제야 답을 찾기 시작했다는 것을 피티도 아는 것 같았다.

"우구?"

피티가 다시 물었다.

"저도 그렇다고요."

트레버가 말했다.

"제가 할아버지한테 신경을 안 쓴다면 그 애들하고 다를 게 없잖아요. 다른 사람 생각은 하나도 안 하고 사는 거니까. 여기로 이사

온 뒤에는 할아버지처럼 저도 친구가 없었어요."

"고아, 고아."

피티가 고개를 끄덕였다.

집으로 돌아가는 길에 둘 다 말이 없었지만 편안했다. 트레버는 그날 떠나기 전에 한때는 무서워하던 피티의 두 눈을 똑바로 마주하고 말했다.

"할아버지, 제가 대답을 한 거예요? 왜 놀러 오느냐는 질문에 대한 대답이요?"

"고아."

피티는 이렇게 대답했고, 눈빛에는 따뜻함이 가득했다.

"할아버지, 좋은 생각이 있어요."

트레버가 불쑥 말했다.

"머어?"

"그냥 산책하는 거 말고 뭔가 다른 걸 해요. 낚시나 쇼핑 같은 거 어때요?"

"어어, 어어. 시……, 쇼……."

"둘 다 하자고요?"

"어어, 어어."

"알았어요. 둘 다 해요. 어떤 걸 먼저 할까요?"

"시이."

잔뜩 기대가 되는 듯 피티 얼굴에 웃음이 번졌다.

"할아버지 낚시 해 본 적 있어요?"

"아이."

트레버는 주먹을 마이크처럼 입가에 갖다 대고 아나운서처럼 큰
소리로 말했다.

"신사 숙녀 여러분, 내일 여러분의 스타 피티 코빈이 생애 처음으
로 물고기를 낚을 겁니다!"

피티 얼굴이 환하게 빛났다. 트레버는 집으로 돌아가면서 피티가
이 말을 되풀이하는 것을 들었다.

"시 가, 시 가, 시 가."

18

즐거운 낚시

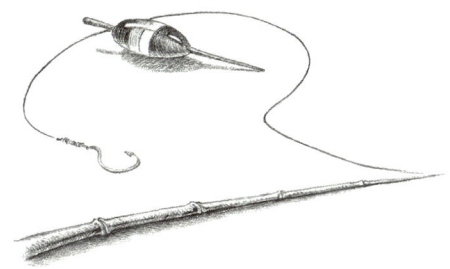

피티와 트레버가 길에서 싸움꾼 아이들을 만난 이 튼날 학교에서, 트레버는 그 아이들이 한 행동에 대해 아직도 화가 난 상태였다. 그래서 복도에서 케니를 보자마자 트레버는 성큼성큼 다가가 손가락으로 가슴을 찔렀다. 케니의 눈에 두려움이 스쳤다.

"휠체어 탄 할아버지가 어제 죽을 뻔 했어. 네 녀석들이 이제 할 아버지 옆에서 재채기만 하더라도 경찰에 신고할 거야. 살인 기도 혐의로 잡혀 갈 줄 알아!"

케니는 몸을 보호하려는 듯 손을 들고 뒤로 한 걸음 물러섰다.

"야, 다치게 하려고 그런 거 아니란 말이야."

트레버는 휙 돌아서 갔다. 케니가 볼 수 없는 곳까지 가서는 혼자
씩 웃었다.

트레버는 학교가 끝나고 집으로 곧장 가서 낚싯대를 챙기고 뒷마
당에서 지렁이를 파냈다. 휠체어가 문제를 일으킬 때를 대비해서 테
이프도 챙겼다. 요양소로 가서 시시에게 낚시하러 가려고 한다고 말
했다.

"좋겠는걸. 준비하는 거 도와줄게."

시시가 말했다. 트레버는 기대에 부풀어 시시를 따라 피티의 방으
로 갔다.

"밖에서 필요할 때에 대비해 닦고 갈아 주는 법을 가르쳐 줄게."

"닦고 갈아 준다니요?"

트레버가 물었다.

"별 거 아냐. 한번 봐 봐."

시시와 함께 피티를 침대에 눕힌 다음 트레버는 한참 뒤로 물러서
서 시시가 피티를 옆으로 돌려 눕히는 것을 보았다. 할아버지 몸을
닦아 주는 모습은 끔찍했다. 마치 50킬로그램짜리 갓난아기 엉덩이
를 닦는 것을 보는 것이나 다름없었다. 시시가 일을 마무리하자 트
레버는 그제야 숨을 내쉬었다.

"피티 할아버지는 전체로 간호해야 하는 사람이야. 무슨 뜻이냐
하면, 무슨 일을 하든지 도와줘야 한다는 말이지. 옷을 입는 것도,

밥을 먹는 것도, 코를 닦는 것도, 똥오줌을 처리하는 것도, 모두."

시시는 창밖을 내다보았다.

"오늘 날씨가 조금 쌀쌀하니까 얇은 점퍼를 입는 게 좋겠다."

시시는 옷장에서 파란 점퍼를 꺼내 앞뒤를 바꾸어 입힌 다음 몸 옆으로 손을 집어넣어 지퍼를 올렸다. 선글래스도 한 개 꺼냈다.

"햇빛이 강하면 이걸 씌워 드려. 피티 할아버지는 실내에서 오래 지낸 탓에 눈이 약하거든."

시시는 오래된 낡은 사진첩을 집어 들었다.

"시간이 나면 이걸 보렴. 피티 할아버지하고 전에 알던 분들 사진 이야. 이 사진 보는 걸 좋아하셔."

트레버는 고개를 끄덕였지만 밖으로 나오면서 아무 말도 하지 않았다. 도대체 어쩌다 이런 꼴이 된 것이지? 친구랑 낚시 가겠다고 한 것뿐이지 엉덩이를 닦아 주고 기저귀를 갈아 주고 싶은 마음은 전혀 없었다.

시시가 손을 흔들었다.

"재밌게 놀다 와. 고기 너무 많이 잡진 말고!"

트레버는 낚싯대와 벌레를 피티의 팔 옆에 두고 휠체어를 밀었다. 산들바람이 피티의 가는 은빛 머리카락을 살살 쓸자 피티는 콧노래 를 불렀다. 트레버는 몇 번이고 가다가 멈추어서 휠체어를 고쳐야 했다.

"새 휠체어를 구할 방법이 없어요?"

트레버가 투덜거렸다. 피티는 슬픈 듯 고개를 가로저었다.

"어서."

"두고 보세요."

트레버가 이렇게 말하며 휠체어를 세우고, 시합에서 승리한 권투 선수처럼 두 팔을 치켜올렸다. 그러고는 껑충껑충 뛰며 피티 옆에서 돌면서 〈록키〉의 주제 음악을 콧노래로 불렀다. 트레버는 큰 소리로 선언했다.

"여길 보십시오! 트레버 래드가 있을 수 없는 일에 도전할 것입니다. 트레버가 피티 코빈에게 새 휠체어를 구해 준다고 합니다!"

피티는 트레버를 쳐다보았다. 피티의 눈에는 즐거움과 난처한 기색이 동시에 어렸다.

반시간쯤 그렇게 가며 피티가 "아이구우!"를 수십 번도 더 외친 끝에 보즈먼 북쪽 경계에 있는 조그만 연못에 도착했다. 트레버는 부두에 휠체어를 세우고 브레이크를 단단히 잠갔다. 피티와 같이 수영하고 싶은 생각은 없었다. 아직은.

피티는 트레버가 꿈틀거리는 벌레를 낚싯바늘에 꿰는 것을 열심히 보았다. 다 꿰고 나자 트레버는 낚싯바늘에서 1미터쯤 되는 곳에 찌를 달았다.

"준비 다 됐어요."

트레버는 이렇게 말하고 낚싯줄을 최대한 멀리 던졌다. 낚싯대를 피티의 축 늘어진 팔 아래에 집어 넣은 다음 배 위에 얹었다. 그러면 낚싯대의 떨림을 느낄 수 있다.

"이제 찌를 보고 계세요. 찌가 내려가면 얘기하세요. 알았죠?"

"어어, 어어."

피티가 낚싯줄을 뚫어져라 지켜보는 동안 트레버는 자기 낚싯대에도 바늘을 달고 던졌다. 트레버는 부모님과 낚시하러 다니던 때를 생각했다. 그때는 그것을 낚시라고 하지 않고, 장난스럽게 벌레 익사시키기라고 했다. 아빠가 슈퍼마켓 체인에서 생산 관리부장 일을 하기 전이었다. 엄마는 회계사였다. 트레버네 식구가 보즈먼으로 이사한 것도 그것 때문이었다. 부모님이 더 좋은 직장에 다닐 수 있도록. 5년 동안 세 번이나 이사를 했다. 그리고 지금은 식구들이 함께 무엇인가를 하는 일도 없다.

물 위에 낚싯줄 두 개를 던져 놓고 트레버는 속으로 물고기가 피티의 낚싯바늘을 물기를 빌었다. 찌가 옴찔거릴 때마다 피티는 흥분한 듯 짧게 숨을 헐떡거렸다.

"아직 아니에요."

트레버가 말했다.

"찌가 완전히 밑으로 내려간 다음에 낚싯대를 당겨야 돼요."

두 사람은 찌가 실룩거리는 것을 보았다. 갑자기 피티의 찌가 물 밑으로 쑥 들어갔다. 트레버는 손을 뻗어 낚싯대를 힘껏 잡아챘다. 바로 낚싯대가 팽팽하게 당겨졌다. 트레버가 릴을 감아올릴 때마다 피티의 몸이 전율을 느끼는 듯 부르르 떨렸고 피티는 끽끽 소리를 지르며 온몸을 뒤틀었다.

트레버는 조심스럽게 피티가 처음으로 잡은 물고기를 감아올렸다. 15센티미터짜리 농어였다. 트레버는 집채만 한 고래라도 낚아

올리듯 힘들게 농어를 뭍으로 올렸다. 피티의 얼굴에 지극한 기쁨이 가득했다. 피티가 재미를 온전히 누릴 수 있도록 트레버는 힘없는 피티의 손을 물고기 위에 얹어 놓은 채 낚싯바늘을 뺐다. 시시가 피티는 근육을 움직일 수는 없지만 피부에 감각은 있다고 말했던 것이다.

물고기가 꿈틀거릴 때마다 피티는 팔을 휘둘렀다. 웃으면서 끝없이 "아이구우, 이이구우, 아이구우." 하고 감탄사를 쏟아 부었다. 트레버가 마침내 낚싯바늘을 빼내자 피티는 걱정스러운 눈빛으로 조그만 물고기를 보았다.

"왜 그래요?"

"사여, 사여!"

"살려 주라고요?"

"어어."

"물고기를 다시 놓아 주란 말이에요?"

"어어, 어어."

트레버는 피티의 말대로 조심스럽게 조그만 물고기를 물에 놓아 주었다. 둘이서 네스 호의 괴물을 잡았더라도 피티는 놓아 주라고 했을 것이다.

조금 뒤에 피티는 또 물고기를 잡았고, 세 마리, 네 마리까지 낚았다. 다섯 번째 잡은 물고기는 파닥거리며 피티의 손에서 빠져나가 휠체어 위에서 펄떡펄떡 돌아다녔다. 트레버는 피티가 하도 소리를 지르며 몸부림치듯 웃어 탈이나 나지 않을까 걱정이 될 지경이었다.

그날 피티는 고기를 일곱 마리나 잡았다. 트레버는 한 마리밖에 잡지 못했다. 기껏 손바닥만 한 무지개송어와 농어였지만 피티가 고기를 잡는 모습을 보며 트레버는 그동안 낚시를 하면서 가장 신났던 순간하고도 견줄 수 없을 만큼 짜릿함을 느꼈다. 요양소로 돌아오는 길에 보니 피티 몸을 덮은 홑이불이 물고기 점액으로 얼룩지고 비린 내가 났다. 기저귀를 갈 일이 없었던 것이 천만다행이었다.

현관으로 들어서자 시시가 맞아 주었다. 시시는 피티의 더러운 홑이불을 보더니 말했다.

"둘이 아주 재미있었나 보네."

트레버와 피티는 동시에 장난꾸러기같이 웃었다.

트레버가 인사를 하고 나오려는데 피티가 뭐라고 끙끙거렸다.

"뭐라고요?"

"쇼오."

"무슨 말인지 모르겠는데. 뭐 하고 싶으신 거예요?"

"어어, 쇼오."

"낚시하고 오자마자 벌써 쇼핑은 언제 할 건지 물으시는 거예요?"

피티가 웃었다.

"어어, 어어."

"노예처럼 부려 먹을 셈이에요!"

트레버는 화난 척 했다.

"알았어요. 내일 가자면 너무 늦다고는 안 하겠죠."

피티가 웃으며 고개를 끄덕였다.

"두 사람 월별 일정표라도 만들어야 하는 거 아냐?"

시시가 놀랐다.

피티 방에서 나와 트레버는 복도에서 시시를 불렀다.

"저기요, 피티 할아버지한테 새 휠체어를 사 줄 수 없어요? 휠체어가 다 부서졌어요."

시시가 얼굴을 찡그렸다.

"글쎄. 요양소장한테 승인을 받는 건 국회에서 법률 통과하는 것만큼 힘들어. 어쨌든 물어봐서 손해날 건 없겠지. 피티 할아버지를 모셔 오렴. 같이 가 보자."

시시와 트레버는 같이 피티를 밀고 소장실로 갔다. 조그마한 남자, 헤드릭 씨는 깔끔하게 다린 양복 차림을 하고 있었다. 머리카락은 풀을 발라 붙여 놓은 것 같았다.

시시는 트레버를 소개하고 이렇게 말했다.

"트레버, 헤드릭 씨께 우리가 왜 왔는지 말씀드려."

트레버는 긴장하며 휠체어에 손을 뻗어 늘어난 고무 타이어를 잡아당겼다.

"새 휠체어가 필요해서요."

트레버는 헤드릭 씨에게 뼈대며 등받이 따위 자기가 테이프로 응급처치를 해 놓은 데를 보여 주었다.

"이 휠체어를 타고 산책을 하면 위험해요."

"트레버."

헤드릭 씨가 점잖은 말투로 대답했다.

"우리 재소자한테 관심을 기울여 줘서 고맙게 생각해요. 새 휠체어가 있어야 한다는 것도 알았어요. 하지만 피티 씨의 나이를 생각해 볼 때 그게 얼마나 쓸모가 있을지는 의심스럽군요."

헤드릭 씨가 피티에 대해 무심하게 기계처럼 말하는 것을 보고 트레버는 화가 났다. 트레버는 강한 어조로 말했다.

"피티 할아버지는 밖에 나가는 걸 좋아해요. 새 휠체어가 없어서 밖에 나가지 못하면 할아버지는 돌아가실지도 몰라요."

트레버는 갑자기 피티 쪽으로 몸을 돌렸다.

"할아버지, 금세 죽을 생각이에요?"

트레버의 질문에 헤드릭 씨는 놀란 듯 눈을 꿈벅였고 얼굴은 벌그레해졌다. 피티는 웃으며 팔을 부메랑처럼 흔들었다.

"야 아이 추거."

트레버는 헤드릭 씨의 책상 뒤쪽에 달려 있는 액자를 가리켰다. 이렇게 적혀 있었다.

'우리는 사람들에게 죽을 이유가 아니라 살 이유를 준다.'

헤드릭 씨는 바람이 불어 머리가 헝클어지기라도 한 듯 자기 머리를 매만졌다. 그러고는 더듬거리며 이렇게 말했다.

"어……, 그게 그렇게 간단한 문제가 아니에요. 먼저 물리치료사가 평가를 해야 해요. 의료보호협회의 승인을 받으려면 사진도 있어야 하고……."

소심한 남자는 다시 머리를 신중하게 흔들었다.

"뿐만 아니라 내 승인도 있어야 하는데, 난 허락할 수가 없어요. 이렇게 나이 많은 재소자한테 그렇게 큰 지출을 할 수는 없어요. 알았……."

트레버는 거의 소리를 치다시피 말꼬리를 잘랐다.

"아저씨도 늙어서 다 부서진 휠체어에서 한번 살아 보세요!"

트레버는 휠체어를 밀고 소장실에서 나왔다. 자기가 심한 말을 했다는 생각이 들었다. 아무튼, 언젠가는 피티한테 새 휠체어를 구해 줄 것이다. 게으른 소장의 도움 따위는 필요 없다!

트레버는 벌써 머릿속으로 계획을 짜기 시작했다.

19

새 휠체어가 필요해

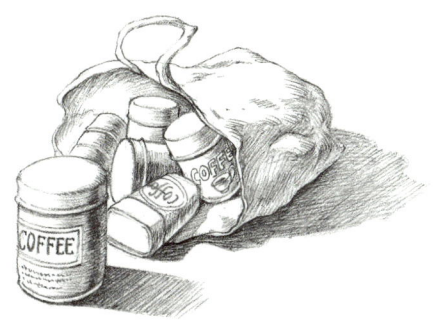

트레버가 가기 전에 시시가 새 휠체어를 마련하기까지 밟아야 할 절차를 설명했다.

"사진은 내가 찍을 수 있어. 하지만 물리치료사한테 진단을 받아야 해. 그 다음에는 의료 보조기 회사에 부탁해서 휠체어를 맞춰야 하고."

시시는 잠깐 말을 멈추었다.

"그 돈을 어떻게 마련하려고?"

"생각이 있어요. 하지만 그 전에 희망을 불어넣는 기운이 필요해요!"

트레버가 들뜬 목소리로 말했다.

"알았어. 여기 희망을 불어넣는 기운 간다."

시시는 콧잔등을 찌푸리고 입을 오므리더니 긴 손가락을 마법사처럼 트레버 쪽으로 뻗었다. 두 사람은 같이 웃음을 터뜨렸다.

"여기 빌링스에 있는 의료 보조기 회사 전화번호하고, 도와줄지도 모르는 물리치료사 번호가 있어."

시시가 말했다.

트레버는 흥분해서 들뜬 기분으로 나섰다. 부모님이 돌아오기 전에 트레버는 자전거를 타고 나가서 식당마다 다니며 커다란 커피 깡통을 버리지 말고 모아 달라고 부탁했다. 트레버가 자기 계획을 설명하자 대부분 식당에서 도와주겠다고 했다. 보조기 회사에 전화하기에는 시간이 너무 늦었다. 그러나 내일이 토요일이니 내일 전화하면 된다.

그날 밤 트레버는 부모님에게 피티 얘기와 새 휠체어를 마련할 계획을 이야기했다.

"요양소에서 그러라고 할까?"

트레버의 아버지가 물었다.

"요양소에서는 신경도 안 써요. 거기 사람들은 어차피 피티 할아버지랑 산책할 시간도 없는걸요. 오늘 오후에는 같이 낚시하러 갔어요. 할아버지가 물고기를 일곱 마리나 잡았어요. 전 한 마리밖에 못 잡았는데요. 신기하죠? 그 할아버지는 정말 재수가 좋은가 봐요."

트레버의 엄마가 입을 열었다.

"왜 네 또래 학교 친구들하고 같이 놀지 않니. 엄마는 걱정된다. 왜 그런 할아버지 일에 그렇게 열심이야?"

트레버는 어떻게 설명해야 할지 난감했다. 자기도 그 까닭을 정확히 몰랐던 것이다.

"말해도 이해 못 하실 거예요."

"그래도 한번 얘기해 봐."

아빠가 말했다.

"알았어요. 그러면 피티 할아버지를 만나 뵐 수 있게 모셔 올게요."

트레버는 밥상에서 일어났고 엄마 아빠는 서로 마주 보았다.

다음 날 아침 일찍 트레버는 자전거 핸들에 커다란 비닐봉지를 달고 여기저기 식당을 찾아다니면서 커피 깡통을 모았다. 트레버는 휠체어 살 돈을 모으는 일을 하면서 시간을 보낼 수 있게 된 게 좋았다. 새 학교에서 친구를 하나도 사귀지 못했기 때문이다. 그럴 필요가 뭐가 있겠는가? 친구를 사귀어 보았자 곧 부모님이 더 나은 일자리를 구하고 이사를 가게 될 텐데.

오후 늦은 시간이 되자 커피 깡통이 쉰 개 가까이 되었다. 트레버는 휠체어가 얼마나 비싼지 정확히 몰랐지만 비싼 자전거 값 정도 되겠거니, 기껏 2~3백 달러쯤 되겠거니 하고 생각했다.

트레버는 전화를 걸었다. 첫 번째 전화를 끊고 나서 트레버의 머리는 빙빙 돌았다. 의료 보조기 회사에서 어떻게 고치느냐에 따라 다르지만 좋은 휠체어는 3천 달러도 넘는다고 한 것이다.

"3천 달러라고. 3천 달러는 절대로 못 모아."

트레버는 신음 소리를 냈다. 그런데 이미 피티한테 큰소리쳐서 기대를 잔뜩 부풀려 놓은 것이다. 트레버는 마음을 가라앉히려고 애쓰며 다음 번호를 돌렸다. 차분히 생각해야 한다.

"여보세요, 조지아 애덤스입니다."

밝은 목소리가 들렸다.

"안녕하세요. 물리치료사세요?"

"네. 무얼 도와 드릴까요?"

트레버는 최대한 침착하게 왜 전화를 했는지 설명했다.

"휠체어 구입할 비용이 있나요?"

"아직은 아니지만요……."

조지아 애덤스가 말꼬리를 잘랐다.

"차례가 거꾸로 되었네요. 진단은 먼저 돈을 마련한 다음에 해야죠."

트레버는 숨을 깊이 들이마셨다.

"이렇게 하면 어떨까요. 제가 돈을 마련하면, 그러면 무료로 진단을 해 주실 수 있어요?"

물리치료사는 잠깐 말이 없더니 마침내 대답했다.

"알았어요. 학생 같은 사람이 있어서 다행이네요. 다른 사람을 생각해 주는 사람."

"고맙습니다."

트레버는 인사를 하고 전화를 끊었다. 오늘 할 수 있는 일은 다 했기 때문에 트레버는 자전거를 타고 요양소로 갔다. 아직 피티와 쇼핑할 시간이 있었다.

슈퍼마켓으로 가는 피티의 얼굴에는 기대가 가득했지만 얼떨떨한 것처럼 보이기도 했다.

"머어?"

피티가 자꾸 물었다.

"케이마트에 갈 거예요. 사람들이 물건을 사는 아주 큰 가게예요."

"오애애, 오애애?"

"왜 물건을 사냐고요?"

"어어."

"글쎄, 물건이 필요하니까요."

"머어?"

그제야 트레버는 피티가 쇼핑이 뭔지 전혀 모른다는 것을 깨달았다. 평생 한 번도 가게에 가 본 적이 없다니, 그럴 수가 있을까?

"할아버지, 거기 가서 제가 보여 드릴게요."

피티는 안달이 난 듯한 표정을 하고 고개를 끄덕였다.

트레버는 휠체어를 밀고 케이마트 주차장을 가로질렀다. 마트 앞에서 아이들이 목마를 타고 있었고 부모들은 목마에 동전을 집어넣었다. 피티는 아이들과 움직이는 기계를 뚫어져라 보았다.

"아이구우, 아이구우!"

피티는 어리둥절한 듯했다.

"머어?"

트레버가 멈추어 설명했다.

"저 기계에 돈을 넣으면 기계가 움직여요. 어린애들이 재미로 타는 거예요."

피티는 여전히 이상하다는 듯 고개를 흔들었다.

가게 안에 들어서자 피티가 눈을 이쪽 저쪽 두리번거렸다. 눈부시게 번쩍이는 불빛, 음악, 아이들이 고함치는 소리, 음식 냄새, 모든 것이 한순간에 피티를 덮쳤다. 피티는 즐거운 듯 끅끅거렸다. 사람들이 흘금흘금 돌아보았다. 호기심과 혐오감이 얼굴에 그대로 드러났다.

키가 크고 예쁘게 생긴 여자가 두 사람 쪽으로 걸어왔다. 피티는 웃으며 구부러진 팔을 흔들었다.

"아여, 아여."

피티가 기대를 가득 품고 인사를 했다.

여자는 굳은 얼굴로 피티를 내려다보더니 지나쳐 갔다. 트레버가 큰 소리로 말했다.

"할아버지가 '안녕.' 이라고 인사했어요."

여자는 트레버가 하는 말도 무시했다.

"오애애?"

피티가 이상하다는 듯 물었다.

"왜 인사를 안 하냐고요?"

"어어."

트레버는 화를 억누르며 말했다.

"저희 아빠가요, 아름다운 겉모습은 가죽 한 꺼풀이지만 더러움은 뼛속까지 속속들이 스며 있다고 그랬어요."

피티가 웃었다.

"어그그!"

피티가 끅끅거렸다. 그때 알록달록한 빛깔로 된 상자가 켜켜이 쌓여 있는 것이 피티 눈에 들어왔다.

"머?"

피티가 턱으로 가리키며 물었다.

"탄산음료가 든 상자예요."

"아이구우!"

피티의 눈이 다른 쪽으로 달려가 꽂혔다.

"머?"

"전자레인지예요."

"머?"

"음식을 데우는 기계예요."

트레버가 덧붙였다. 피티는 여전히 어리둥절했다.

"할아버지는 마치 디즈니랜드에 놀러 온 것 같겠네요."

피티는 무슨 말인지 못 알아듣고 고개를 들었다.

"아니에요. 요양소에 대면 여긴 엄청 복잡하고 신기하죠?"

"어어 마아, 어어 마아!"

피티가 소리쳤다. 사람들이 바라보고, 옆으로 피하거나 못 본 척하고 지나가는 것을 피티는 전혀 알아차리지 못했다. 어떤 부모들은 겁에 질린 눈으로 피티를 곁눈질하며 아이들을 자기 몸 쪽으로 끌어당겼다.

"아이 고아, 아이 고아."

피티가 말했다.

"응, 정말 안 좋아요."

트레버가 맞장구를 쳤다. 드넓은 케이마트 안을 돌아다니는 동안 피티를 보고 웃거나 인사를 한 사람은 딱 둘밖에 없었다. 트레버는 그 사람들을 안아 주고 싶은 심정이었다.

피티는 수백 개도 넘는 물건의 이름과 쓰임새를 알고 싶어 했다. 이렇게 많은 물건이 피티 같은 사람은 읽을 수도 없게끔 꼬리표만 달고 상자 안에 들어 있다니. 전에는 생각해 보지 않은 일이었다. 트레버는 자기가 아무것도 모르는 바보가 된 것 같았다. 장난감 비행기가 어떻게 나는지, 배가 어떻게 물에 뜨는지, 타이어 튜브는 무슨 기능을 하는지, 연장은 무엇에 쓰는 것인지, 향수 같은 물건은 어디에 쓰는지 어떻게 설명해야 할지 몰랐다.

피티는 향수를 좋아했다. 샘플 하나하나 냄새를 다 맡아 보고 싶어 했다. 가끔 행복한 듯 눈을 감고 향기를 몸으로 느끼기도 했다.

케이마트를 둘러보고 나자 시간이 꽤 늦었지만 그래도 트레버는 피티에게 이렇게 물었다.

"할아버지, 우리 부모님 만나 보실래요?"

"어어 고아, 어어 고아!"

피티가 소리쳤다.

집에 도착하기 전에 트레버는 두 번이나 휠체어를 고치려 멈추어서야 했다. 트레버는 휠체어를 앞마당에 세워 놓고 부모님을 데리러 집 안으로 들어갔다.

부모님이 마지못해 앞마당으로 나왔을 때, 트레버는 부모님의 눈에서 케이마트에서 본 것과 똑같은 두려움과 혐오감을 보았다.

20

오언과 우연히 만나다

부모님은 예의 바르게 웃음 지으며 귀가 안 들리는 어린아이한테 말을 걸 듯 큰 소리로 쉬운 낱말만 골라 말했다.

"그냥 평소 때처럼 얘기하시면 돼요. 할아버지는 다른 사람하고 똑같이 생각하고 듣고 이해하세요."

엄마는 고개를 피티 쪽으로 조금 기울이며 말했다.

"아, 물론 그렇겠지."

엄마는 마치 피티가 그 자리에 없는 것처럼 말했다.

"이제 가야겠어요."

트레버는 자기 부모님이 부끄러워져서 불쑥 이렇게 말했다.

"어, 안녕히 가세요."

트레버 아버지가 말했다.

트레버는 고무 타이어가 테에서 빠지지 않는 선에서 될 수 있는 한 빨리 휠체어를 밀었다.

"우리 부모님도 마트에 있던 사람들하고 똑같았어요."

트레버가 내뱉듯 말했다.

"어어."

피티가 트레버를 가리키며 말했다. 트레버는 얼굴을 붉혔다.

"예. 저도 처음에는 그랬죠. 하지만 그건 할아버지를 알기 전이었 잖아요."

피티가 차분하게 고개를 끄덕였다.

"그 사람들도 할아버지를 잘 알게 되면 안 그러겠죠."

피티가 웃으며 말했다.

"마아!"

트레버는 요양소에 도착할 때까지 말이 없었다.

"할아버지 방으로 가실래요, 식당으로 가실래요?"

트레버가 물었다. 피티는 턱을 들어 자기 방을 가리켰다.

"사이!"

피티가 외쳤다. 트레버는 방으로 들어서며 물었다.

"저한테 뭐 보여 주실 게 있어요?"

"어어. 사이!"

"뭐 말씀하시는지 알 것 같아요."

트레버가 서랍에서 사진첩을 꺼냈다.

피티는 웃으며 감탄했다.

"고아, 고아."

할아버지가 볼 수 있게 사진첩을 들고 트레버는 책장을 넘겨 가며 낡은 사진을 보았다. 요즈음 보즈먼 요양소에서 찍은 사진도 있었다. 나머지는 웜스프링스에서 찍은 폴라로이드 사진이었다. 그 중에는 통통한 남자가 휠체어에 앉아 웃는 사진도 있었다. 두꺼운 돋보기안경을 써서 눈이 송아지 눈 같았다.

"아이이크, 아이이크."

피티가 외쳤다.

"누구라고요?"

"아이이크."

"할아버지 친구예요?"

"어어."

"지금 어디 사세요?"

피티의 얼굴에서 웃음기가 가셨다. 피티는 고개를 흔들었다.

"모르세요?"

"어어."

트레버는 사진첩을 계속 넘겼고 피티는 자랑스러운 눈으로 바라보았다. 트레버는 이 사진이 피티와 과거, 상상할 수도 없는 과거를 이어 주는 하나뿐인 고리라는 것을 깨달았다. 이 사진 속에 있는 사람들이 피티한테는 식구하고 비슷한 존재일 것이다.

피티는 휠체어를 탄 통통한 남자 사진을 또 하나 발견했다. 피티는 몸을 젖히며 외쳤다.

"아이이크!"

트레버는 깜짝 놀랐다. 이 사람은 피티한테 아주 가까운 친구였던 게 분명했다.

"누군지 한번 알아볼게요."

트레버가 말했다. 트레버가 사진첩을 들고 간호사들한테 물어보러 나갔고 피티는 기다렸다. 의문의 사나이가 누구인지 아는 사람은 하나도 없었다.

"다들 모른대요."

트레버가 피티에게 보고했다.

피티는 말없이 사진첩을 보았다.

피티 옆에 앉아 피티의 눈을 보고 있자니 잊지 말아 달라고 애원하며 피티의 주위를 떠도는 과거의 유령이 트레버 눈에도 보이는 것 같았다.

그 뒤 트레버는 몇 주 동안 피티한테 휠체어를 마련해 줄 기금 모금 준비를 하느라 정신없이 바빴다. 가게마다 다니면서 허락을 얻어 카운터에 커피 깡통을 올려놓았다. 깡통마다 맨 위에 동전 넣는 구멍을 뚫고 옆에는 피티가 누구인지, 무엇이 필요한지 설명하는 글을 붙였다.

그 무렵 여름방학이 시작되었다. 트레버가 전학 온 지 한 학기가 꼬박 지났지만 아직 친구는 하나도 사귀지 못했다. 그래서 피티와 시간을 더 많이 보낼 수 있었다. 트레버가 피티가 탄 휠체어를 밀고 다니는 모습이 자주 눈에 띄자, 사람들은 이제 낯설어하지 않고 두 사람한테 다가와 인사를 건네기도 했다.

한여름이 되자 피티가 만나 알게 된 사람이 수십 명도 넘었다. 트레버네 학교에 다니는 아이들도 길을 가다가 멈추고 피티에게 인사를 했다. 그러나 휠체어 기금은 가뭄에 콩 나듯 들어왔다. 모인 돈은 다 모아도 4백 달러도 안 되었다. 피티가 타는 휠체어는 툭하면 부서졌다. 어느 날인가는 바퀴 축이 부러져 버렸다. 트레버는 의자가 넘어지지 않게 붙들고 버티면서 지나가는 사람한테 요양소에 전화를 해서 구조 요청을 해 달라고 부탁해야 했다. 그날 동네 철공소에 가서 휠체어를 수리하느라 휠체어 기금에서 35달러를 내어 써야 했다. 이제 새 휠체어를 살 날은 한층 더 까마득해졌다.

"이렇게 가다 보면 새 휠체어 살 돈은 영영 못 모을 거예요."

트레버가 시시에게 투덜댔다.

"모금 운동에 발동을 좀 걸어 보지 그러니."

"어떻게요?"

시시가 어깨를 으쓱했다.

"나도 잘은 모르겠지만, 신문사에 연락해서 기사를 써 달라고 할 수도 있겠지. 피티에 대해서, 피티가 어떻게 살아왔는지 알게 되면 기꺼이 도와줄 사람이 있을 거야."

"한번 해 볼게요."

트레버가 대답했다. 몇 분도 지나지 않아 트레버는 자전거를 타고 ≪보즈먼 데일리 크로니클≫ 신문사로 갔다.

뜻밖에도 신문사 기자가 관심을 많이 보여 트레버는 적이 놀랐다. 기자는 여기저기 놓여 있는 커피 깡통을 보았고 트레버가 피티와 같이 산책하는 것도 본 적이 있다고 했다. 기자는 며칠 뒤에 사진 몇 장을 찍고 일요일 신문에 기사를 싣겠다고 했다.

"고맙습니다! 정말 고맙습니다!"

트레버는 덤벙거리며 인사를 하고 나왔다.

최대한 빨리 페달을 밟아 요양소로 돌아와 피티를 찾아 이 소식을 알렸다. 피티도 신이 나서 환하게 웃었다.

"산책하러 가요. 시내에 가서 돈통을 확인해 봐요."

"오옹."

피티가 따라 했다.

"예, 돈이요."

트레버는 뒷길을 따라 시내로 피티를 밀고 갔다. 겨우 두 블록을 지났을 때 고무 타이어가 빠져 버렸다. 트레버는 휠체어를 세우고 바퀴를 고치다가 비쩍 마른 노인이 한 블록 멀리서 자기들 쪽으로 비척비척 걸어오는 것을 보았다. 노인은 지팡이를 짚고 있었다.

트레버가 바퀴에 테이프를 동여매고 다시 떠나려고 할 때 노인이 소리쳤다.

"학생, 잠깐만 기다려요!"

트레버가 돌아보았다. 노인이 손을 들어 멈추라고 손짓했다.

"피티, 피티 아니오?"

노인은 서둘러 다가오느라 숨이 차서 헐떡이며 외쳤다. 금속 테 안경이 깡마른 얼굴에 비뚜름하게 얹혀 있었다.

피티가 노인을 보았다. 놀란 표정이 금세 반가움으로 바뀌었다.

"오오어! 오오어!"

"피티가 맞네. 믿을 수가 없어! 이게 몇 년 만인가!"

노인이 외쳤다.

"피티 할아버지를 아세요?"

트레버가 믿기지 않는다는 듯 물었다.

"그렇고 말고. 웜스프링스에서 내가 몇 년 동안 돌보았다네."

"어어, 어어."

피티의 눈이 흥분에 차서 빛났다.

노인이 트레버에게 손을 내밀었다.

"나는 오언 마시일세."

"저는 트레버 래드예요. 피티 할아버지 친구요."

노인은 마주 잡은 손을 힘차게 흔들었다. 이렇게 깡마르고 뼈밖에 없는 손에서 어떻게 그런 힘이 나오는지 뜻밖이었다.

바로 그때부터 나른한 오후 산책이 마술과도 같은 시간으로 바뀌었다. 오언이 1960~70년대에 피티가 지낸 병실에서 자기가 어떻게 일했는지를 이야기해 준 것이다. 오언과 피티 사이에 오가는 애틋한 감정에 트레버는 조금 샘이 나는 것을 느꼈다. 피티하고 가장 가까운 사람은 자기라고 생각했는데.

오언은 은퇴하고 보즈먼에서 살았다. 하지만 피티가 웜스프링스 병원에서 나와서 보즈먼에 살리라고는 꿈에도 생각해 보지 못했다. 오언이 사는 아파트에서 두 블록을 걸어 큰 흙마당만 하나 지나면 요양소가 있는데. 노인들한테는 흙마당 하나가 대양이나 대륙만큼 이나 큰 장애물이 될 수도 있다는 것을 트레버는 미처 몰랐다.

헤어져야 할 시간이 되자 오언은 트레버에게 자기 집 주소와 전화번호를 적어 주었다.

"두 사람 우리 집에 꼭 놀러 오게. 알았지?"

"오오 어어어."

피티가 소리를 질렀다.

"놀러 갈게요."

트레버도 다짐했다.

그날 밤 트레버는 잠이 오지 않았다. 오언한테 묻고 싶은 게 너무나 많았다. 피티는 웜스프링스에서 어떻게 지냈는지? 오언은 피티가 정신지체가 아니라는 것을 알는지? 트레버는 두 달 전에 피티와 함께 본 사진첩을 생각했다. 오언이 휠체어를 탄 통통한 사람, 피티가 아이크라고 부른 사람이 누군지 알까? 마침내 트레버는 잠이 들었다. 꿈속에 할아버지들, 사진첩, 새 휠체어가 나왔다.

트레버가 자리에서 일어났을 때 부모님은 벌써 출근하고 없었다. 잠을 설쳐 피곤한 탓에 트레버는 느릿느릿 침대에서 나왔다. 갑자기 사진첩이 떠올라 얼른 옷을 입었다. 아침도 거른 채 자전거를 타고 요양소로 달려갔다.

트레버가 요양소에 오니 피티는 아침을 먹고 있었다. 트레버가 흥분한 목소리로 물었다.

"할아버지, 사진첩에 있는 아저씨가 누군지 오언 할아버지가 알아요?"

"어어, 어어. 아이크, 아이크."

피티도 신이 났다는 게 느껴졌다.

"알았어요. 제가 오언 할아버지 보여 드리게 사진첩 좀 잠깐 빌려 가도 돼요?"

피티는 고개를 끄덕끄덕하며 소리를 냈다.

"고아."

트레버는 사진첩을 바지 허리춤에 끼워 넣고 오언이 사는 아파트로 자전거를 타고 달렸다. 미리 전화도 안 하고 불쑥 찾아가는 게 실례가 아니었으면 했다.

문을 두드리자 오언이 나왔다.

"연락도 없이 죄송해요. 잠깐 시간 좀 내주실 수 있어요?"

트레버가 물었다.

"남아도는 게 시간이란다."

오언이 웃으며 말했다.

"다른 사람도 마찬가지겠지만 늙기 전에는 그걸 모르지. 무슨 일때문에 아침부터 꽁지에 불붙은 것 마냥 달려왔니?"

트레버는 사진첩을 조심스레 탁자 위에 놓았다.

"피티 할아버지가 웜스프링스에서 알던 사람들 사진을 갖고 있는데 저한테 이름을 가르쳐 주실 수가 없어서요. 이 사람 아세요?"

트레버는 휠체어를 탄 통통한 남자를 가리켰다. 오언은 사진을 빤히 보았다. 눈에 눈물이 고였다.

"아, 알지. 캘빈 앤더스란다. 아주 잘 알지. 피티와 함께 자랐어."

"할아버지가 웜스프링스에서 은퇴한 뒤에도 두 분을 뵌 적이 있어요?"

오언은 창밖을 내다보았다.

"딱 한 번 찾아갔다. 내가 다녀간 다음에 피티와 캘빈이 무척이나 우울해했다는 얘기를 들었어. 나도 그랬고. 그게 옳은 일인지 아닌지는 모르겠지만 둘을 만나는 게 너무나 힘들었어. 내가 둘을 도와줄 방법이 없다는 걸 알았기 때문이지. 자꾸 연락을 하면 자꾸 생각이 나기 마련이고 서로 더 힘들 거라고 생각했어."

"캘빈이라는 분은 아직 그곳에 있어요?"

감정이 북받쳐 오언의 목소리가 메었다.

"단 한 번 거기를 찾아간 뒤로 두 사람은 다시는 보지 못했다."

오언은 잠깐 말을 멈추었다가 덧붙였다.

"그런데, 몇 해 전 빌링스 신문에 캘빈 사진이 실린 걸 봤어."

"빌링스 신문이요?"

"그래. 특수 올림픽에 출전했더라고. 휠체어 경주 사진이 실렸는데 거기 나왔더라."

"왜 이 사진첩에 할아버지 사진은 없어요?"

트레버는 이렇게 묻고는 아차, 했다.

오언은 트레버를 보았다. 질문에 상처를 받은 듯했다.

"웜스프링스는 디즈니랜드가 아니란다. 누구나 다 미키마우스와 어울려 사진을 찍는 그런 곳은 아니지. 난 병실 안에서 카메라를 본 적도 없고, 사진을 찍을 생각도 전혀 하지 못했어."

"캘빈은 지체가……, 어……, 장애가 얼마나 심했어요?"

트레버는 자기 실수를 무마해 보려고 더듬으며 물었다.

"정신지체는 별로 심하지 않았지만 심한 만곡족이라 휠체어를 타야 했지. 1930년대, 어린 나이에 눈보라가 몰아치는 날 버려졌다고 하더라. 세월이 지나면서 근육이 심하게 퇴화됐어."

"피티 할아버지는 캘빈 사진을 볼 때마다 '아이이크'라고 해요. 캘빈이라는 이름하고는 거리가 먼데."

오언이 슬픈 듯 웃음 지었다.

"아이크……. 다시 그 이름을 듣게 될 줄이야. 피티는 캘빈을 그렇게 불렀어. 아이젠하워 다큐멘터리를 보고 힌트를 얻었지. 피티가 소리 낼 수 있는 이름이었거든."

오언이 피곤해 보여서 트레버는 이렇게 말했다.

"많은 걸 알려 주셔서 고맙습니다. 나중에 또 들러도 되지요?"

"그럼. 언제든지 좋아. 피티도 데리고 오렴. 내가 요새는 밖에 나가서 돌아다니기가 쉽지 않단다."

트레버는 오언의 집을 나와 요양소로 다시 돌아갔다. 피티는 방에 있었다.

"할아버지. 아이크 말이에요. 진짜 이름이 캘빈 앤더스예요?"

피티는 목이 메어 말도 제대로 못했다. 손을 파닥이며 외쳤다.

"어어! 어어!"

트레버는 사진첩을 침대 옆 탁자 서랍에 다시 넣고 물었다.

"제가 아이크를 한번 찾아볼까요?"

피티는 그렇게 할 수 있겠냐고 묻는 듯한 표정을 하고 트레버를 쳐다보았다.

트레버는 또 한 번 권투 선수처럼 주먹을 들고 피티의 휠체어 주위를 돌았다. 그러고는 웃으며 아나운서처럼 소리쳤다.

"트레버가 있으니 걱정할 필요가 없습니다. 할아버지 친구가 살아 있다면 찾아내고야 말겠습니다!"

피티는 웃지 않았다.

트레버는 요양소를 나오며 자기가 또 지키지 못할 약속을 한 것은 아닌가 하는 생각이 들었다. 아직도 휠체어 살 돈이 2천5백 달러나 부족했다. 그런데 오늘은 빛바랜 사진 속에 들어 있는 허깨비 같은 사람을 찾아 주겠다고 약속하다니. 만약에 그 사람을 찾는다고 하더라도, 그게 옛 친구들을 다시 만나게 해 주는 일이 될지 아니면 이미 묻어 버린 과거를 파헤치는 일이 될지.

21

아이크를 찾습니다

트레버는 아직 아이크를 찾으려고 하지 않았다. 일단 그게 큰 실수는 아닌지 한동안 곰곰이 생각해 보고 싶었다. 그러는 동안 《보즈먼 데일리 크로니클》에서 피티에 관한 기사를 쓸 준비를 했다. 앤 터너 기자가 요양소로 와서 트레버와 피티를 만나 한 시간쯤 질문을 하고 사진을 찍었다. 터너 기자는 피티와 이야기를 나누는 동안 점점 긴장을 풀고 피티에게 살갑게 대하게 됐다. 일단 피티를 알게 되면 다들 그렇게 되지, 트레버는 생각했다.

트레버는 터너에게 피티한테는 새 휠체어가 얼마나 절실한지 되풀이해서 이야기했다.

"아직도 2천5백 달러가 모자라요."

터너가 가려고 일어서는데 다시 한 번 힘주어 말했다.

"우린 언론사지 성금 모으는 데가 아니야. 하지만 피티 할아버지의 삶 이야기는 정말 관심을 끄는구나. 1920년대 사람들이 뇌성마비가 뭔지 알았더라면 얼마나 다른 삶을 사셨을지……."

터너는 잠깐 말을 끊었다.

"억울하게 정신병원으로 간 많은 사람들 가운데 하나지. 이런 이야기가 사람들의 마음을 움직이기도 한단다. 우리 기사가 피티 할아버지한테 도움이 되면 좋겠다."

"정말 그렇게 되면 좋겠어요."

트레버가 말했다.

피티의 얼굴이 반짝거리고 눈에는 기대감이 감돌았다. 다들 나가고 둘만 남았을 때 피티가 트레버의 주의를 끌었다.

"아이이크?"

트레버는 침을 꿀떡 삼키고 피곤한 듯한 피티의 눈을 보았다.

"할아버지, 정말로 캘빈을 만나고 싶어요?"

"어어, 어어. 아이이크! 아이이크!"

피티가 분명하게 소리를 내뱉었다.

"저도 그러실 거라고 생각했어요. 하지만 좀 더 확실히 해 두고 싶었어요. 알았어요. 한번 찾아볼게요."

트레버는 그날 집으로 돌아가 수화기를 집어 들고 웜스프링스에 전화를 걸었다.

"웜스프링스 주립 병원입니다."

상냥한 여자 목소리가 들렸다.

"안녕하세요. 이전 환자에 대한 정보를 알고 싶은데요."

"기록실에 연결해 드릴게요."

여자가 말했다. 열 번도 넘게 신호가 간 뒤에 다른 여자 목소리가 들렸다.

"예, 기록실입니다. 무슨 일인가요?"

성마른 목소리였다. 트레버는 헛기침을 했다.

"저는 트레버 래드라고 하는데요, 전에 웜스프링스에 있었던 환자에 대한 정보를 알고 싶습니다."

"식구인가요?"

"아뇨, 그런 건 아닌데요. 그냥 환자 한 사람이 지금 어디에 사는지 알고 싶어서요."

"위급 상황인가요?"

트레버는 잠깐 망설였다.

"어, 그렇진 않아요."

여자가 단호하게 말했다.

"미안하지만 그런 정보는 알려 드릴 수가 없어요. 친척이거나, 아니면 환자한테 동의를 얻어야 환자 정보를 알려 드릴 수 있습니다."

"부탁입니다. 제발 도와주세요. 환자가 동의했을 것 같으면 당연히 어디 사는지도 알 테고 이런 전화를 할 리도 없겠지요. 개인 정보를 알려고 하는 게 아니라 그냥 어디 사는지만 알면 돼요."

"미안하지만 바로 그런 게 개인 정보인데요."

트레버는 손마디가 하얗게 될 때까지 세게 수화기를 움켜쥐었다.

"그럼 도대체 개인 정보가 아닌 건 뭔데요? 지금 몇 시인지 알려줄 수 있어요? 그것도 기밀 정보인가요?"

트레버는 수화기를 꽝 내려놓았다.

트레버는 천천히 주먹에 들어간 힘을 뺐다. 속이 부글부글 끓었다. 화를 내면 안 된다는 것은 알았지만, 이대로 포기할 수는 없었다. 오언 할아버지가 캘빈 앤더스가 특수 올림픽에 참가한 것을 보았다고 하지 않았던가? 트레버는 특수 올림픽 몬태나 본부 전화번호를 찾아서 다이얼을 돌렸다.

"안녕하세요. 특수 올림픽입니다."

이번에도 여자 목소리였다.

"안녕하세요. 저는 트레버 래드라고 합니다."

트레버는 이번에는 좀 더 개인 사정을 내세워 보기로 마음먹었다.

"저는 피티 코빈이라는 뇌성마비 환자랑 무척 가까운 사이예요."

"그래요, 장하네요, 트레버."

"그런데 제가 어떤 정보를 찾고 있어요. 전에 특수 올림픽에 참가한 선수 가운데 캘빈 앤더스라는 나이 많은 분이 있는데요, 그분은 피티 할아버지와 웜스프링스 주립 병원에서 함께 자랐어요. 두 분다 그곳에 버려졌대요."

"정말 딱한 일이네요."

트레버가 말을 이었다.

"그런데 웜스프링스에서 두 사람을 억지로 떼어 놓았대요."

트레버는 심호흡을 했다.

"캘빈 앤더스 씨가 어디에 사는지 알려 주실 수 있어요? 부탁이 에요. 두 사람이 연락을 할 수 있도록 해 주고 싶어요."

"어, 미안해요. 저는 그런 정보를 줄 수가 없어요."

트레버는 자기가 다시 수화기를 부서져라 움켜쥐고 있다는 것을 깨달았다. 트레버는 최대한 침착하게 말하려고 애썼다.

"두 사람한테는 서로가 전부였대요. 몇 년 동안 가장 가까운 친구 였는데 서로 다른 곳으로 보내졌어요. 둘이 어떤 사이인지 그런 건 아무도 신경 쓰지 않았던 거예요. 하지만 전 그럴 수 없어요. 지금 전화 받으신 분 말고는 도와주실 수 있는 분이 아무도 없어요. 피티 할아버지는 친구를 만나고 싶어 해요. 식구가 하나도 없는 피티 할 아버지한테 캘빈은 식구나 다름없는 친구였다고요. 제발 캘빈 앤더 스 씨 찾는 걸 도와주세요."

잠깐 조용하더니 여자가 말했다.

"어디에 사는지는 말해 줄 수가 없어요."

트레버가 화가 치밀어 수화기를 집어 던지려는 순간, 여자가 덧붙 여 말했다.

"하지만 몬태나 주에 있는 공동생활 가정(장애인이나 정신지체인이 가정과 같은 환경에서 살며 사회 적응을 하도록 돕는 시설로 그룹 홈이라 고도 한다.-옮긴이)에 연락해 보면 찾을 수 있을지도 모르겠네요."

여자는 잠깐 말을 멈추었다.

"특히……, 해밀턴 쪽을 먼저 찾아보세요. 번호 알려 드릴까요?"

트레버는 할 말을 잃고 더듬거렸다.

"어, 예. 예! 부탁드려요! 정말 고맙습니다!"

"어, 난 아무것도 안 가르쳐 줬어요. 이걸 잊어버리면 안 돼요."

"예, 알았어요. 어쨌든 고맙습니다."

"별말씀을."

해밀턴에 있는 요양소 다섯 군데에 전화를 해 보고 트레버는 한 숨을 내쉬며 소파에 털썩 주저앉았다. 부모님이 전화 요금 고지서를 보면 펄펄 뛸 것이다. 아무튼 임무를 다하려고 마음먹었으므로 목록에 있는 마지막 번호를 돌렸다.

"여보세요."

나른한 콧소리가 들렸다.

"여보세요. 캘빈이 거기 사나요?"

트레버가 물었다. 여자는 킥킥 웃었다.

"아뇨, 여기 안 살아요. 여기는 부엌인데요. 캘빈 방은 저 아래 있어요. 캘빈이 여기 살면 레인지 위에서 자야겠네요. 그러면 구워질 텐데."

나른한 콧소리가 다시 한 번 깔깔 웃음을 터뜨렸다.

너무나 바보스러운 농담에 트레버는 할 말을 잃었다. 조금 뒤에야 트레버는 상대방이 공동생활 가정에서 지내는 재소자라는 것을 깨달았다.

"재미없어요."

트레버가 말했다.

상대방이 상처를 받았는지 싸늘한 침묵이 감돌았다.

"캘빈은 지금 방에 있어요?"

"아뇨. 여기 없어요."

트레버는 정말 캘빈이 거기 사는지 다시 한 번 확실히 물어봐야 겠다는 생각이 들었다.

"전화받는 분 성함이 어떻게 되세요?"

"나는 세이디예요."

여자는 도도하게 말했다.

"세이디, 캘빈 성이 뭔지도 아시죠? 아세요?"

"물론 캘빈 성이 뭔지 알죠. 여기 사니까……."

잠깐 말이 끊겼다.

"내 말은, 레인지 위에 산다는 건 아니고……. 저 아랫방에 살아 요."

세이디는 다시 웃음을 터뜨렸다.

"그럼요, 캘빈 성이 뭐예요?"

트레버가 다시 물었다.

"그거야 쉽지."

세이디는 다음 문장을 아주 천천히 뭉개며 한 낱말 한 낱말 장난 치며 말했다.

"캐애애앨비이이인 서어어엉으으은…… 애애앤더어르르스. 캘빈

222

앤더스!"

세이디가 외쳤다.

"그렇지. 그게 캘빈 이름이야. 내가 안다고 했잖아요."

세이디는 또 킥킥 웃었다.

트레버는 수화기를 공중에 집어 던졌다 잡았다. 캘빈 앤더스를 찾았다! 캘빈은 해밀턴에 산다. 이곳에서 3백 킬로미터도 더 떨어진 곳이다. 트레버는 세이디의 웃음을 자르고 말했다.

"고맙습니다. 이야기 나눠서 즐거웠어요. 그리고 레인지 위에서는 주무시지 마세요."

트레버가 전화를 끊을 때까지도 세이디가 웃는 소리가 전화기에서 울려 퍼졌다.

트레버는 고개를 흔들며 웃음 지었다. 세이디 같은 사람이 정신병자라면 세상에는 그런 사람이 더 많아야 할 것 같았다. 트레버는 바로 시시한테 전화를 걸어 이 소식을 전했다.

"이제 캘빈한테 전화만 하면 돼요."

트레버가 말했다. 시시는 아무래도 걱정되는 것 같았다.

"트레버, 내 생각에는 해밀턴 사회복지회에 먼저 전화를 걸어서, 캘빈이 피티를 만나고 싶어 하는지 먼저 확인하는 게 좋을 것 같아."

"당연히 만나고 싶겠죠."

"그건 모르지. 피티 할아버지와 캘빈 사이에는 우리가 짐작하는 것보다 훨씬 많은 역사가 있을 거라고. 괜히 말벌집 건드리는 건 아닌지 미리 확인해 두라는 거야."

"알았어요."

트레버는 마지못해 해밀턴 사회복지회에 전화를 걸어 사정을 설명했다.

전화를 받은 사람은 무척 깊은 관심을 보였다.

"캘빈하고 얘기해 볼게요. 피티를 만나고 싶다고 하면 연락하겠어요."

전화를 끊고 나서 트레버는 손이 덜덜 떨렸다. 정말 캘빈이 만나고 싶지 않다고 하면 어떡하지? 트레버는 며칠 동안 피티를 안 만나기로 했다. 피티가 캘빈에 대해 물어보면 거짓말로 답할 자신이 없었다. 다행히 오래 기다릴 필요는 없었다. 바로 다음 날 해밀턴에서 전화가 온 것이다.

"여보세요."

트레버가 전화를 받았다.

"여보세요. 해밀턴 사회복지회예요. 캘빈 앤더스와 자원봉사자 보이드 핸슨을 만났어요. 캘빈이 피티를 보고 싶다고 하는군요. 아주 신이 났더라고요."

그러고는 캘빈 친구 보이드 핸슨의 연락처를 알려 주었다.

"됐다!"

트레버는 전화를 끊으며 소리쳤다. 공중에 대고 주먹을 휘둘렀다. 흥분해서 미친 듯이 자전거 페달을 밟아 보즈먼 요양소로 갔다. 한시라도 빨리 피티한테 얘기하고 싶었다.

피티는 믿기지 않는다는 듯한 반응을 보였다.

"아이이크? 아이이크?"

꿈벅거리는 피티의 눈에는 놀라움과 두려움이 감돌았다.

트레버는 바로 본론으로 들어가기로 했다. 트레버는 의자에 앉아 피티의 휠체어를 자기 옆으로 끌어당겼다.

"자, 이제 아이크 만나는 일에 대해 얘기해요."

"고아, 고아."

"근데 할아버지, 지금 전 무척 걱정돼요."

"오애애?"

"할아버지가 혹시라도 상처받으실까 해서요. 지금 굉장히 행복하시죠?"

피티가 고개를 끄덕였다.

"캘빈을 만나는 일이, 해묵은 상처를 들추는 게 되지는 않을까 싶어서요. 떠올리고 싶지 않은 일들이 생각날 수도 있잖아요. 할아버지는 저보다 훨씬 나이도 많고 똑똑하시니까. 할아버지는 현명한 분이시잖아요. 아시죠?"

"어어."

"그러니까 제가 이렇게 하자 말자 얘기하지는 않을 거예요. 할아버지가 결정을 내리세요. 일어날 수 있는 좋은 일과 나쁜 일에 대해서 미리 생각해 보세요."

피티가 고개를 주억거렸다.

"어어."

"어떤 쪽이든 할아버지가 바라시는 대로 할 거예요."

피티는 아주 잠깐 망설였다. 아주 오래전에 가슴 아프게 잃어야 했던 것을 다시 되찾으려 하는 것이 두려운 것 같기도 했다. 그러나 함박웃음과 함께 모든 불안감은 한순간에 사라졌다.

"어어 고아, 어어 고아!"

기쁨의 눈물이 고였다.

"고마아. 고마아."

피티가 끅끅거렸다.

"별말씀을요."

트레버는 몸을 숙여 피티를 끌어안았다.

"어쩌다 할아버지를 이렇게 좋아하게 됐죠?"

피티는 웃었고, 트레버는 숨을 깊이 들이마셨다. 이제 묻혀 버린 과거를 들출 차례다!

22

영화관에서 만난 쇼나

캘빈의 친구 보이드 핸슨은 피티 얘기를 듣고 깜짝 놀랐다고 말했다. 캘빈이 피티 이야기를 하기는 했지만 정말 그런 사람이 있으리라고는 생각하지 않았다는 것이다. 캘빈은 워낙 공상을 많이 했다.

"내가 3주 뒤에 보즈먼에 사는 친구를 만나러 가는데 그때 캘빈을 데리고 갈게요."

보이드가 말했다.

"고맙습니다."

트레버가 말했다.

만날 계획을 다 의논하고 나서 트레버는 전화를 끊고 숨을 깊이 들이마셨다. 이제는 돌이키기에도 너무 늦어 버렸다.

캘빈을 만날 날을 기다리는 시간은 잔인할 만큼 길었다. 요양소에서 안 그래도 지루한 삶을 살던 피티에게 3주라는 시간은 걱정하고 안달하고 헛된 바람을 쌓으며 보내기에 길고도 긴 시간이었다. 트레버도 마음 편히 지내지는 못했다. 밤마다 잠자리에서 뒤척이며 자기가 뚜껑을 딴 화약통 때문에 불안했다. 이렇게 오랜 시간이 흐른 뒤에 두 사람이 다시 만나면 과연 어떤 일이 벌어질까?

지루한 시간을 조금이라도 빨리 보내기 위해 트레버는 피티와 시간을 더 많이 보냈다. 오언이나 캘빈한테는 서로의 존재를 미리 알리지 않기로 했다. 오언까지 괜히 걱정하고 불안해하게 만들 필요가 없었기 때문이다.

날마다 트레버는 피티와 함께 돌아다니며 낚시를 하고 기금 모금을 위해 놓아둔 커피 깡통을 살폈다. 신문에 기사가 실린 뒤로 기부금도 늘었다. 금세 천 달러가 넘었다. 하지만 아직도 2천 달러가 모자랐다.

비가 쏟아지는 어느 날 트레버는 피티를 휠체어에 태워 요양소 복도를 이리저리 왔다 갔다 했다.

"비가 그치면 좋을 텐데요. 오늘 오언 할아버지네 갈까 했는데."

두 사람이 복도에 있는 공중전화 앞을 지나갈 때 피티가 끙끙거리며 눈짓을 했다. 트레버는 걸음을 멈추고 피티를 마주 보고, 또 공중전화를 보았다.

"오언 할아버지한테 전화하고 싶으세요?"

피티는 장난기 가득한 눈으로 웃으며 고개를 끄덕였다.

"전화해 보신 적 있어요?"

피티는 고개를 돌리며 웃었다.

"아이."

트레버는 반신반의하면서도 수화기가 귀에 닿을 수 있도록 피티가 탄 휠체어를 뒤쪽부터 공중전화 쪽으로 밀어붙였다. 트레버가 오언 집 번호를 돌리는 동안 피티는 가슴이 두근거리는지 계속 꼼지락거렸다.

"여보세요."

오언이 전화를 받았다.

"안녕하세요. 저 트레버인데요. 할아버지랑 얘기하고 싶다는 분이 계세요."

트레버는 피티의 귀에 수화기를 갖다 대었다. 피티의 눈이 동그래졌다.

"아여, 아여!"

피티가 소리를 냈다.

트레버는 오언이 뭐라고 하는지 들을 수 없었지만 피티가 전화를 하는 것만 봐도 웃음이 터져 나왔다. 피티는 몇 분 동안 오언하고 이야기를 했다. 피티가 이렇게 말하는 것을 듣고 트레버는 이야기가 끝났다는 것을 알았다.

"아, 가 바, 오어어어. 가 바, 가 바."

트레버가 오언에게 고맙다고 인사했다.

"너랑 피티는 서로한테 참 좋은 친구야."

오언이 말했다.

"피티 할아버지는 누구한테나 좋은 분이에요."

피티는 마술과도 같은 새로운 경험을 하고 난 뒤 홀린 듯 기분 좋게 웃음 지었다.

피티가 시간을 빨리 보낼 수 있게 하려고 트레버는 영화를 보러 가겠냐고 물었다.

"어어."

피티가 대답했다.

"어떤 영화를 좋아하세요?"

피티는 자기 달력 쪽으로 눈짓을 했다.

"마아아."

달력에 말 그림이 있었다.

"말이 나오는 영화요?"

트레버가 물었다.

"어어."

피티가 고개를 끄덕였다.

트레버는 상영하고 있는 영화 목록을 살폈다. 〈스노이 강에서 돌아오다〉라고, 말이 나오는 영화가 딱 한 편 있었다. 그날 밤 트레버는 피티와 함께 시내 영화관에 갔다. 매표소에서 학생표 한 장과 노인표 한 장을 달라고 했다. 매표소에 앉아 있는 긴 금발에 귀엽게 보조개가 들어가는 여자 아이는 피티가 "아여, 아여." 하고 인사하는 말은 들은 척도 하지 않고 피티를 뚱하니 쳐다보았다.

트레버는 그 아이가 자기랑 같은 학교에 다니는 아이라는 것을 알아보았다. 전에 얘기를 나눈 적은 한번도 없었지만. 여자 아이가 단순히 호기심에서 쳐다보는 것 이상으로 오랫동안 빤히 보자 트레버는 짜증이 났다.

"저기요. 노인이라는 증명이라도 필요한가요?"

트레버가 물었다. 여자 아이는 표를 주며 더듬거리며 말했다.

"아, 아뇨. 아니 필요 없어요."

피티와 함께 극장 안으로 들어가는데 트레버는 자기 스스로한테 화가 났다. 아무 생각 없이 이번에도 벌컥 화를 내고 함부로 지껄였다. 이제 그 여자 아이는 피티를 전보다 더 어려워하고 무서워할 것이다. 복도 쪽에 빈자리가 하나 있어 트레버는 그 옆에 휠체어를 세우고 브레이크를 채운 다음 혹시라도 휠체어가 미끄러져 내려가지 않게 비뚜름하게 의자 사이에 끼웠다. 트레버는 영화가 시작할 때까지 기다렸다가 피티한테 귓속말을 했다.

"잠깐 나갔다 올게요."

피티는 영화에 푹 빠져 어둠 속에서 고개를 끄덕였다.

트레버는 매표소로 갔다. 여자 아이가 돈을 세고 있었다. 긴 머리카락이 한 쪽 어깨를 덮었다.

"저기요."

트레버가 말을 걸었다. 여자 아이가 고개를 들고 트레버를 보더니 거북한 낯빛을 했다.

"예. 뭐 도와줄까요?"

"그냥 아까 화내서 미안하다고 말하려고 왔어요."

여자 아이가 얼굴을 붉혔다.

"아, 아네요. 그럴 만도 하죠."

트레버가 씩 웃었다.

"아무리 그래도 내가 막 한 건 잘못이에요. 그 할아버지가 제 친구라서, 사람들이 그냥 아무렇지도 않게 대해 주기를 바랄 뿐이에요."

여자 아이의 얼굴이 풀어졌다.

"어디가 안 좋으신 거예요?"

트레버가 설명하자 여자 아이는 더 관심이 가는 모양이었다.

"영화 끝나고 좀 만나 뵐 수 있어요?"

"그럼요."

트레버는 좀 놀랐다.

"피티 할아버지가 좋아할 거예요. 참 내 이름은 트레버예요. 그쪽은 이름이 뭐예요?"

"쇼나."

쇼나가 손을 뻗어 악수를 청했다.

트레버가 자리에 앉자 피티는 그제야 마음이 놓인 듯 영사막으로 눈을 돌렸다.

영화 음악이 무척 좋았고 피티는 콧노래로 따라 부르려 했다. 피티는 화면에 펼쳐지는 풍경에 넋을 잃었다. 주인공이 무법자의 말을 죽이려 하기 전까지는 아무 문제가 없었다. 그런데 운명의 순간이 되어 주인공이 장총을 들고 까만 말의 머리를 겨냥하자 피티가 소리를 지르기 시작했다.

"아이! 아이! 아이! 아이!"

극장 안에 있던 사람들의 눈이 모두 피티 쪽으로, 그 다음에는 트레버한테 쏠렸다. 화면 속의 남자는 피티의 말을 따르기라도 하는 듯 총구를 내렸다. 피티는 트레버에게 내가 무엇을 잘못했냐는 듯한 표정을 지어 보였다. 트레버가 피티의 손을 꽉 쥐었다.

영화가 진행되다가 뒷부분에서 암말이 심하게 넘어져서 죽어 가고 그 옆에 주인공이 무릎을 꿇고 앉아 눈물을 흘리는 장면이 나왔다. 피티가 다시 소리를 냈다.

"아 스으퍼, 아 스으퍼."

피티가 구슬픈 소리로 말했다. 사람들이 또 피티를 돌아보았다.

그날 밤, 트레버는 피티와 같이 있으면서 벌어지는 일에 이제는 부끄러운 생각이 들지 않는다는 것을 깨달았다. 영화관에서 휠체어를 몰고 나올 때 역시나 사람들이 빤히 보았지만 트레버는 조금도 신경 쓰지 않았다. 매표소 옆에서 트레버는 걸음을 멈추었다.

"만나 볼 사람이 있어요."

트레버가 피티에게 말했다. 쇼나가 유리 문 뒤에서 나왔다.

"안녕하세요. 저는 쇼나예요."

쇼나는 진지한 태도로 피티를 보며 말했다.

"만나뵈어서 기뻐요."

피티는 어리둥절한 것 같았다. 피티는 쇼나를 보고, 트레버를 돌아보고, 왜 쇼나가 이렇게 갑자기 태도를 달리 하는지 궁금해했다. 트레버가 웃는 것을 보고 피티는 쇼나의 인사를 받았다.

"아여, 아여."

"안녕이라고 하신 거예요."

트레버가 설명했다.

"둘이 산책하는 거 거의 날마다 봤어요. 나도 가끔 껴도 돼요?"

쇼나가 말했다.

"그럼요."

트레버가 대답했다.

"어어, 어어."

피티도 좋아했다.

쇼나는 자기 전화번호와 이름을 적어서 트레버에게 주었다.

"꼭 연락하겠다고 약속해요."

쇼나가 말했다. 트레버는 이런 일이 일어난다는 것이 믿어지지가 않았다.

"어, 알았어요. 꼭 전화할게요."

영화관에서 나와 어둠 속에서 집으로 돌아가며 트레버는 자기가 화낸 것에 대해 쇼나한테 사과했다는 얘기를 피티에게 했다. 피티가 고개를 끄덕였다.

"고아, 고아."

"나도 모르게 사람들한테 화를 내 버리고 말아요. 어떻게 해서 할 아버지는 사람들이 빤히 바라보거나 무례하게 대해도 화를 내지 않을 수 있어요?"

피티는 트레버가 스스로 그 질문에 대답할 수 있도록 말없이 기다렸다.

"어쩌면 그런 사람들도 정말로 나쁜 사람은 아닐지도 모르죠. 그냥 잘 몰라서 그러는 걸지도?"

피티가 고개를 끄덕이며 부드럽게 웃었다.

"어어."

"그렇다면 어떻게 사람들이 잘 알게 만들 수 있죠?"

트레버가 물었다.

피티는 어둠 속을 꿰뚫어 보며 고개를 저었다.

23

캘빈과 다시 만나다

캘빈이 오기로 한 날이 다가오면서 피티는 점점 불안했다. 마침내 트레버가 그날 계획을 설명했다.

"할아버지, 내일 캘빈 할아버지가 오면 팰리세이드 폭포로 소풍을 가요. 가는 길이 휠체어도 갈 수 있게 포장되어 있어요."

"파 포포."

피티가 처음 듣는 말을 따라해 보았다.

"캘빈 할아버지가 하룻밤 묵고 간다니까 일요일 아침에는 오언 할아버지네 집에 가요. 오언 할아버지랑 캘빈 할아버지는 서로 만나는 걸 모른다는 것을 잊어버리시면 안 돼요. 알았죠?"

피티가 고개를 끄덕였다. 얼굴에 기대, 불안, 흥분에 가득 찬 표정이 동시에 나타났다. 지루함은 깡그리 사라졌다.

그날 밤 트레버는 잠을 잘 자지 못했다. 밤새 뒤척이다가 어린 남자 아이 둘이 웃으며 들판을 뛰어다니며 나비를 쫓는 꿈을 꾸었다. 갑자기 웃음이 사라지고, 나비가 휠체어로 바뀌었다. 트레버는 식은땀을 흘리며 숨을 몰아쉬면서 잠에서 깼다.

토요일 아침, 해가 지평선에 금빛으로 녹아내릴 때 트레버는 자전거를 타고 요양소로 달렸다. 일찍 가 있고 싶었다. 폭포까지 가는 길이 경사가 가파르다는 게 떠올라 밧줄도 챙겨 왔다. 휠체어를 앞에서 같이 끌어야 할 때도 있을 것이다. 시시는 요양소 밴을 쓸 수 있도록 해 놓았다.

트레버가 요양소에 오니, 시시가 피티를 막 휠체어에 앉히고 트레버를 맞았다.

"나쁜 소식이 있어. 나 오늘 일해야 해. 보조원 둘이 아파서 못 나온대. 나 없이 갔다 와야 할 것 같다. 운전은 캘빈 친구 보이드가 할 수 있을 거야."

"하지만 폭포까지 가는 길이 너무 가팔라서 저 혼자서 밀고 가기는 힘들어요. 보이드는 캘빈을 도와줘야 할 거고."

"쇼아! 쇼아!"

피티가 소리를 냈다. 시시와 트레버가 피티를 내려다보았다.

"쇼아!"

피티가 트레버를 보며 다시 꺽꺽거렸다. 트레버가 빙글 웃었다.

"쇼나 말이에요?"

"어어!"

피티가 외쳤다.

"쇼나가 누군데?"

시시가 물었다.

"전에 만난 애예요. 언제 우리랑 같이 산책하고 싶다고 했어요."

"응, 이번에 같이 가면 아주 좋겠구나."

시시가 말했다.

다른 방법이 없어 트레버는 하는 수 없이 영화관에서 만난 여자아이한테 전화를 걸었다. 피티와 같이 산책하고 싶다는 게 진심이었을까? 곧 알게 되겠지.

"여보세요."

명랑한 목소리였다.

"여보세요. 나, 트레버 래든데요."

"아, 트레버. 전화 기다렸는데."

"저기요. 오늘 피티 할아버지랑 오랜만에 만난 친구랑 같이 팰리세이드 폭포에 놀러 가려고 해요. 같이 가 줄 수 있나 해서요. 사실 도와줄 사람이 필요하거든요."

"재밌겠는데요. 언제 가는데요?"

"오늘 아침 열 시에 보즈먼 요양소 앞에서 만나기로 했어요."

"좋아요. 거기로 갈게요."

트레버가 고맙다는 말도 하기 전에 쇼나는 전화를 끊었다. 트레버는 또 좀 놀랐다. 사람들은 다 알고 보면 속은 그렇게 나쁘지 않은지 몰라. 트레버는 수화기를 내려놓고 피티를 보고 말했다.

"할아버지 여자 친구도 온대요."

피티는 씩 웃으며 턱을 치켜들어 트레버를 가리켰다.

"여어!"

피티가 말했다.

"내 여자 친구 아녜요. 절대로!"

트레버가 말했다.

캘빈이 오기 전에 트레버는 피티를 목욕탕으로 데려가 때를 박박 밀어 주었다. 그러고 나서 시시가 피티에게 아침을 먹이는 동안 트레버는 바쁘게 돌아다니며 준비를 했다. 점심 도시락, 기저귀, 수건, 손수건, 자동차 열쇠, 옷가지와 홑이불, 사람들한테 보여 주려고 피티의 사진첩까지 챙겼다. 마지막으로 트레버는 피티 몸에 하얀 이불이 아니라 하늘색 홑이불을 덮어 주었다. 환자처럼 보이지 않으려고 그런 것이다.

트레버가 바삐 움직이는 동안 피티는 고요히 앉아 있었다.

"걱정되는 거라도 있으세요?"

트레버가 물었다. 피티는 말없이 쳐다보기만 했다.

마침내 트레버는 피티가 탄 휠체어를 앞마당으로 밀고 가 나무 아래에서 같이 기다렸다. 차가 지나갈 때마다 뚫어져라 보았다.

"아이이크, 아이이크."

피티가 끅끅 소리를 냈다.

열 시 정각에 쇼나가 왔다. 트레버가 쇼나에게 오늘 아침이 얼마나 특별한지 설명하는 동안 피티는 내내 도로 쪽을 보고 있었다. 차가 이쪽으로 달려올 때마다 피티는 숨을 멈추었다. 마침내 황갈색 스테이션왜건(세단보다 차실이 길고 트렁크가 없는 대신 뒤쪽에 문이 있어 짐을 실을 수 있는 긴 자동차-옮긴이)이 천천히 모퉁이를 돌았다. 운전석에 앉은 사람이 손을 흔들었다.

"저 차인가 봐요."

트레버가 말했다.

피티의 눈은 자동차에 못 박힌 듯 꽂혔다. 차가 멈추자 뒷자리에 두꺼운 안경을 쓰고 머리가 좀 벗어진 남자가 앉아 있는 게 보였다.

피티가 낮은 목소리로 말했다.

"아이이크. 아이이크."

트레버는 차로 걸어가서 자기 소개를 했다. 보이드 핸슨이 손을 내밀어 힘차게 악수를 하고 차에서 휠체어를 꺼내 차문 옆에 내려 놓았다.

"도와 드릴까요?"

트레버가 물었다. 보이드는 고개를 흔들었다.

"캘빈은 뭐든 혼자 하는 걸 좋아해서. 도와준다면 질색하지."

캘빈이 자동차 좌석에서 자기 의자로 옮겨 앉는 데 5분이 걸렸다. 캘빈은 자꾸 등 뒤를 돌아보며 피티에게 웃음 지었다. 웃으니 앞니가 없는 게 드러났다. 피티는 유령이라도 보는 듯 멍하니 쳐다보았

다. 캘빈이 끙끙거리는 동안 트레버는 보이드에게 오늘 계획을 설명
했다. 보이드는 팰리세이드 폭포까지 운전은 자기가 할 수 있다고
했다.

마침내 캘빈이 휠체어에 다 앉자 휠체어를 돌려 피티 쪽으로 몰
고 왔다. 가느다란 팔로 타이어를 있는 힘껏 끌어당겼다. 캘빈은 몸
집이 작고 통통했다. 나이가 들었지만 앞니 빠진 웃음은 장난꾸러기
아이하고 똑같았다.

"피티, 피티!"

캘빈이 소리쳤다.

"아이이크, 아이이크."

피티의 눈이 눈물로 번들거렸다.

아직 몇 미터 남았는데 캘빈은 휠체어를 멈추고 팔을 뻗었다. 피
티에게 손이 닿지 않자 캘빈은 뺨을 부풀리며 다시 휠체어를 몰아
서 피티의 휠체어에 쿵 하고 부딪혔다. 캘빈은 움찔하더니 몸을 앞
으로 던져 피티의 구부러진 무릎을 껴안았다. 피티는 캘빈이 몸으로
감정을 표현할 수 있게끔 말없이 앉아 있었다.

캘빈이 피티의 얼굴을 마주 보았다.

"잘 있었어?"

캘빈이 물었다.

"아구 고아. 여어?"

피티가 턱을 치켜들었다.

"나도 좋아. 피티. 네가 죽은 줄 알았어!"

"어어, 어어."

트레버는 쇼나와 나란히 서서 두 사람이 재회하는 것을 지켜보았다. 눈물이 나올 것 같아 자꾸 눈을 깜박였다. 피티는 알아들을 수 없는 말을 마구 꺽꺽 지껄였다. 캘빈은 피티가 하는 말을 모두 알아듣는 듯 웃으며 피티의 손을 꼭 잡았다.

"피티, 넌 하나도 안 변했구나. 이거 생각나?"

캘빈이 손가락을 피티에게 겨누었다.

"키, 키, 키."

피티는 웃으며 팔을 공중에 휘둘렀다.

"크크크크, 크크크크, 크크크크."

트레버는 놀랍기도 하고 얼떨떨하기도 한 기분으로 서 있었다. 두 할아버지는 옛 기억 속에서 춤을 추고 있는 모양이었다.

"우리 봐, 피티, 다시 어린애가 됐어."

캘빈이 말했다.

"어어, 어어. 크크크크, 크크크크."

피티는 또 팔을 휘저었다. 캘빈은 웃으며 팔에 맞지 않도록 고개를 숙였다.

"피티, 너 보니까 정말 좋다. 우리가 다시 만날 거라고 생각했어?"

"아이, 아이."

몇 분이 지나자 두 사람이 나누는 이야기가 잦아들었다. 캘빈은 피티의 팔을 자기 가슴에 대었고 두 사람은 한참 동안 세상이 멈추기라도 한 듯 서로를 바라보았다.

24

팰리세이드 폭포

이른 오후에 팰리세이드 폭포 아래 있는 보도 입구에 도착했다.

"너무 배가 고파서 내 큰창자가 작은창자를 잡아먹을 지경이야!"

캘빈이 말했다.

"그럼 밥 먹어요."

트레버가 웃으며 말했다.

도시락을 같이 먹고 1.5킬로미터나 되는 오솔길을 따라 대장정을 시작했다. 보이드는 캘빈이 휠체어를 몰고 가는 것을 돕고, 트레버는 피티가 탄 휠체어를 밀다가, 아무래도 밧줄을 쓰는 게 낫겠다고 결론을 내렸다. 트레버는 휠체어에 밧줄을 묶고, 쇼나가 휠체어를 밀고 자기는 앞에서 밧줄을 당겼다.

올라가는 길에 다른 사람들을 두 번 만났다. 기이한 호송대를 보고 사람들이 신기한 듯 보았지만 그래도 밝게 인사를 건넸다. 폭포 가까이 와서 트레버는 막바지 가파른 곳을 올라가기 위해 몸을 앞으로 기울이며 줄을 힘껏 당겼다. 트레버가 줄을 너무 위쪽으로 당겼는지, 아니면 쇼나가 휠체어 위쪽을 아래로 밀었는지 몰라도 갑자기 휠체어가 뒤쪽으로 벌렁 넘어졌다.

쇼나가 소리쳤다.

"도와줘 트레버!"

휠체어 손잡이가 바닥에 닿아 있고 피티는 뒤로 누운 상태고 쇼나가 머리와 어깨로 피티가 휠체어에서 떨어지지 않게 받치고 있었다. 보이드는 가파른 오르막길에서 캘빈의 휠체어를 붙들고 있어 도와줄 수가 없었다. 트레버는 달려가 휠체어를 잡았다. 힘껏 당겨 휠체어를 세우고 나자 트레버의 몸이 휠체어 밑에 들어가 있었다. 그 상태로 함께 미끄러져 내려가기 시작했다. 쇼나가 꾸물거리는 동안 트레버는 휠체어 밑에 죽을힘을 다해 매달려 엉덩이로 바닥을 질질 쓸며 내려갔다. 그러는 동안 피티는 웃으며 소리를 쳤다.

"아이구우! 아이구우!"

휠체어가 미끄러지다가 마침내 멈추자 트레버는 한숨을 내쉬었다. 쇼나도 웃음을 터뜨리며 말했다.

"두 사람은 정말 사고뭉치군요!"

트레버는 겨우 일어섰다.

"저런 조그만 언덕 따위에 굴복할 수는 없죠, 안 그래요?"

"어어!"

피티가 외쳤다.

캘빈과 함께 정상에 다다른 보이드가 브레이크를 채운 뒤 거들러 내려왔다.

"다음에 또 산책 나올 때는 헬멧을 꼭 써야겠네요."

보이드도 땀을 흘리며 웃었다.

곧 피티도 캘빈 옆에 나란히 서서 폭포를 마주했다. 모두 숨을 멈추었다. 피티는 폭포를 찬찬히 보더니 물었다.

"어케?"

"어떻게라뇨, 뭐가요?"

트레버가 물었다.

"어케, 파 포포?"

"팰리세이드 폭포가 어떻게 생겼냐고요?"

"어어."

"저 위에 눈이나 비가 내려서 강이 생겼고요, 그 강이 절벽에서 떨어지는 게 폭포예요."

피티는 믿어지지 않는다는 듯 고개를 저으며 캘빈에게 뭐라고 끅 끅거리며 말했다.

"피티 말이, 지금은 겨울도 아니고 비도 안 오니까 그럴 리가 없다는데."

캘빈은 빠진 앞니를 드러내며 씩 웃었다.

트레버는 설명을 포기하고 캘빈에게 물었다.

"앞니는 어떡하다가 그렇게 되셨어요?"

캘빈이 얼굴을 붉혔다.

"예쁜 여자 구경하다가 길 턱에 휠체어가 걸려 넘어졌어."

다 같이 웃음을 터뜨렸다.

"예쁜 여자들이 있을 때는 늘 조심하셔야 해요."

쇼나가 말했다.

"그러려고는 하는데 잘 안 되죠."

트레버가 이렇게 말하며 피티에게 윙크를 했다.

물거품이 마구 일어나는 엄청난 물 위에 인도교가 뻗어 있었다. 다리 위에 올라가 모두 넋을 잃고 폭포를 구경했다. 물안개가 마치 마법처럼 피어올랐다. 이따금 "아이구우, 아이구우." 하는 소리가 들려오는 것 말고는 피티도 캘빈도 말없이 앉아 기억 속에 잠겼다.

사람들이 다시 가파른 비탈길을 내려와 밴으로 돌아왔을 때 해는 벌써 산 너머로 넘어갔다. 구불구불한 길을 달려 시내로 들어가는 동안 캘빈은 졸았지만 피티는 깨어 있었다. 걱정스러운 기색으로 이마를 찌푸렸다.

"할아버지, 왜 그러세요?"

트레버가 물었다. 피티는 대답하지 않았다.

절반쯤 갔을 때 트레버는 피티가 무엇 때문에 괴로워했는지 알았다. 구린 냄새가 차 안에 가득 찬 것이다.

"기저귀 갈아 드릴까요?"

트레버가 물었다. 피티는 고개를 저었다.

창문을 열고 달리는데도 냄새가 참기 힘들 지경이 되었다.

"할아버지, 기저귀 갈 때가 된 것 같은데요."

피티는 트레버의 눈을 피했다. 트레버는 그제야 피티가 왜 그러는지 깨달았다.

"보이드 아저씨, 차 잠깐만 세워 주실래요."

보이드는 반가운 듯 차를 세웠고 다들 맑은 공기를 마시러 차 밖으로 나왔다. 피티는 트레버를 보고 또 쇼나를 보았다. 여전히 이마에 주름이 잡혀 있었다.

"쇼나, 우리가 이거 처리하는 동안 캘빈 할아버지하고 한 바퀴 돌고 올래?"

트레버가 물었다.

"그래."

쇼나가 대답했다. 보이드는 트레버가 피티를 휠체어에서 들어 올리는 것을 도와주었다. 밴 뒤쪽에 있는 침대에서 기저귀를 갈았다.

"전에도 해 본 적 있어?"

보이드가 물었다.

"별거 아녜요. 애기 기저귀 가는 거하고 똑같아요."

트레버는 처음이라는 것을 감추고 이렇게 대답했다.

"부모님도 피티를 잘 아셔?"

보이드가 또 물었다. 트레버가 큭큭 웃었다.

"제가 지금 뭘 하고 있는지 알면 깜짝 놀라실 거예요."

"나이 든 분들을 돌보는 법을 배우는 건 아주 좋은 일이야."

피티를 다시 휠체어에 앉히며 보이드가 말했다.

"곧 우리도 그렇게 될 테니까."

트레버는 마무리로 깨끗한 홑이불을 덮어 주었다.

"할아버지, 쇼나가 볼까 봐 걱정하셨어요?"

"어어, 어어!"

피티가 큰 소리로 대답했다.

"그런 일은 절대로 없을 거예요. 아셨죠?"

피티가 다시 고개를 끄덕였다.

"고마아, 고마아."

"모두 타세요!"

보이드가 소리쳤고, 다시 보즈먼으로 떠났다. 캘빈, 피티, 트레버는 그날의 모험을 마치고 지친 터라 바로 편하게 잠에 깊이 빠져 들었다. 세 사람은 보즈먼 요양소에 차가 멈출 때까지 내내 잤다. 트레버는 깜짝 놀라서 잠에서 깼다. 자기가 쇼나한테 기대고 있었던 것이다. 트레버는 당황해서 똑바로 일어나 앉았다. 보이드가 웃으며 돌아보았다.

"다들 어젯밤에 밤새 놀았나 봐요?"

피티와 캘빈은 장난스럽게 웃음 지었다.

"난 이제 집에 가 봐야겠어요."

쇼나가 말했다.

"와 줘서 고마워."

트레버가 말했다. 쇼나가 활짝 웃어 보였다.

"언제라도 불러만 줘. 안녕히 계세요!"

쇼나가 가고 난 뒤 트레버는 피티와 함께 안으로 들어갔다.

"오늘 캘빈은 어디에서 자지?"

보이드가 물었다.

"어, 아저씨와 같이 가시는 거 아니었어요?"

보이드가 고개를 저었다.

"친구 집이 너무 좁아서. 네가 묵으실 데를 마련한 줄 알았어."

"여기서 주무실 수 있을 거예요."

트레버는 간호사실로 갔다. 곧 트레버는 고개를 저으며 나왔다.

"빈 방이 없고 재소자는 손님을 들이지 못하게 되어 있어서 안 된대요."

"그럼 어떻게 할 작정이야?"

보이드가 이렇게 물었다. 트레버가 알아서 해야 할 일이라는 것을 확실히 못 박는 듯한 말투였다.

"우리 집에 가시면 돼요."

트레버가 불쑥 말했다.

"부모님이 괜찮다고 하실까?"

"부딪쳐 봐야죠. 미리 허락받는 것보다 나중에 양해를 구하는 편이 쉬워요."

5분 뒤에 캘빈과 트레버는 트레버네 집 앞에서 차에서 내렸다. 보이드가 떠나자 마자 트레버의 엄마가 현관에 나왔다. 엄마는 캘빈을 노려보았다.

"트레버, 뭐 하는 거니? 이분은 누구야?"

"전에 얘기한 피티 할아버지 친구요."

"그런데 왜 여기에?"

"오늘 밤 우리 집에서 묵으시려고요."

"트레버, 뜻은 좋지만 그럴 순 없어."

캘빈의 눈에 걱정이 서렸다.

"아무도 날 재워 주려고 하질 않네."

"우리 집에 방 많아요!"

트레버는 굳게 말하고 캘빈이 탄 휠체어를 밀고 엄마를 지나쳐 집 안으로 들어갔다.

"제가 다 알아서 할게요."

트레버는 거실에 있는 소파 두 개를 붙여 침대를 만들었다. 부모님은 트레버를 노려보며 꾸민 듯한 인사말 몇 마디를 건네더니 일찍 잠자리에 든다고 가 버렸다. 트레버는 벽난로에 불을 붙이기로 했다.

불꽃이 이는 것을 보고 캘빈은 환하게 웃었다.

"내가 평생 가 본 곳 중에서 가장 좋은 집이야."

캘빈은 행복한 듯 쿠션에 몸을 파묻었다.

밤이 깊을수록 캘빈은 말이 많아졌다. 트레버가 질문을 할 때마다 캘빈은 이마를 찌푸리고 머리를 긁었다. 어떨 때는 머리 양옆에 손을 대기도 했다. 큰 소리로 헛기침을 하고 거드럭거리듯 자기 생각을 말했다.

이따금 비밀 얘기라도 하듯 작은 소리로 속삭이기도 했다. 캘빈은 트레버가 평생 한번도 상상해 보지 못한 세상에 대해 이야기했다. 미친 사람, 벽, 비명이 가득한 세상. 조와 캐시 이야기도 하고 그 밖에 웜스프링스에서 캘빈과 피티와 가깝게 지낸 사람들 이야기를 했다. 어떤 이야기는 재미있고 어떤 이야기는 서글펐다. 캘빈은 이야기를 하면서 소파 위 트레버 옆에 놓여 있는 커다란 곰 인형을 자꾸 쳐다보았다. 트레버가 몇 년 전에 축제에서 상으로 받은 것이다.

트레버는 아무 말 없이 곰을 들어 캘빈의 무릎 위에 놓았다. 캘빈은 그걸 꼭 끌어안고 부드러운 털에 뺨을 비볐다.

"트레버, 난 늘 곰 인형을 갖고 싶었어. 사진은 봤지만 내 눈으로 본 건 처음이야."

"그래요? 이거 마음에 드세요?"

캘빈이 얼굴을 붉혔다.

"늙은이가 뭘."

"그러지 말고 받아 주세요."

캘빈 얼굴에는 뿌듯한 기색이 가득했다. 캘빈은 곰 인형을 멀찍이 들고 꼼꼼히 살폈다.

"잘 돌볼게."

캘빈이 이렇게 약속하고 복슬복슬한 장난감을 가슴에 안았다.

"그러실 거라는 거 알아요."

트레버가 이렇게 말하고, 하품을 하며 일어섰다.

"한밤중이 다 됐네요. 이제 졸려요. 주무실 준비하는 거 도와 드려요?"

"아니, 난 뭐든 나 혼자서 해. 그냥 불만 꺼 줘. 불은 필요 없어."

"알았어요. 안녕히 주무세요."

"잘 자."

트레버는 위층 자기 방으로 갔다. 한참 동안 아래층에서 쿵 부딪히는 소리, 부스럭거리는 소리가 났다. 그러나 곧 트레버는 잠에 깊이 푹 빠져들어 곤하게 잤다.

25

빛나는 돌

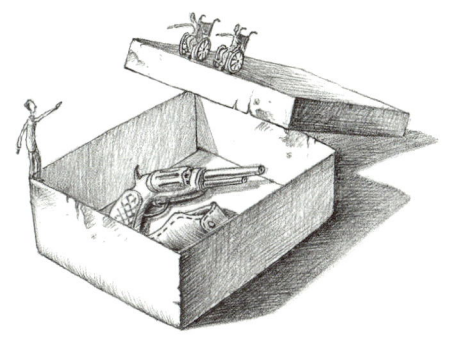

늦게 잠자리에 들어 트레버는 늦잠을 잤다. 창문으로 쏟아지는 환한 햇살에 눈을 가늘게 뜨고는 침대에서 굴러 내려와 아래층으로 내려갔다. 부모님은 아직 침실에서 나오지 않았다. 캘빈은 소파에 어린아이처럼 자기 무릎을 안은 채 웅크리고 누워 자고 있었다. 까만 곰 인형을 한 쪽 팔 아래 끼고 있었다. 평안하고 만족스러운 얼굴을 하고 있었다.

트레버가 아침 신문에서 만화를 보는데 부스럭거리는 소리가 났다. 고개를 들어 보니 호기심이 가득한 눈이 자기를 보고 있었다. 트

253

레버가 웃음을 지었다.

"안녕히 주무셨어요?"

"응, 잘 잤어?"

캘빈도 들뜬 목소리로 말했다. 캘빈은 아기처럼 주먹으로 두 눈을 비볐다.

"밤에 불편하진 않으셨어요?"

"응. 그런데 무지 조용하더라."

캘빈은 집 앞이 보이는 창문 밖을 내다보려고 몸을 뒤틀었다.

"조용한 게 좋은 것 같아, 트레버. 응, 조용한 게 좋아."

캘빈이 스스로 다 하는 것을 자랑스러워한다는 것을 알기 때문에 트레버는 도와준다는 말 없이 계속 신문을 보았다. 신문 너머로 어떻게 되어 가는지 흘깃흘깃 보니 캘빈이 이불을 걷어 내던지고 통통한 배 쪽으로 돌아누웠다. 끙끙거리고 몸을 흔들며 가는 팔을 딛고 천천히 소파 가장자리로 갔다. 한 뼘 한 뼘 나아가는 것이 전부 다 의지의 승리였다. 10분 넘게 움직거리다가 결국 캘빈은 소파 가장자리에 똑바로 앉았다.

트레버는 스포츠란을 보는 척하면서 흘금흘금 방 안에서 벌어지는 일을 지켜보았다. 그러나 들키지 않으려고 신경 쓸 필요도 없었다. 캘빈은 다시 배로 누워서 소파로 돌아가려고 끙끙댔다. 갈색 점프수트(낙하산병이 입는 군복처럼 위아래가 붙은 옷 - 옮긴이)를 소파에 두고 온 것이다. 이빨에 점프수트를 단단히 물기까지 또 5분이 걸렸다. 캘빈은 다시 소파 가장자리로 천천히 돌아와 앉아서 점프수트를 손에 들고 숨을 몰아쉬며 한참 쉬었다.

트레버는 일어서서 고양이 먹이를 주러 밖에 나갔다 왔다. 캘빈은 옷 입는 데 완전히 빠져 있어서 트레버가 부엌으로 돌아온 것도 몰랐다. 캘빈은 점프수트에 구부러진 발을 끼우고 자기 허리까지 잡아당겼다. 다시 소파에 누워 뭍에 올라온 물고기처럼 이쪽 저쪽으로 몸을 팔딱거리며 옷을 잡아당겨 자기 몸 위로 끌어 올렸다. 끌어당길 때마다 캘빈은 얼굴을 일그러뜨렸다.

트레버는 가서 도와주고 싶어 미칠 지경이었다. 캘빈이 일어난 뒤로 한 시간이 넘게 지났다. 캘빈이 지퍼를 몸 위까지 올리는 데 5분이 걸렸다. 캘빈은 잠깐 앉아 쉬면서 또 휠체어 위로 올라갈 힘을 모았다. 이마에 땀방울이 맺혔다. 캘빈은 눈을 감고 고개를 뒤로 젖혀 천장을 보았다.

그러고는 신음 소리를 내며 두 팔로 힘껏 소파를 밀어 공중으로 뛰어올랐다. 잠깐 소파와 휠체어 사이에 떠 있는가 싶더니 쿵 소리를 내며 휠체어 가죽 시트에 내려앉았다. 캘빈은 고개를 들고 트레버와 눈이 마주치자 활짝 웃었다.

"아침마다 이렇게 한단다. 잘하지? 안 그래?"

트레버는 자기가 본 모습이 도무지 믿기지 않았다. 옷을 입는다는 아주 작은 일상이 이렇게 엄청난 성취가 될 줄이야. 트레버는 방을 껑충껑충 뛰어다니며 손뼉을 치고 노래를 부르며 축하해 주고 싶었다. 그러나 기껏 이런 말을 웅얼거리며 내뱉었다.

"정말요. 정말 잘하세요!"

캘빈이 웃었다.

"피티보다야 훨씬 쉽지."

트레버는 존경심에 고개를 흔들었다.

트레버는 오언에게 전화를 하러 이층으로 올라갔다. 오늘 방문해도 좋을지 미리 확인해야 했다.

"오언 할아버지, 오늘 오전에 피티 할아버지와 같이 가도 돼요?"

트레버는 긴장하며 물었다. 캘빈이 듣지 못하게 작은 목소리로 말했다.

"물론이지. 너나 피티라면 언제라도 좋지."

오언이 밝은 목소리로 말했다.

트레버는 전화를 끊고 캘빈과 오언을 놀라게 해 주기로 한 게 과연 잘한 일일까 하고 생각했다. 걱정을 떨쳐 버리기 위해 트레버는 캘빈과 함께 일찍 나서서 요양소로 갔다.

캘빈이 수다를 떨기 시작했다.

"트레버, 보이드가 뭐라는지 아니? 보석은 어떻게 하면 반짝거리는지를 알아낸 돌에 지나지 않는다고 하더라."

"음, 재미있는 생각이네요."

트레버는 예의 바르게 맞장구를 쳤다.

캘빈은 생각에 잠긴 듯 얼굴을 찌푸리더니 두꺼운 안경 너머로 트레버를 흘깃 보았다.

"피티나 나도 그래. 돌이야."

"돌이요?"

"그래. 우린 빛이 안 날 뿐이지."

트레버는 캘빈을 빤히 보았다. 지체가 있다고 하는 사람의 머리에 이런 생각이 들어 있다니. 캘빈은 또 무슨 생각을 할까? 캘빈은 대답을 기다리는 듯 말이 없었다.

"할아버지도 빛이 나요."

트레버가 말했다.

"정말 그렇게 생각하니?"

캘빈이 놀라 입을 벌리자 이빨 사이에 난 구멍이 드러났다.

"네. 정말로 그렇게 생각해요."

캘빈은 휠체어를 계속 밀면서 고개를 흔들었다.

"전에는 내가 특별하다고 생각해 본 적이 한번도 없어."

요양소에 가니 아직 보이드가 오지 않아서 트레버는 캘빈을 일층에 두고 피티를 데리러 이층에 올라갔다. 피티는 식당에 있었다. 일요일이면 동네 교회에서 온 자원 봉사자들이 식당에서 예배를 본다.

재소자들은 밥상에 둘러 앉아 있는데 대부분 무슨 일이 벌어지고 있는지 잘 몰랐다. 낡은 피아노에서 노래가 불안한 음정으로 울려 퍼졌다. 몇몇 재소자는 잠이 들어 코 고는 소리가 떨리는 듯한 노랫소리와 뒤섞였다. 어떤 사람은 자원 봉사자들이 쾌활하게 건네는 말에도 대답하지 않고 멍하니 허공만 쳐다보았다. "행복하십니까?" "정말 아름다운 날이지요?"

트레버는 식당을 둘러보고 창가에 앉아 평온하게 하늘을 올려다보는 피티를 발견했다. 그 방에 있는 사람 가운데 마음이 정말 평화로운 사람은 피티뿐인 것 같았다.

"할아버지, 저 왔어요."

트레버는 살금살금 옆으로 다가가 속삭였다.

"아여, 아여."

피티는 웃으며 큰 소리를 냈다. 몇몇 사람들이 소리가 나는 곳을 돌아보며 못마땅한 표정을 지었다. 트레버는 조용히 피티를 데리고 나왔다.

문밖으로 나와 트레버는 이곳 재소자인 머피 할아버지에게 인사를 했다. 전에 목장에서 일하다가 은퇴한 머피는 로비 창문으로 예배 보는 것을 구경하고 있었다. 머피 할아버지 침대 옆 탁자에는 오래된 식구 사진이 놓여 있는데, 도무지 그 사진 속에 있는 젊고 억센 사람과 몸이 부자유스러운 이 노인이 같은 사람이라고는 생각되지 않았다. 머피를 보면 오래된 엉겅퀴 덤불이 떠올랐다. 머피는 냉소주의에 빠진 것 같았다.

"이곳에 똑똑한 사람은 자네들밖에 없네."

머피가 딱딱거리며 말했다.

"무슨 말씀이세요?"

트레버가 물었다.

"나가잖아."

머피가 예배를 보는 사람들을 가리키며 말했다.

"저 소음 때문에 귀가 얼얼할 지경이야!"

"어어, 어어."

피티가 맞장구를 쳤다.

트레버는 초로의 현자들과 입씨름할 생각이 없어서 그대로 피티를 밀고 엘리베이터로 가서 버튼을 눌렀다.

아래층에 가 보니 캘빈이 사람들한테 자기를 소개하는 참이었다. 당당하게 가슴을 부풀리며 되풀이해서 이렇게 말하는 것이었다.

"나는 피티 친구예요."

트레버는 나갈 준비를 하러 피티를 데리고 방으로 가면서 웃었다.

채비가 끝났을 때 보이드가 왔고, 네 사람은 오언의 아파트로 걸어 갔다. 보면 깜짝 놀랄 사람을 만나러 간다는 말에 캘빈은 점점 더 흥분하는 듯했다. 캘빈은 그런 긴장 상태가 계속되니 괴로워했다. 트레버도 사실 마찬가지였다. 캘빈은 열 번도 넘게 이렇게 물었다.

"제발, 누군지 좀 말해 줘. 트레버, 부탁이야."

피티는 한편으로는 신이 났다는 것을 드러내고 한편으로는 비밀을 감추려 애쓰며 끅끅거리는 소리를 냈다.

오언이 사는 아파트에 오자 트레버는 모두들 앞마당에서 기다리게 하고 혼자 들어가서 오언네 집 문을 두드렸다.

"어이, 우리 배트맨들은 안녕하신가?"

오언이 쾌활하게 물었다. 숱 많은 머리를 막 빗은 것 같았고 가볍게 움직였다. 트레버는 오언이 가볍게 걷는 것을 보고 놀랐다. 아흔이 다 되었다는데 저럴 수가 있을까? 옹이 진 손만 아니라면 도무지 나이를 짐작하기 어려울 것 같았다.

"피티는 어디 있나?"

오언이 물었다.

"집 앞에 있어요. 만나 보실 분이 있어요."

"누군데?"

"보시면 알아요."

트레버는 목소리가 떨리지 않도록 다잡으며 말했다.

오언은 집에서 나가 앞마당으로 내려가더니 눈을 가늘게 뜨고 사람들을 살폈다. 캘빈도 얼떨떨한 표정을 하고 바라보았다. 오언이 가까이 다가가자, 캘빈이 고개를 한쪽으로 갸웃 하더니 마침내 알아보고 소리를 질렀다.

"오언! 오언! 정말 맞아요?"

오언은 믿기지 않는 듯 멍하니 서 있었다. 목소리가 떨렸다.

"세상에, 트레버, 이번엔 죽 솥을 아주 제대로 들쑤셔 놓았구나."

오언은 캘빈 앞으로 다가가 무릎을 꿇고 앉았다. 한 손을 캘빈 어깨에 올려놓고는 천천히 입을 열었다.

"안녕, 캘빈."

"오언, 여기서 뭐 하세요?"

캘빈이 물었다.

"여기 살아. 자네 아주 좋아 보이네."

캘빈이 얼굴을 붉혔다.

"정말요?"

"그래, 정말이야."

그때 캘빈 얼굴에서 웃음기가 사라졌다.

"오언, 왜 약속한 대로 우리 보러 오지 않았어요?"

오언은 서두르지 않고 천천히 대답했다.

"때로는 어떤 일이 너무 사람을 힘들게 해서, 약속했다고 하더라도 그렇게 할 수 없을 때가 있어."

"우리를 만나러 오는 게 힘들었어요?"

"자네들이 웜스프링스에서 지내는 걸 빤히 보면서도 도울 수가 없는 게 너무 힘들었어. 내가 한 번 놀러 갔을 때 자네들이 얼마나 슬퍼했는지 생각나나?"

캘빈이 고개를 끄덕였다.

"그럼 우리를 입양하시지 그랬어요."

오언의 눈에 눈물이 고였고 오언은 자기 입술을 물었다.

"그때 내 나이가 일흔셋이었어. 자네들을 돌볼 수가 없었지."

"저는 혼자서도 뭐든 다 한다고요."

캘빈이 떼를 쓰듯 말했다.

"나도 알아. 다만 내가 너무 늙어서 그랬어."

피티도 눈이 눈물로 얼룩진 채 열심히 이야기에 귀를 기울였다. 트레버는 옆에 서서 꼼지락거리다가 마침내 이야기에 끼어들었다.

"오언 할아버지, 어떻게 두 분을 갈라놓을 수가 있는지 이해가 안 가요. 두 분이 평생 친구로 지냈다는 걸 알면서요."

오언이 차분하게 대답했다.

"웜스프링스 병원 책임이라고는 할 수 없을 거다. 천 명도 넘는 환자들을 재배치해야 했거든. 대부분은 태어난 곳으로 보냈지. 캘빈은 공동생활 가정에서 생활하는 게 적당하고 피티는 전체 간호를 해야 하는 환자니까, 두 사람이 바란다고 하더라도 같이 지낼 수는 없었다. 옳게 결정한 것이었어."

트레버는 고개를 가로저었다.

"적어도 같은 동네에 살게 할 수는 있었잖아요!"

피티는 조용히 앉아서 한 마디도 놓치지 않으려고 귀를 기울였다. 이야기가 잦아들자 피티가 기회를 잡았다. 휠체어 양옆으로 팔을 파닥거리며 캘빈을 보더니 두 볼을 부풀리며 소리를 냈다.

"크크크크, 크크크크, 크크크크."

캘빈이 낄낄낄 웃음을 터뜨렸다. 한 팔을 들고 집게손가락을 피티에게 겨누었다.

"키, 키, 키."

오언도 함께 웃었다.

"어제 처음 만났을 때도 저러시던데요, 대체 뭐 하시는 거예요?"

트레버가 물었다.

"이 사람들은 조금도 변하지 않았네. 어릴 때 누군가 장난감 권총을 줬어. 그걸 가지고 병실에서 신나게 총싸움을 하곤 했던가 봐. 나도 둘이 도대체 뭘 하는 건지 알아내기까지 2년이 걸렸다네. 나이 많은 간호사 한 사람이 둘이 장난감 총을 들고 총싸움하던 걸 기억해 내고 설명해 줬지."

오언이 트레버 쪽으로 몸을 돌리며 덧붙여 말했다.

"트레버, 오늘 정말 장한 일을 했어. 둘한테 삶은 늘 가혹했지만 이 사람들은 자기들이 가진 것 말고는 아무것도 바라지 않았지. 오늘 네가 두 사람한테 우정과 희망을 돌려주었어. 정말 대단한 일이야."

어느새 떠날 시간이 되어 오언과 캘빈은 아쉬운 듯 헤어지며 다시 만나자고 약속했다. 요양소로 돌아가며 트레버와 보이드도 피티와 캘빈과 한데 어울려 총싸움을 했다. 네 사람은 눈에 보이지 않는 총알을 피하려고 몸을 요리조리 돌리고 숙였다. 피티는 천하무적이었다. 아무리 총을 맞아도 안 죽는 사람은 피티뿐이었다. 캘빈은 오랜 세월 동안 갈고 닦은 실력으로 멋들어진 단말마 장면을 연출했다. 쓰러지기 전에 머리를 한쪽으로 기울이고 혀를 쑥 내밀었다. 고통스러운 비명을 처절하게 토해 내며 목에서 컥컥거리는 소리를 내더니 두어 번 경련을 일으키다가 죽고는 했다.

요양소에 와서 캘빈과 보이드도 인사를 하고 떠났다. 피티는 두 사람이 탄 차가 사라질 때까지 바라보다가, 안에 들어가고 싶다고 했다. 트레버가 방으로 데리고 가자 피티는 턱으로 찬장을 가리키며 끙끙거렸다.

"찬장 안에 있는 거 꺼내 달라고요?"

트레버가 물었다. 피티는 고개를 끄덕이며 가장 위에 있는 선반을 가리켰다. 트레버는 선반에서 먼지로 덮인 종이 상자를 내리고 상자 안에 있는 물건을 하나씩 차례로 끄집어냈다. 낡은 옷가지, 부러진 선글라스, 말 그림이 있는 옛날 달력, 망가진 트랜지스터 라디오, 빈 샴푸 병 대여섯 개, 더러운 파란색 핸드백과 낡은 모자 두 개가 나왔다.

그때 트레버는 숨을 멈추었다. 상자 맨 밑바닥에 장난감 권총과 권총집이 있었다. 트레버는 권총을 집어 들고 뒤집어 보았다. 은색 페인트가 갈라지고 닳아 벗겨져 있었다.

26

할아버지, 새 휠체어예요

캘빈이 다녀간 뒤 피티는 조금 우울해 보였다. 하지만 이번 여름에는 새로운 일들도 많았고 피티가 평생 살면서 보낸 가운데 가장 신나는 여름이었다. 온갖 사건으로 삶이 충만한 데다 과거를 다시 되찾고 싶은 욕구도 채울 수 있었다.

가을이 되자 피티의 휠체어 마련 기금에 들어오는 돈이 또 드문드문해졌다. 가게 주인들도 이제는 짐만 되는 커피 깡통을 카운터에서 치우고 싶어 했다. 그래서 트레버는 어쩔 수 없이 마지막으로 모인 돈을 세어 보아야 했다. 2천9달러. 돈을 다 못 모았다는 얘기를 피티한테 어떻게 하나? 여름 내내 트레버는 이렇게 떠벌인 것이다.

"거의 다 됐어요. 몇 달러만 더 들어오면 돼요."

하지만 천 달러를 단 몇 달러라고 할 수는 없다.

트레버는 낙담해서 시시에게 이렇게 물었다.

"보조기 회사에서는 휠체어를 팔면 얼마나 남길까요?"

시시가 어깨를 으쓱했다.

"글쎄. 한 20~30퍼센트쯤 되겠지."

"그러면 천 달러쯤 되겠네요?"

"그럴 수도 있겠지. 왜?"

"이제 돈이 더 안 들어오는데 아직도 천 달러가 모자라요. 회사에서 이득을 남기지 않고 피티한테 휠체어를 만들어 주면 되잖아요."

"하지만 그게 그 사람들 장산데."

"그럼 다른 좋은 생각 있으세요?"

시시는 어깨를 으쓱했다.

"아니, 없어."

트레버는 피티를 만날 자신이 없어 그냥 자전거를 타고 집으로 돌아갔다. 집에서 빌링스에 있는 보조기 회사에 전화를 걸어 무작정 사장을 바꿔 달라고 했다.

"여보세요. 무슨 일이십니까?"

사무적인 목소리였다.

"예, 안녕하세요. 저는 트레버 래드라고 합니다."

트레버는 숨을 깊이 들이마셨다.

"여름 내내 휠체어를 살 3천 달러를 모으려고 무척 애썼어요. 그런데 2천 달러밖에는 못 모았어요."

트레버는 우물쭈물 말을 이었다.

"그래서 말인데, 2천 달러에 파실 수 없어요?"

"몇 달 전에 전화했지요? 생각나네요. 요양소에 사는 뇌성마비 노인이 쓸 특별 맞춤한 휠체어가 필요하다고 했던가요?"

"맞아요. 그분이 제 친구예요. 무리한 부탁이라는 건 알지만 2천 달러에 파실 수는 없나요?"

어색한 침묵이 흘렀다.

"미안하지만, 그 값이면 한 푼도 안 남아요."

"하지만 피티는 정말 특별하다고요!"

트레버가 불쑥 외쳤다. 사장은 불편한 듯 헛기침을 했다.

"우리 일을 하다가 만나는 사람은 하나같이 특별하고 사정이 딱해요……."

"피티 할아버지 같은 사람은 없을 거예요."

트레버가 말허리를 잘랐다. 허둥지둥 할 말을 찾아 덧붙였다.

"신문에도 기사가 실렸고, 보즈먼에 사는 사람 가운데는 피티를 모르는 사람이 없어요. 2천 달러에 휠체어를 만들어 주신다면 만나는 사람들한테마다 그렇게 말하고 다닐게요. 신문사에서 기사를 써 줄지도 몰라요."

"조금 싸게 해 줄 수는 있습니다만……."

"천 달러여야 해요."

트레버가 사정을 했다.

"정말 최선을 다했는데, 이제는 더 어떻게 해야 할지 모르겠어요. 제발 피티를 도와주세요."

"흠……."

사장의 목소리가 좀 누그러졌다.

"물리치료사한테 진단을 받아 오면, 가능한지 한번 살펴보겠어요."

트레버가 소리쳤다.

"고맙습니다! 정말 고맙습니다!"

"뭘요. 피티는 정말 좋은, 그리고 끈질긴 친구를 뒀군요."

전화를 끊자마자 트레버는 물리치료사에게 전화를 걸었다. 몇 달 전에 약속한 것을 아직 기억할까? 기억하고 있었다.

트레버는 전화를 끊고 기뻐서 목이 터져라 소리를 질렀다. 몇 초 만에 다시 자전거에 올라타고 미친 듯이 페달을 밟아 이 소식을 피티에게 전하러 요양소로 달렸다.

트레버네 학교는 개학을 했다. 피티와 날마다 읍내 산책을 할 때 가끔 쇼나도 꼈었다. 트레버가 바쁠 때는 쇼나 혼자 피티와 같이 나가기도 했다. 어느 비 오는 날 오후에 피티와 쇼나가 요양소에 나타나자 트레버가 두 사람을 보며 이렇게 말했다.

"시 가."

"비 오는데 낚시 가자고요?"

트레버가 물었다. 피티는 고개를 흔들며 턱짓으로 두 사람을 가리

컸다. 그러고는 다시 힘주어 말하는 것이었다.

"시 가!"

"하지만 비가 와서 낚시 못 하는데요."

트레버가 대답하자 피티는 답답한 듯 고개를 가로저었다.

쇼나가 머뭇거리며 말했다.

"내 생각에는 할아버지가 우리더러 가서 놀라고 하는 것 같아."

"어어, 어어."

피티가 고개를 끄덕이며 소리를 질렀다.

"우리 둘이 가서 놀라고요?"

트레버가 물었다. 피티의 얼굴에 다정하면서도 부드러운 웃음이 번졌다.

"어어."

트레버와 쇼나는 피티를 안아 주고 요양소를 나왔다.

휠체어를 주문하고 나자 또 시간이 더디 갔다. 트레버는 보조기 회사에서 정말 약속을 지킬지 전전긍긍했다. 그러나 마침내, 할로윈이 오기 한 주 전에 새 휠체어가 왔다. 트레버는 휠체어를 꼼꼼히 살폈다. 이것을 마련하기 위해서 얼마나 고생을 했던지! 마침내 휠체어가 생겼다! 눈 앞에 있는 이게 진짜라니 믿을 수가 없었다. 눈부시게 빛나는 크롬 도금, 튼튼한 뼈대, 새 타이어까지.

"피티 할아버지도 이거 봤어요?"

트레버가 시시에게 물었다.

"아직."

트레버는 신이 나서 새 휠체어를 밀고 피티 방으로 갔다. 피티는 새 휠체어를 뚫어져라 보았다. 반짝거리는 멋들어진 휠체어를, 힘들게 마련한 만큼 한 부분 한 부분을 놓치지 않고 눈으로 훑었다.

"고아."

피티가 말했다.

트레버는 새 휠체어에 올라타 다리를 앞으로 쭉 뻗고 빙빙 돌렸다. 몇 번 해 보자 앞바퀴를 들어올리는 묘기를 부리는 데 성공했고 그러다 넘어질 뻔했다. 피티는 팔을 흔들며 웃었다.

"자, 이제 할아버지 차례예요."

트레버가 말했다.

시시가 도와주어 트레버는 휠체어 좌석에 새 쿠션과 방석을 달았다. 조금 손본 끝에 피티가 새 의자에 편한 자세로 앉을 수 있게 됐다.

"고아, 고아, 고아."

피티가 감탄하는 소리가 복도 너머까지 울려 퍼졌다.

"할아버지, 새 휠체어도 생겼으니 할로윈에는 뭔가 특별한 걸 해요."

"머어?"

피티가 물었다.

"지금은 모르겠어요. 하지만 뭔가 특별한 걸 생각해 볼게요."

약속대로 할로윈 날 트레버는 피티한테 배트맨 복장을 입혔다. 자기는 로빈 의상을 입었다. 종이 상자와 물감을 가지고 휠체어는 배트모빌로 탈바꿈시켰다. 쇼나도 거기 끼고 싶다며 배트맨에 나오는 악당인 조커 의상을 입었다.

피티는 얼굴이 달아올라 싱글벙글했다. 실제로도 배트모빌이 부럽지 않았다. 이 휠체어는 피티의 승용차고, 멋진 말이고, 지금까지 가져 본 것 중에서 가장 멋진 물건이었다.

금세 크리스마스가 되었다. 트레버가 피티에게 선물을 주러 요양소에 가 보니, 달력이 없더라도 그날이 크리스마스인 것을 모를 사람이 없을 것 같았다. 방문객 주차장에 열 대도 넘는 차가 서 있었다. 평소에는 늘 텅 비어 있던 주차장이었다.

트레버는 피티에게 독수리가 날개를 치며 솟아오르듯 올라가고 뛰어도 지치지 않는다는 성경 문구가 들어 있는 장식 액자를 선물했다. 트레버네 식구들은 교회에 다니지 않지만 그 문구가 어쩐지 멋있는 것 같아 그것을 골랐다.

선물을 뜯어 읽어 주자 피티는 그 문구를 들어 본 적이 있다는 표시를 했다. 하지만 언제 어떻게 들었는지는 설명할 재간이 없었다. 트레버는 그게 웜스프링스에 있을 때 일이라는 것까지는 알아냈다. 그날 몇 번이나 피티는 트레버에게 액자의 문구를 또 읽어 달라고 말했다. 그러다가 '독수리가 날개를 치며 솟아오르듯' 이라는 부분을 읽을 때마다 피티는 말을 막고 이렇게 말했다.

"비으기."

트레버는 '비으기'가 뭔지 영영 알아내지 못했다.

* * *

1월 어느 날, 남자 애들 몇이 트레버에게 학교 끝나고 농구하지 않겠냐고 물었다.

"먼저 피티 할아버지한테 가 봐야 해."

트레버가 대답했다.

"우리도 피티 할아버지 사는 데 구경 가면 안 돼?"

한 아이가 물었다. 트레버는 잠깐 망설이다가 어깨를 으쓱했다.

"그래. 가고 싶으면 같이 가."

아이들은 같이 요양소로 걸어가서 피티 방으로 갔다. 트레버는 반 아이들 눈에서 자기가 이 건물에 처음 들어올 때 느꼈던 감정과 같은 것을 보았다.

피티는 아이들 하나하나를 보며 끅끅거리며 말했다.

"아여, 아여."

아이들은 고개를 숙이며 인사했다.

"오애애?"

피티가 아이들을 가리키며 물었다.

"왜 같이 왔냐고요?"

트레버가 묻자 피티가 고개를 끄덕였다.

"할아버지 사는 데를 보고 싶다고 해서요."

"고아."

"그럼 오늘은 뭐 할까요?"

피티는 턱으로 트레버와 아이들을 가리켰다.

"시 가."

"낚시하고 싶으세요?"

피티가 고개를 저었다.

"여어 시 가!"

피티가 말했다. 트레버는 쇼나와 같이 왔을 때도 피티가 그렇게 말했던 것을 떠올렸다.

"애들하고 가서 놀라고요?"

"어어."

피티는 꺽꺽거리며 이렇게 말했고 웃음이 번져 얼굴이 헤벌쭉했다.

"알았어요. 이따 다시 올게요."

"시 가."

피티가 되풀이했다.

"고마워요!"

트레버는 방을 나서며 말했다.

2월 말에 피티는 열이 나서 자리에 누웠다. 날마다 체온이 더 올라갔다. 밤에는 잠을 못 자고 뒤척였다.

어느 날 밤, 새벽 두 시에 시시가 요양소를 돌아보았다. 시시는 피티를 깨우지 않으려고 조심하면서 어두운 방에서 피티 몸을 돌려 밑을 닦고 기저귀를 갈아 주었다. 깨끗한 기저귀를 채우고 더러운 기저귀는 접어 세탁물 바구니에 집어넣었다. 방이 컴컴해서 기저귀에 핏자국이 있는 것은 알아차리지 못했다.

아침이 되어 피티를 깨우려고 전등불을 켰을 때, 피티가 침대 위에서 몸을 비트는 게 보였다. 눈은 질끈 감고 얼굴은 고통으로 일그러져 있었다. 시시는 피티한테 달려갔다.

"피티, 왜 그래요?"

피티는 켁켁거렸다. 토사물이 머리 주위에 쏟아져 있었다.

"세상에, 피티, 왜 그래요? 어디가 아파요?"

지독한 냄새가 풍겼다. 시시가 이불을 들추자 기저귀가 피로 물든 게 보였다.

"제이미! 빌!"

시시가 소리를 질렀다.

"빨리 와요! 피티가 이상해요!"

십오 분 뒤 구급차가 요란한 사이렌을 울리며 달려갔다.

27

잘 가요, 피티 할아버지

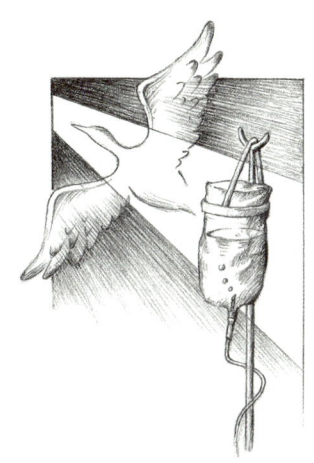

병원에서 젊은 마취 전문의는 천천히 수술복을 벗었다. 근무시간이 끝나 기뻤다. 아주 길고 긴 밤이었다. 자동차 사고가 몇 건이나 있어 뼛속까지 지쳤고 집에 가고 싶은 생각뿐이었다.

웃옷을 입으려고 하는데 복도에서 누가 부르는 소리가 들렸다.

"워터스 박사님, 잠깐 기다리세요. 환자가 있어요."

워터스 박사는 머리를 절레절레 흔들었다.

"또 뭔데요?"

"보즈먼 요양소에서 환자를 보냈대요."

워터스 박사는 짜증 섞인 신음 소리를 냈다.

보즈먼 요양소에서 온 환자는 몸이 심하게 뒤틀리고 나이가 많은 뇌성마비 재소자로 이름은 피티 코빈이라고 했다. 폐렴에다가 출혈이 심한 궤양이 겹쳤다. 외과 의사 크로스 박사는 수술을 하지 않기로 결정을 내렸다. 환자가 장애가 심한 데다가 나이도 일흔이 넘고, 식구도 없고, 건강 상태도 좋지 않았기 때문이다. 목에서 자꾸 끅끅 소리를 내는 것이 정신 상태가 온전한지도 의문이었다. 수술을 해서 목숨을 살려 낸다고 해도 그렇게 해서 연장한 삶이 얼마나 행복하겠냐고 생각했다.

"워터스 박사, 이만 퇴근하세요. 이 환자는 그냥 두는 게 낫겠네요."

크로스 박사가 말했다.

워터스 박사는 안도의 한숨을 쉬고 얼른 문밖으로 나갔다.

요양소에는 피티에게 독한 약을 주어서 마지막을 고통 없이 보내게 하겠다는 말을 전했다.

몇 시간 뒤 크로스 박사는 회진을 하면서 피티에게 들렀다. 입원실에 들어서는 순간 크로스 박사는 깜짝 놀랐다. 열 명도 넘는 사람이 노인이 누운 침대에 둘러서서 흐느끼거나 눈물을 삼키고 있었던 것이다. 침대 옆 탁자며 창턱에 꽃이 넘쳐 났다.

"무슨 일입니까?"

크로스 박사가 물었다. 박사는 환자한테 식구는 하나도 없다고 들었던 것이다.

방 안을 가득 메운, 눈물에 젖은 눈들이 비난에 찬 눈길을 의사에게 돌렸다. 고등학생으로 보이는 아이가 주근깨투성이인 뺨에서 눈물을 닦으며 앞으로 나섰다.

"저는 트레버 래드예요. 수술을 안 한다고 들었어요. 왜 안 하시는 거예요?"

"학생, 이 환자가 살아났을 때 누릴 삶의 질이 어떠할까를 생각하고 내린 판단입니다."

크로스 박사는 기분 나쁜 표정을 감추지 않았다.

"이 나이에, 이런 몸 상태에, 식구도 없는 분인데 품위 있게 돌아가실 수 있게 해 드려야 합니다."

피티는 의사를 꿰뚫을 듯한 눈으로 쳐다보았다.

"야 아이 추거, 야 아이 추거."

피티가 쿨럭거렸다.

"그럼 피티 할아버지의 뜻은 상관하지 않는다는 말인가요?"

트레버가 물었다.

"할아버지 뜻이 뭔가요?"

"방금 말씀하셨잖아요. '나 안 죽어.'라고요. 못 알아들으셨나 보네요. 그리고 우리가 식구예요."

크로스 박사는 어안이 벙벙해서 환자와 주근깨 소년, 또 간절한 눈빛으로 바라보는 다른 사람들을 돌아보았다. 크로스 박사는 헛기침을 했다.

"분석 결과를 다시 검토해 보죠. 너무 큰 기대는 하지 마시오."

"우리는 이미 큰 기대를 걸고 있어요."

트레버가 말했다.

크로스 박사는 곧 다시 입원실로 돌아왔다. 방 안에 기대감이 하나 가득했다.

"수술하기로 했습니다."

크로스 박사가 차분한 목소리로 말했다.

손뼉 치는 소리와 기뻐 외치는 소리가 터져 나와 크로스 박사는 더더욱 기분이 언짢았다. 이미 스케줄이 꽉 차 있는데. 게다가 워터스 박사한테 마취하러 다시 나오라고 전화를 해야 할 판이니.

워터스 박사는 잠을 못 자 벌게진 눈을 하고 나타났다. 워터스 박사는 마취 전에 환자에게 몇 가지 질문을 해야 했다. 그런데 말이 통하지 않아 환자를 분석하기가 어려웠다. 무엇 때문에 계획이 바뀌었는지는 모르겠지만 이런 환자를 과연 수술할 필요가 있을까 싶었다.

피티를 수술실로 데려가면서 워터스 박사는 피티의 얼굴에 두려움이 서린 것을 알아차렸다.

"걱정 마세요 코빈 씨. 여기 의사들 실력이 아주 좋습니다."

워터스 박사는 바퀴 달린 침대를 세우며 말했다. 그러고는 한 손을 피티의 어깨에 얹고 피티 눈을 똑바로 들여다보았다.

"수술 받기를 바라세요?"

피티는 눈을 깜박거리는 움직임만큼 아주 살짝 고개를 끄덕였지만 워터스 박사의 눈에도 분명히 보였다.

간호사들이 피티를 수술대에 눕히고 배 위에 말려 올라간 피티의 쭈그러진 다리를 입을 떡 벌리고 보았다. 피티는 재빠르게 눈을 굴리며 크고 추운 방을 둘러보고 마스크를 쓴 사람들 하나하나를 살폈다. 간호사 한 사람이 링거 병을 걸었다. 차가운 패치를 양어깨와 가슴에 붙이는 순간 피티는 움찔했다. 워터스 박사는 능숙하게 전극을 심전도기에 연결했다.

간호사가 팔에 혈압계를 감을 때 피티 얼굴은 걱정스러운 듯 일그러졌다. 워터스 박사는 혈액 중 산소 농도를 측정하기 위해 조그만 집게를 귀에 꽂고 근육 긴장도를 측정하는 또 다른 패치를 팔에 붙이고 마스크를 피티의 얼굴 위에 갖다 댔다. 불안한 표정이 이제는 무서울 정도로 차가운 눈빛으로 바뀌었다.

수술실은 불편할 만큼 조용했다. 수술용 마스크 위쪽에 빼꼼 나온 눈들이 서로 나무라는 듯한 눈빛을 주고받았다. 크로스 박사는 수술을 막 시작하려는 순간에 이런 말 없는 비난과 어색한 분위기가 느껴지자 화가 났다. 크로스 박사는 막 씻은 손을 공중에 쳐들고 수술대에 다가섰다. 크로스 박사는 자기 앞에 누워 있는 온통 뒤죽박죽 엉켜 있는 사람 살덩이를 훑어보고는 고개를 흔들었다.

"언제쯤 준비될까요? 이 환자는 수술하기 아주 골치 아프겠는데."

"얼마 안 남았어요."

워터스 박사가 피티가 잠에 빠져드는 것을 보며 말했다.

그날 저녁 늦게야 수술 뒤 처음으로 트레버가 피티를 면회할 수 있게 되었다. 피티 몸에 덮인 담요 아래에서 소변 줄이 늘어져 있고 머리 위에는 링거 병이 달려 있었다. 피티는 열이 나서 덜덜 떨었다. 트레버는 피티 이마에 손을 얹어 보았다. 이렇게 심하게 아픈 사람은 처음 보았다. 피티는 눈을 살짝 떴지만 힘이 없어 움직일 수가 없었다.

"좀 어떠세요?"

트레버가 속삭였다. 피티는 아무 대답도 하지 않았다.

학교 끝나고 트레버가 병원에 들를 때마다 피티는 열이 점점 더 심해지는 것 같았다. 밭은기침을 심하게 하다가는 사레가 들려 진이 빠지도록 켁켁거렸다. 피티의 얼굴은 점점 야위어 가고 맥이 없었다. 트레버는 피티의 퀭한 두 눈을 볼 때 가장 불안했다. 이제 일흔 살이 아니라 백 살도 넘은 것처럼 보였다.

엿새째 되는 날, 입원실 앞에서 트레버는 간호사와 마주쳤다.

"피티 할아버지 폐렴이 어떤 약을 써도 낫지를 않아. 이제 오한 증상까지 나타났어."

"오한이 뭐예요?"

"심하게 춥고 열이 나는 거야. 열이 41도를 넘긴 적도 몇 번이나 있었단다."

"만나 봬도 돼요?"

"그래. 아마 주무실 거야. 오늘 무척 힘드셨을 테니."

트레버가 방에 들어서자 피티가 눈을 아주 살짝 떴다. 그만큼 살짝 뜬 눈빛에서도 피티가 두려움을 느끼는 게 전해졌다. 이마에는 땀방울이 송송 맺히고 낮은 잿빛이었다.

"좀 어떠세요?"

트레버가 물었다.

발작적으로 오한이 드는 듯 피티는 몸을 덜덜 떨며 눈을 감았다. 고통에 잠긴 얼굴이 대답을 대신했다.

"할아버지, 죽는 게 두려우세요?"

트레버가 불쑥 물었다. 피티가 눈을 떴다.

"오애애?"

힘이 없어서 숨을 내뱉듯 목소리를 냈다.

"왜 묻냐고요? 모르겠어요. 어떤 사람들은 죽는 걸 두려워하잖아요. 그냥 할아버지는 어떠신가 궁금해서요."

피티는 눈을 감기 전에 들릴락말락 속삭이며 말했다.

"아이이."

"좀 쉬시게 이만 가 봐야겠어요."

피티는 눈을 또 가늘게 뜨고 손을 트레버의 손이 있는 쪽으로 움직여 보려고 힘을 주었다.

"아이이."

"여기 있을까요?"

피티는 턱의 근육을 당기며 고개를 끄덕이는 것을 대신했다.

트레버는 피티가 자기가 옆에 있기를 바란다는 게 기뻤다. 두 사람은 거의 두 시간쯤 손을 잡고 말없이 앉아 있었다. 트레버는 피티가 무슨 꿈을 꿀까 궁금했다. 조용히, 피티가 듣는지 못 듣는지도 모르지만, 트레버는 입을 열었다.

"할아버지, 이 삶이 끝나고 또 다른 삶이 있다면 우린 꼭 다시 만날 거예요. 할아버지 몸은 완전 새 것이라 높은 산이라도 아무렇지도 않게 오를 수 있을 거예요. 이야기도 하고, 하고 싶은 말 뭐든 하실 수 있을 거고 누구나 다 할아버지가 하시는 말을 알아들을 거고요."

피티의 입가에 희미하지만 편안한 웃음이 감돌았다. 트레버가 말을 이었다.

"제가 할아버지를 쫓아갈 테지만 못 잡을 거예요."

피티는 힘없이 눈을 떴다.

"오애애?"

피티가 속삭였다.

"할아버지는 바람보다 빨리 달리니까요. 할아버지는 미친 듯이 고함도 치실 거예요."

트레버는 피티의 갈라지고 마른 입술이 움직이는 모양을 보고 "고아."라는 말을 알아들었다. 피티의 얼굴이 편안하게 누그러졌다.

"하지만 알아두셔야 할 게 있어요. 다음 세상에서는, 우리 낚시할 때 낚싯바늘에 벌레 끼우는 일은 할아버지가 하세요."

피티는 아무 소리도 내지 못했다. 트레버는 자기 손을 피티 가슴에 올리고 피티가 힘겹게 숨쉬는 것을 느꼈다. 피티는 의식을 잃은 듯 잠에 빠졌다. 트레버는 시계를 보고 놀랐다. 밤 열 시가 넘었다. 부모님이 무척 화가 나 있을 것이다. 지난 일주일 동안 트레버는 집보다 병원에서 더 많은 시간을 보낸 것 같았다.

트레버는 병원에서 나가기 전에 간호사실에 들렀다.

"죄송합니다만, 부탁 좀 드려도 될까요?"

간호사는 서류에 무엇인가를 적어 넣으며 대답했다.

"뭔데요?"

"피티 할아버지 상태가 더 안 좋아지면 연락해 주실 수 있어요? 한밤중이라도 상관 없어요. 곁에 있어 드리고 싶어요."

트레버는 잠깐 멈추었다가 덧붙였다.

"시시 마이클한테도 연락해 주세요."

"식구인가요?"

간호사가 고개를 들고 물었다. 트레버는 잠깐 생각했다.

"할아버지한테는 식구가 우리밖에 없어요."

간호사는 내용을 받아 적었다.

"상태가 나빠지면 학생하고 시시 마이클한테 전화할게요. 지금 상황으로 봐서는 별로 좋지 않아요. 열이 떨어지지 않아요."

"피티 할아버지가 절 찾으려면 '트와야' 라고 하실 거예요."

"트와야."

간호사는 따라 하며 그것도 받아 적었다.

어둠 속에서 자전거를 타고 집으로 가는데 자꾸만 길이 부옇게 흐려 보였다. 트레버는 눈을 깜박였다. 감정이 몰려와 가슴을 휘젓고 말로 표현하지 못할 깊고 쓰라린 상처를 새겼다. 집에 도착하자 부모님이 현관문 앞으로 나왔다.

"이렇게 늦게 다니면 어떡해."

엄마가 엄한 목소리로 말했다.

"할아버지가 입원하셨잖아요."

"엄마 말이 맞다. 병원에는 환자를 전문으로 돌보는 사람들이 있잖니. 네가 굳이 병원에 가 있지 않아도 돼."

아빠도 맞장구를 쳤다.

"피티 할아버지는 저한테 가장 소중한 친구란 말예요."

트레버는 화를 내지 않으려고 애쓰면서도 단호하게 말했다. 부모님은 이해를 못 하실 뿐이야. 트레버는 스스로에게 이렇게 말했다. 트레버는 천천히 자기 방으로 갔다. 지금 이 순간이 오기까지는, 피티가 자기한테 얼마나 중요한 존재인지 깨닫지 못했다. 지난해에는 이 멋진 할아버지가 누군지 전혀 알지도 못했는데. 지난해에는, 트레버 자기 자신도 이해하지 못했다. 피티를 보고 무서워하기만 했던 것이다.

트레버는 잠을 자지 못하고 누워 있었다. 머릿속에서 스스로 질문을 던졌으나 대답을 할 수 없는 질문들이었다. 어쩌다 잠이 들었는지 모르겠는데 요란하고 새된 전화벨 소리에 깜짝 놀라 홀딱 잠에서 깼다. 침대 옆에 놓아둔 수화기를 더듬어 찾는데 벌써 두려움에 질릴 지경이었다.

"여보세요."

트레버가 떨며 전화를 받았다.

"여보세요. 트레버 래드인가요?"

"네."

"여기는 보즈먼 병원이에요. 지금 올 수 있어요?"

"바로 갈게요."

트레버는 전화를 끊고 정신없이 옷을 주워 입었다. 현관문으로 달려 나갈 때 부모님 방에 전등 불이 켜지는 것을 보았다. 하지만 신경쓸 겨를이 없었다. 피티가 죽어 가는 것이다. 트레버는 바로 자전거를 타고 도시 변두리 쪽으로 가기 위해 어둡고 황량한 보즈먼 거리를 달렸다.

페달을 밟으며 트레버는 이루어질 수 없는 소원을 빌었다. 피티한테 식구가 있다면. 내가 피티의 식구라면. 물론 피티한테는 좋은 친구들이 많았다. 하지만 피티 친구들은 모두 결국 떠나 버리고 말았다. 진짜 식구라고 할 사람은 아무도 없었다.

그런 바람도 이제는 너무 늦어 버렸지. 트레버는 지평선을 조금씩 물들이며 번지는 잿빛 어스름을 보며 생각했다. 봄철에 부는 치누크 바람(로키 산맥 동쪽에서 부는 건조하고 따뜻한 바람 –옮긴이)이 축축한 엷은 안개를 얼굴에 흩뿌렸다. 트레버는 병원 주차장에 들어서 잔디밭 위에 자전거를 쓰러뜨려 놓고 달려 들어갔다. 부모님이 탄 차가 따라와 주차장에 들어서는 것은 알아차리지 못했다. 트레버는 계단 두 층을 껑충껑충 뛰어 올라갔다.

피티의 입원실이 있는 층에서는 무슨 일인가 벌어진 것 같았다. 간호사들이 바삐 돌아다니며 장비를 끌고 오고 뭐라고 큰 소리로 외쳤다. 피티의 병실에서 수레를 밀고 나온 간호사가 트레버에게 말했다.

"들어가 봐요."

트레버가 달려 들어가 보니 피티는 움직이지 않고 가만히 누워 있었다. 시시는 벌써 와서 침대 옆에 서 있었다. 트레버는 숨을 멈추고 침대 옆으로 가서 피티를 들여다보았다.

"괜찮으세요?"

시시가 고개를 저었다.

피티가 정신이 드는 듯 눈을 떴다.

"할아버지, 저 왔어요."

트레버의 목소리가 덜덜 떨렸다.

"저……, 제가 여기 있는 거 아시죠."

방이 어둑어둑해서 피티가 어떤 표정을 짓는지 보이지 않았다. 부모님이 조용히 걸어와 어둑어둑한 문가에 서는 것도 볼 수 없었다. 부모님은 말없이 서서 지켜보고 있었다.

트레버가 피티를 보며 물었다.

"제 말 알아들으실 수 있어요?"

"시 가."

피티가 힘 없는 소리로 내뱉었다.

"네? 낚시 가고 싶으세요?"

트레버는 피티가 맑은 정신으로 하는 말인지 의심스러워 되물었다.

피티는 온몸의 힘을 모아 힘겹게 고개를 가로저었다.

"여어 시 가."

트레버는 숨을 깊이 들이마셨다.

"저보고 할아버지 없이 재미있게 지내라는 말씀이세요?"

피티의 얼굴에 희미한 웃음이 스쳤다.

"노력할게요."

트레버가 대답했다. 피티는 트레버에게 너무나 많은 것을 가르쳐 주었다. 특히 재미있게 지내고 삶을 사랑하는 법을. 할아버지 없이도 그렇게 살 수 있을까?

"뭐 여쭤 봐도 돼요?"

트레버가 불쑥 말했다. 피티가 대답하지 않자 트레버가 물었다.

"제 할아버지가 돼 주실 수 있어요?"

피티는 멍한 표정을 지었다.

"할아버지는 식구가 없고, 저도 …… 형제도 누이도 없고, 할아버지 할머니는 돌아가셨고, 부모님은 늘 바쁘시니까요."

피티는 소리 내지 않고 입 모양만으로 말을 했다.

"어어케."

"서류에 그렇게 나와 있어야만 한식구인 건 아니잖아요. 여기에 있는 게 식구지."

트레버는 자기 가슴에 손을 댔다.

"식구는 친구하고는 달라요. 할아버지는 언제까지나 제 마음속에서 우리 할아버지이실 거예요. 언제나 저와 함께 계실 거라고요. 전 절대로 할아버지 곁을 떠나지 않아요."

피티는 웃지 않았다. 트레버가 하는 말이 진심인지, 농담은 아닌지 알아보려는 듯 트레버의 눈을 뚫어져라 쳐다보았다.

"하바."

피티가 희미한 소리로 말했다.

"네, 할아버지요."

피티 얼굴에 잊을 수 없을 만큼 열렬한 웃음이 가득 번졌다.

"하바."

피티가 또 말했다.

"저는 할아버지 손자예요."

"어어, 어어."

피티의 눈빛과 얼굴도 누그러지고, 트레버의 할아버지가 된다는 생각에 기쁘고 황홀했다.

그 순간은 아무 말이 필요 없었다. 트레버는 몸을 숙이고 두 팔로 피티를 감싸 안고 피티의 가슴에 머리를 대고 기댔다. 트레버는 뺨으로 피티의 심장 박동을 느낄 수 있었다. 이 세기가 시작하기 전부터 시작된 쉼 없는 리듬이 아직 이어지고 있었다.

시시가 팔을 뻗어 힘없이 늘어진 피티의 팔을 트레버의 목 위에 둘러 주었다. 트레버는 자기처럼 피티의 팔의 무게를 몸으로 느껴 본 사람이 있을까 하고 생각했다. 트레버의 부모는 어둠 속에서 가슴 아파하며 조용히 서 있었다. 엄마는 손으로 눈물을 찍어 냈다.

천천히 피티의 몸에서 힘이 빠지고, 전에 한번도 느껴 보지 못한 감정 속에서 피티는 잠 속으로 빠져들었다.

트레버는 팔을 풀고 고개를 들었다. 부드러운 아침 햇살이 창밖에 번졌다.

"돌아가시려는 거예요?"

트레버가 속삭였다. 조금 뒤에 시시가 대답했다.

"우리는 누구나 태어나는 순간부터 죽어 가기 시작하는 거야. 그래서 산다는 게 중요한 거란다."

"그래서 할아버지가 저더러 낚시 가라고 하신 거죠? 그렇죠?"

트레버가 말했다.

"이제 할아버지 찾지 말고 혼자서 내 삶을 살아가야 한다고 하신 말씀인가 봐요."

시시는 눈물 젖은 얼굴에 웃음을 띠었다.

"우리 모두 다 언제까지나 피티 할아버지를 찾을 거야. 하지만 네 말이 맞아. 할아버지는 오늘 돌아가실지도 몰라……. 그렇지 않더라도 며칠 못 사실 거야. 트레버, 네 앞에는 앞길이 창창하게 펼쳐져 있어. 피티 할아버지야 말로, 평생 사는 것에 온 힘을 다하며 사신 분이지. 우리가 할아버지한테서 그걸 배울 수 있다면 할아버지의 인생은 정말 아주, 아주 중요했다고 할 수 있을 거야."

트레버는 피티를 보고, 다시 시시를 보았다. 눈물을 삼키며 억지로 웃음을 지어 보았다.

"그럼 낚시하러 가요."

시시가 트레버를 꼭 끌어안았다.

"낚시하러 가자."

시시와 포옹을 풀고 나서 트레버는 문가에 부모님이 서 있는 것을 발견했다.

"언제부터 거기 계셨어요?"

트레버가 작은 소리로 물었다.

"우리가 제대로 부모 노릇을 못 했다는 얘기도 다 들었다."

아버지가 말했다.

"아녜요, 신경 쓰지 마세요."

트레버는 당황해서 말문이 막혔다. 트레버의 아빠는 어색한 듯 피티를 보며 말했다.

"어떻게 신경 쓰지 않을 수 있겠니. 우리가 너무 이해를 못 했던 것 같아. 서로 돌보며 살아야 한다는 걸 몰랐나 보다."

트레버의 엄마도 입을 열었다.

"이제는 한 곳에 머물러 살면서 뿌리를 내려야지. 다시 한식구가 되도록 노력할게."

트레버는 부모님의 얼굴을 살폈다.

"정말 진심이세요?"

아버지가 고개를 끄덕였다.

"피티 할아버지 말대로 낚시하러 갈 때가 됐구나."

아버지가 문을 가리켰다.

"할아버지가 쉬실 수 있게 나가서 이야기하자."

트레버는 마지못해 사람들과 함께 병실에서 나왔다. 문가에서 트레버는 발걸음을 멈추고 돌아보았다. 트레버가 작은 소리로 속삭였다.

"저 낚시하러 가요, 할아버지."

트레버는 한 마디 한 마디를 천천히 또박또박 소리 내며 입 안에서 맛을 느껴 보려고 했다.

그 말들이, 입에 달았다.

뇌성마비는 뇌에 생긴 손상으로 인한 증상으로, 주로 임신했을 때나 출산할 때 또는 출산 직후에 나타난다. 손상이 피티처럼 심할 수도 있고 대수롭지 않을 수도 있다. 뇌성마비는 보통 지적 능력에는 영향을 미치지 않는다. 질병도 아니고 유전되지도 않는다.

1900년대 초반에는 피티 같은 아이들이 잘못 진단을 받아 백치, 치우, 또는 우둔(과거에는 정신지체의 정도를 나타내기 위해 실제로 이런 용어를 썼다.)으로 취급되곤 했다. 오늘날에도 사람들이 오해하는 게 뇌성마비를 가진 사람들에게는 가장 큰 장애다. 뇌성마비가 있는 사람들은 단지 신체 조건이 다를 뿐 정상인이다. 많은 사람들이 물리 치료와 훈련으로 아주 생산적이고 정상적인 삶을 살아간다.